新 潮 文 庫

十四の嘘と真実

ジェフリー・アーチャー
永 井 淳 訳

新 潮 社 版

6649

目次

*印のついたストーリーは実際の事件に基づいている。

十四の嘘と真実

ステファンとアリスンとデイヴィッドに

はじめに

読者が十四篇からなるこの短篇集を読みはじめられる前に、これまでと同じく、そのうちの何篇かは実際の事件にもとづいて書かれたものであることをお断りしておきたい。目次ページの＊印がそれらを示している。

わたしは世界中を旅しながら、いつもそれ自体で独立した生命を持っていそうな文学的スケッチを捜すことにしているが、あるときこの『死神は語る』を発見して深い感銘を受けたので、この短篇集の冒頭にそれを置くことにした。

これはもともとアラビア語から翻訳されたもので、八方手を尽して調べたが、作者は不明のままである。ただしこの話はサマセット・モームのある戯曲のなかに出てくるし、その後ジョン・オハラの『サマラの町で会おう』の序文のなかでも取りあげられている。

わたしは純然たるストーリーテリングの技術の、これ以上の好例にはめったにお目にかかったことがない。それはいかなる偏見もまったく持ちあわせない才能である。なぜならその才能は生まれ、育ち、または教育のいかんにかかわらず授かるものだからだ。ジョゼフ・コンラッドとウォルター・スコットの、ジョン・バカンとO・ヘンリの、H・H・マンローとハンス・クリスチャン・アンデルセンの対照的な育ちを思いうかべるだけで、わたしのいわんとするところがわかっていただけるだろう。

わたしの四冊目の短篇集である本書には、このジャンルの超短篇、『手紙』と『ひと目惚《ぼ》れ』の二篇を収めてみた。

だが、まずは『死神は語る』をご賞味あれ。

死神は語る

バグダッドに住む一人の商人が、召使いを市場へ買物に行かせた。しばらくすると召使いが真っ青な顔をして震えながら戻り、主人に報告した。「だんな様、今しがた市場の人混みのなかである女と体がぶつかり、振りかえってみたところその女は死神でした。女はわたしを見て脅かすような身ぶりをしたのです。どうか馬を一頭お貸しください。この町から逃げだして死の運命からのがれたいのです。サマラの町まで行けば死神に見つからずにすむでしょう」

商人は馬を貸してやり、召使いは馬の背に跨《また》がって脇腹《わきばら》に拍車をくれ、全速力で町から逃げだした。

それから間もなく、商人が市場へ行くと死神が人混みのなかに立っていたので、彼は近づいて行って話しかけた。「今朝わが家の召使いと会ったとき、脅かすような身ぶりをしたのはなぜですか？」

「あれは脅かすような身ぶりではありません」と、死神は答えた。「わたしはただ驚いただけなんです。じつは、今夜サマラで彼と会うことになっているので、バグダッドにいるのを見てびっくりしたんですよ」

専門家証人

「すごいナイス・ショットだ」と、対戦相手のボールが空気を切り裂いて飛ぶのを眺めながらトビーがいった。「二三〇ヤードは飛んだに違いない、いや、二五〇ヤードかな」彼は片手を額にかざして陽ざしをさえぎり、フェアウェイの真ん中でバウンドするボールを眺めつづけながらつけくわえた。

「どうも」と、ハリーが答えた。

「朝飯になにを食ったんだ、ハリー?」と、ようやくボールが停止するとトビーがきいた。

「女房とけんかしただけさ」と、すかさず相手が答えた。「今朝は一緒に買物に行ってくれというんだよ」

「これほどゴルフの腕が上がるんなら、わたしも結婚しようかなという気にもなるよ」と、トビーがボールにアドレスしながらいった。「くそっ」と、間もなく彼は毒づいた。打ちそこなったボールが一〇〇ヤード足らず先の深いラフにつかまってしまったからである。

トビーのゴルフはバック・ナインに入っても持ちなおさず、昼食のためにクラブハウスへ向かうときに、彼は対戦相手に警告した。「リターン・マッチは来週の法廷までおあずけとしよう」

「それは無理だろうな」と、ハリーが笑いながらいった。

「なぜだ?」トビーがクラブハウスに入るときにたずねた。

「わたしはきみの側の専門家証人として出廷することになっているからだよ」と、昼食の席に着きながらハリーが答えた。

「妙だな」と、トビーがいった。「てっきりきみは相手方だと思っていたのに」

勅選弁護士サー・トビー・グレイとハリー・バムフォード教授は、法廷で顔を合わせるとき、かならずしも同じ側ではなかった。

「当法廷の関係者全員は、前に進みでて出席を告げてください」リーズ刑事裁判所が開廷した。法廷を司《つかさど》るのはフェントン判事だった。

サー・トビーは初老の判事を観察した。事件要点の説示がやや長すぎるきらいはあるが、まずまず穏当で公正な人物だ、と彼は考えた。フェントン判事が判事席からうなずいた。

サー・トビーが弁論を開始するために自分の席から立ちあがった。「恐れながら裁判長閣下、陪審員諸氏に申しあげます。わたしは自分の両肩にのしかかる重い責任を充分に承知しております。殺人の容疑で起訴された人間を弁護するのは容易ではありません。ましてや被害者は被告が二十年以上も連れそった最愛の妻であるとなれば、なおさら困難が増すばかりです。このことは検察も認めております。

「また、昨日の検察側冒頭陳述で、わが博学な友人、ミスター・ロジャーズによって巧みに利用されたすべての状況証拠が、外見から判断すれば、わたしの依頼人の有罪を証明しているかに見えるという点でも」と、サー・トビーは続けた。「わたしの任務は難しくなる一方であります。しかしながら」サー・トビーは黒いシルクのガウンの襟をつかんで陪審のほうを向いた。「わたしは非の打ちどころのない名声に包まれた一人の証人を申請しようと思います。この証人が、陪審員のみなさんをして、無罪の評決を出さざるをえないと結論させることを、わたしは信じて疑いません。ハロルド・バムフォード教授の出廷を求めます」

ブルーのダブル・スーツに白のワイシャツにヨークシャー州クリケット・クラブのタイという、きちんとした服装の男が入廷して、証人席に坐《すわ》った。差しだされた新約聖書に片手を置いて、誓いの言葉を述べたが、その自信にみちた態度は、陪審員たちに、殺人裁判で証言するのはこれが最初ではなさそうだと思わせるに充分だった。

サー・トビーはガウンの襟をつかんだまま、証人席のゴルフ友達をみつめた。

「バムフォード教授」と、彼はあたかも今日が初対面であるかのように話しかけた。「あなたの専門知識を証明するために、ご迷惑でしょうが二、三予備的な質問をさせていただかなくてはなりません。なにしろあなたはこの裁判を左右する専門知識の持主であることを、陪審に示すことがなによりも重要なのですよ」

ハリーはにこりともせずにうなずいた。

「バムフォード教授、あなたはリーズ・グラマー・スクールで教育を受け」サー・トビーは全員がヨークシャー人からなる陪審をちらと見ながらいった。「それからオクスフォードのモードリン・カレッジで法律を専攻するための無制限《オープン》奨学金を与えられましたね」

ハリーがふたたびうなずいて、「その通りです」と答えると、トビーは手もとのメモに視線を落とした――が、彼はハリー相手にこれまで何度も同じことをしてきたので、実際はその必要はなかった。

「しかしあなたはその奨学金を辞退して」と、サー・トビーは続けた。「ここリーズで大学生活を送ることを選んだ。これも間違いありませんね？」

「ええ」と、ハリーが答え、今度は判事が彼と一緒にうなずいた。ヨークシャーの事となると、ヨークシャー人ほど忠誠心が篤《あつ》く、誇り高い人間はいない、とサー・トビーは満足感とともに思った。

「リーズ大学を卒業したとき、第一級優等卒業学位を与えられた記録が残っていることも間違いありませんね？」

「その通りです」

「それからあなたはハーヴァード大学へ招かれて、博士号をとるための研究をしましたか？」

ハリーは軽く頭を下げてそのことを認めた。「早くしろよ、トビー」といいたいところだったが、永年のスパーリング・パートナーがこれからの数分間をとことん利用するつもりであることを知っていた。

「そして博士論文のテーマとして、殺人事件と拳銃《けんじゅう》の関連という問題を選びましたか？」

「おっしゃる通りです、サー・トビー」

「あなたの論文が審査委員会に提出されたとき」と、高名な勅選弁護士は続けた。「それはひじょうに高く評価されてハーヴァード大学出版局から公刊され、今なお法医学を専攻する学生の必読の書となっている、というのは事実ですか？」

「そういっていただけるとは恐縮です」ハリーはトビーに次の台詞《せりふ》のきっかけを与えるためにいった。

「これはわたしの言葉ではなく」と、サー・トビーはすっくと立って陪審をみつめながらいった。「ほかならぬアメリカ合衆国最高裁判事ダニエル・ウェブスターの言葉なのです。が、それはそれとして、話を先へ進めましょう。ハーヴァードを去ってイギリスへ戻ったあと、オクスフォード大学が法医学の主任教授としてふたたびあなたを迎えようとしたが、あなたはまたしてもその誘いを蹴《け》って、最初は常勤講師として、のちには

うでしょう、バムフォード教授？」というう言い方は正確ですか？ど
「正確そのものですよ、サー・トビー」

「あなたは過去十一年間その地位についておられる。世界中のいくつかの大学から、愛するヨークシャーをはなれてうちへこないかという好条件の誘いがあったにもかかわらずですよ」

ここで、前にも同じやりとりを聞かされているフェントン判事が、下を見おろしていった。「サー・トビー、あなたの証人が彼の専門分野におけるすぐれた権威であることは、すでに充分に立証されたといってよいでしょう。そろそろ先へ進んで当面の課題に取り組んではどうでしょうかな？」

「喜んでおっしゃる通りにいたします、裁判長、ただ今の親切なお言葉にまったく異存はありません。教授の両肩にこれ以上の賞讃《しょうさん》を積みあげる必要はないでしょう」サー・トビーは、じつはあなたの横槍《よこやり》が入る直前に、前もっていいたいことはすべていい終っていたのだと、判事にいってやりたかった。

「そこでわたしは、裁判長のお許しを得て、本題に話を進めたいと思います。裁判長もこの証人の資格は充分に立証されたとお考えのようですから」彼は教授のほうに向きなおって、意味ありげな目配せを交わした。

「昨日」と、サー・トビーは続けた。「わが博学なる友人ミスター・ロジャーズは、まことに説得力に富んだ検察側の主張を展開して、結論はただ一点の証拠物件しだいだということを、疑問の余地なく陪審に印象づけました。すなわちその証拠とは、〝発射されなかったのに煙の立ちのぼる銃〟であります」――それはハリーがこれまで何度も聞かされた親友の得意の表現であり、これからもくりかえし聞かされることだろう。「わたしのいう銃とは、被告の指紋に覆《おお》われて、彼の不運な妻ミセス・ヴァレリー・リチャーズの遺体の近くで発見された銃のことであります。検察はわたしの依頼人が妻を殺したあと、パニックに襲われて、銃を部屋の真ん中に残したまま家から走りでたと主張しました」サー・トビーはくるりと向きを変えて陪審と相対した。「このたったひとつの薄弱な証拠をもとに――薄弱であることはいずれ証明します――陪審員のみなさんは一人の人間を殺人で有罪とし、彼を一生鉄格子《てつごうし》のなかへ送りこむことを求められているのです」彼は一呼吸おいて、自分の言葉の重さを陪審員たちの胸に浸透させた。

「では、バムフォード教授、ここであなたに立ち戻って、専門分野におけるすぐれた権威――裁判長の表現――であるあなたに二、三質問します。

「まずは最初の質問です、教授。殺人犯が被害者を射殺したのち、彼または彼女が犯行現場に兇器《きょうき》を置き去りにしたケースをご存知ですか？」

「いいえ、サー・トビー、そういうケースはきわめて異例です。拳銃が兇器として使われた殺人では、犯人が証拠を抹消しようとするので、十中八九兇器は発見されません」

「なるほど」と、サー・トビーはいった。「ではまれに現場で銃が発見される場合、そのいたるところに指紋が残っているというのはよくあることでしょうか？」

「そういう例はほとんど知られていません」と、ハリーが答えた。「犯人が箸《はし》にも棒にもかからないばかか、現行犯でつかまった場合を別にすれば」

「被告はほかのなんであるにせよ」と、サー・トビーはいった。「明らかにばかではありません。彼もまた、あなたと同じくリーズ・グラマー・スクールを卒業しております。逮捕された場所は犯行現場ではなく、町の反対側にある友人の家でした」サー・トビーは、検察官が冒頭陳述のなかで再三指摘したことだが、被告が情婦と一緒にベッドにいるところを発見されたこと、彼のアリバイを証明できるのはその女しかいないことには触れなかった。

「次に、銃そのものに目を向けてみましょう、教授。それはスミス・アンド・ウェッソンＫ４２１７Ｂでしたね」

「Ｋ４１２７Ｂです」と、ハリーが親友の間違いを訂正した。

「あなたの並はずれた知識には脱帽するほかありません」サー・トビーは自分のちょっとした間違いが陪審に及ぼした効果に満足しながらいった。「さて、銃に話を戻しましょう。内務省の研究所は兇器から被害者の指紋を検出したのですね？」

「そうです」

「このことから、あなたは専門家としてなんらかの結論を引きだしますか？」

「ええ。ミセス・リチャーズの指紋は引金と銃把の部分に目立っている、ということはこの銃を最後に握ったのは彼女だということが考えられます。実際、物理学的な証拠は引金を引いたのが彼女であることを示唆《しさ》しております」

「なるほど。しかし、警察の判断を誤まらせるために、犯人がミセス・リチャーズに銃を握らせたとは考えられませんか？」

「警察が引金からミスター・リチャーズの指紋も発見しなかったら、そうも考えられたかもしれませんね」

「なにをおっしゃりたいのかよくわからないんですが、教授」と、サー・トビーはなにもかも承知でいった。

「わたしがかかわったほとんどすべての事件で、犯人がいちばん初めにすることは、兇器を被害者の手に握らせることを考える前に、まず自分の指紋を拭《ぬぐ》い消すことです」

「わかりました。しかしわたしが間違っていたら訂正してください。銃は被害者の手の中ではなく、死体から九フィートはなれた場所で発見された。検察は被告がパニックに襲われて夫婦で住む家から逃げだすときに、その場所に落としたのだと主張しておりま す。そこでおたずねしたいんですが、バムフォード教授、自殺する人間がこめかみに銃口を当てて引金を引いた場合、銃は最終的にどこに落ちつくと考えられますか？」

「死体から六ないし十フィートはなれた場所のどこにあっても不思議はありませんな」と、ハリーは答えた。「これはよくある誤解――勉強不足の映画やテレビ・ドラマでしばしば目につく誤解――ですが、自殺した人間の手に銃が握られたままになっているシーンをよく見かけます。ところが自殺の場合には実際にどんなことが起きるかというと、発射の反動で銃は自殺者の手からはなれて、死体から数フィートはなれた場所まで吹っとんでしまうのです。わたしは銃による自殺を調べはじめて三十年になりますが、死人の手に銃が残っていたケースは皆無でしたよ」

「では教授、専門家としてのあなたのお考えでは、ミセス・リチャーズの指紋と兇器のあった場所は、殺人よりもむしろ自殺を示唆しているのですね？」

「その通りです、サー・トビー」

「これが最後の質問です、教授」弁護人はガウンの襟を引っぱりながらいった。「過去にこの種の事件で弁護側のために証言されたとき、陪審が無罪の評決をくだしたパーセンテージはどれくらいでしたか？」

「わたしは数学が得意ではありませんが、二十四件中二十一件は無罪になりました」

サー・トビーはゆっくり陪審のほうを向いた。「あなたが専門家証人として出廷した裁判二十四件中の二十一件は無罪になった。つまりこれは約八五パーセントというところです、裁判長。これでわたしの質問を終ります」

トビーは法廷の階段の上でハリーに追いついた。彼は親友の肩をぽんと叩《たた》いて話しかけた。「またもやファイン・プレーをやってのけたな、ハリー。きみの証言のあと、検察があっさり兜《かぶと》を脱いだのも不思議はないよ——実際今日のきみは絶好調だった。おっと、こうしちゃいられない、明日から中央刑事裁判所《オールド・ベイリー》で公判が始まるんだ。土曜の朝十時に1番ホールで会おう。ヴァレリーが許してくれればだが」

「それよりずっと前に会えるさ」と、教授はタクシーに跳びのるサー・トビーに答えた。

サー・トビーは最初の証人を待つ間にメモにざっと目を通した。この裁判は最初から旗色が悪かった。検察側は彼の依頼人に不利な証拠をたくさん積みあげていて、反論の余地はまったくなかった。おそらくそれらの証拠を裏づける証人たちへの反対尋問も気が重かった。

今日の裁判長、フェアバラ判事が訴追弁護士に向かってうなずいた。「最初の証人を呼んでください、ミスター・レノックス」

勅選弁護士ミスター・デズモンド・レノックスがゆっくりと椅子《いす》から立ちあがった。「ありがとうございます、裁判長。ハロルド・バムフォード教授の出廷を求めます」

驚いたサー・トビーがメモから視線を上げると、自信にみちた足どりで証人席へ向かう親友の姿が目に入った。ロンドンの陪審はリーズからきた証人をいぶかしげに見た。サー・トビーは、ミスター・レノックスが専門家証人としての資格を――リーズには一言も触れずに――巧みに印象づけたことを認めざるをえなかった。続いてミスター・レノックスはハリーにいくつかの質問をして、サー・トビーの依頼人を、まるで切り裂きジャックとドクター・クリッペンを足して二で割ったような凶悪犯と思わせることに成功した。

ミスター・レノックスは最後に、「これで質問を終ります、裁判長」といって、自己満足の表情をうかべながら着席した。

フェアバラ判事がサー・トビーのほうを向いて質問した。「この証人に対してなにか質問はありますか？」

「もちろんあります、裁判長」サー・トビーが立ちあがって答えた。「バムフォード教授」と、まるで今日が初対面であるかのように話しかけた。「本論に入る前に、わが傑出せる好敵手は、専門家証人としてのあなたの資格をまことに効果的に陪審に印象づけた、と申しあげるのがフェアな態度だというべきでしょう。わたしがこの問題を再度取りあげて、不審な点を二、三解明することをお許しいただきたい」

「もちろん結構ですよ、サー・トビー」と、ハリーが答えた。

「あなたが……えーと、そうそう、リーズ大学で取得した最初の学位ですが。そこではなにを専攻されたんですか？」

「地理学です」

「それはまた興味深い。将来拳銃の専門家になる人物にとって、地理学を学んでおく必然性があったとは思えませんな。それはそれとして」と、彼は続けた。「次にあなたがアメリカの大学で取得した博士号について質問させてください。その学位はイギリスの大学でも認められるのですか？」

「いいえ、サー・トビー、しかし……」

「どうか質問に対する答に限ってください、バムフォード教授。たとえばオクスフォードまたはケンブリッジはあなたの博士号を認めますか？」

「いいえ、サー・トビー」

「なるほど。ところがミスター・レノックスが指摘したように、この裁判は専門家証人としてのあなたの信頼度ひとつにかかっているわけです」

フェアバラ判事が弁護人を見おろした。「提示された事実にもとづいてその判断をくだすのは陪審の役目ですよ、サー・トビー」

「おっしゃる通りです、裁判長。ただわたしは陪審員のみなさんが、検察側専門家証人の意見をどこまで信用すべきかをはっきりさせたかったのです」

裁判長はふたたび眉《まゆ》をひそめた。

「しかしわたしがすでにその目的を達したとお考えなら、よろしい、先へ進みましょう」サー・トビーはそういってふたたび親友のほうに向きなおった。

「バムフォード教授、あなたは——一人の専門家として——この事件では銃が被害者の手のなかで発見されたから、自殺ではありえない、と陪審に対して述べました」

「その通りです、サー・トビー。これはよくある誤解——勉強不足の映画やテレビ・ドラマでしばしば目につく誤解——ですが、自殺した人間の手に銃が握られたままになっているシーンをよく見かけます」

「そうでした、バムフォード教授。わが博学な友人があなたを尋問したときに、テレビ・ドラマに関するあなたの該博な知識には感服しましたよ。少なくともあなたがテレビ・ドラマの専門家であることはあれでわかりました。しかしわたしは現実の世界に話を戻したい。ひとつだけはっきりさせていただきたいのですが、バムフォード教授、まさかあなたは、わたしの依頼人が夫の手に銃を握らせたことを証拠が示している、とおっしゃるんじゃないでしょうな？　もしもそうだとしたら、バムフォード教授、あなたは専門家ではなく千里眼です」

「そんなことはいってませんよ、サー・トビー」

「それを聞いて安心しました。しかし教えてください、バムフォード教授、これまでの経験で、犯人が自殺に見せかけるために被害者の手に銃を握らせたケースにぶつかったことはありますか?」

ハリーは一瞬答をためらった。

「慎重に答えてください。一人の婦人の一生があなたの答に左右されるのです」

「過去にそういう事件にぶつかったことは」――彼はふたたび躊躇《ちゅうちょ》した――「三度あります」

「三度?」サー・トビーはおうむがえしにきいた。三度とも自分が関係した事件だというのに、驚いたような顔をしてみせた。

「そうです、サー・トビー」

「その三度の公判で、陪審は無罪の評決を下しましたか?」

「いや」ハリーは低い声で答えた。

「そうではない?」サー・トビーは陪審のほうを向いていった。「では無罪の評決が出たのは何度ですか?」

「二度です」

「もうひとつの事件はどうなったんですか?」

「被告は殺人で有罪になりました」

「で、量刑は……?」

「終身刑でした」

「その事件についてもう少し詳しく知りたいものですな、バムフォード教授」

「この質問の目的はなんですか、サー・トビー?」と、フェアバラ判事が弁護人を見おろしながら質問した。

「その答はもうすぐわかるでしょう、裁判長」と答えて、サー・トビーは陪審のほうを向いた。陪審員たちの視線は今や専門家証人に釘《くぎ》づけだった。「バムフォード教授、当法廷にその事件の詳細を説明してください」

「あの裁判、レナルズ対女王裁判では、被告のミスター・レナルズが有罪ではありえなかったことを示す新たな証拠が提出される前に、彼はすでに十一年間も刑に服していたのです。そのあとで釈放されはしましたがね」

「失礼なことをうかがいますが、バムフォード教授、一人の婦人の自由はいうまでもなく、彼女の名誉がこの公判にかかっているんです」彼はいったん言葉を切って、親友の顔を重々しくみつめた。「その裁判であなたは検察側証人として証言したんですか?」

「そうです、サー・トビー」

「検察側専門家証人としてですね?」

ハリーがうなずいた。「そうです、サー・トビー」

「その結果無実の人間が犯していない犯罪で有罪を宣告され、十一年間も服役するはめになったのですね?」

ハリーが重ねてうなずいた。「そうです、サー・トビー」

「その事件に関しては弁明の余地はないんですね？」と、サー・トビーがきいた。彼は答を待ったが、ハリーはなにもいわなかった。この裁判では専門家証人としての自分の信用が地に堕《お》ちたことを知っていた。

「もうひとつだけ質問します、バムフォード教授。ほかの二つの事件では、陪審の評決はあなたによる証拠の解釈を支持したんですか？」

「しましたよ、サー・トビー」

「あなたはおぼえておられるでしょうが、バムフォード教授、検察は過去にこの種の事件であなたの証言が重要な役割を果した事実――ミスター・レノックスの言葉を借りれば――〝検察側の主張を立証する決め手となった〟事実を強調しております。しかしながらわれわれは今、死体の手に銃が発見された三つの事件で、専門家証人としてのあなたの失敗率が三三パーセントに達することを知りました」

ハリーはなにもコメントしなかった。それはサー・トビーの予想通りだった。

「そしてその結果、無実の人間が十一年間を刑務所で送ったのです」サー・トビーは陪審のほうを向いて静かに続けた。「バムフォード教授、無実の婦人が失敗率三三パーセントに達する〝専門家証人〟の証言のせいで、一生刑務所ですごすような事態はあってほしくないものですな」

ミスター・レノックスが検察側証人に対する侮辱に抗議しようとして立ちあがり、フェアバラ判事も指を突きつけて警告した。「ただ今の発言は不適切ですぞ、サー・トビー」

しかしサー・トビーの視線は陪審に向けられたままだったし、陪審員たちはもはや専門家証人の一語一語には耳をかさずに、仲間同士で私語を交わしていた。

サー・トビーはゆっくり着席した。「以上でわたしの質問を終ります」

「すごいナイス・ショットだったな」ハリーのボールが18番ホールのカップに消えるのを見て、トビーがいった。「どうやらランチはまたもやわたしもちだ。もう何週間も負けっぱなしだよ、ハリー」

「そうかな、トビー」と、彼のゴルフ友達はクラブハウスへ引きあげながらいった。「木曜日の法廷ではわたしをひどい目にあわせたじゃないか」

「ああ、あのことではきみに謝らないといかんな」と、トビーはいった。「わかってるだろうが個人的な恨みはなにもない。だいたいきみを専門家証人に選んだレノックスがばかだったんだよ」

「同感だね」と、ハリーがうなずいた。「きみほどわたしをよく知っている人間はいないと注意したんだが、レノックスは北東巡回裁判所で起きたことに関心がなかったんだ」

「おそらくわたしだって大して関心を持たなかったさ」と、トビーはテーブルに着きながらいった。「もしも……」

「もしも……？」と、ハリーが先を促した。

「リーズと中央刑事裁判所《オールド・ベイリー》のどっちの事件でも、わたしの依頼人たちがどんな陪審の目から見ても百パーセント有罪でなかったら」

終盤戦

コーネリアス・バーリントンはつぎの一手を指す前に躊躇《ちゅうちょ》した。食いいるように盤上の形勢を眺めつづけた。その一局が始まってからもう二時間以上たっていて、コーネリアスはあと七手で詰める自信があった。おそらく相手もそのことを知っているだろう。

コーネリアスは顔を上げて、フランク・ヴィンセントにほほえみかけた。フランクは彼の最も古い友人であるばかりでなく、永年の間一家の事務弁護士として最も賢い助言者でもあった。二人には多くの共通点があった。どちらも六十歳すぎという年齢、専門職の父親を持つ中流の子供たちという社会的背景、そして二人は同じ学校、同じ大学を出ていた。だが共通するのはそこまでだった。コーネリアスは危険をかえりみない生来の冒険家で、南アフリカとブラジルの鉱山事業で富を築いた。一方弁護士を職業とするフランクは用心深く、決断力に欠け、些末事《さまつじ》にこだわった。

コーネリアスとフランクは外見の点でも対照的だった。コーネリアスはがっしりした長身で、銀髪は彼の年半分の若い男が羨《うらや》むほどふさふさしている。フランクは中背のきゃしゃな造りで、半円型の白髪を除けば完全に禿《は》げているといってよい。

コーネリアスは四十年間幸せな結婚生活を送ったあとで妻に先立たれていた。フランクは独身主義者だった。

彼らを親友として結びつけてきたもののひとつに永年のチェス好きがあった。フランクは毎週木曜日の晩ザ・ウィローズにコーネリアスを訪ねて一局手合わせをしたが、たいてい勝負はつかず、手詰り《ステイルメイト》に終ることが多かった。

木曜の晩はいつも軽い夕食で始まったが、どちらもワインはグラス一杯でやめておき――二人はチェスと真剣に取り組んでいた――指し終ると客間に戻って、ブランディと葉巻を楽しむのだった。しかし今夜のコーネリアスはその手順を破ろうとしていた。

「おめでとう」と、フランクがいった。「今夜はどうやらわたしの負けだ。どこにも逃げ道はない」彼は微笑をうかべながら赤のキングを盤上に横たえ、椅子《いす》から立ちあがって親友と握手した。

「客間へ移ってブランディと葉巻をやるとしよう」と、コーネリアスはまるでそれが新しい思いつきででもあるかのように提案した。

「ありがとう」と、フランクがいい、二人は書斎を出て客間のほうへ歩きだした。コーネリアスが息子の肖像画の前を通りすぎるとき、心臓の鼓動が一搏《ぱく》飛んだ――過去二十三年間いつでもそうだった。もしも彼の独りっ子が生きていたら、絶対に会社を売りはしなかっただろう。

広々とした客間に入ると、コーネリアスの家政婦のポーリーンが夕食の後片づけをすませてすぐにおこした気持のよい火が、煖炉《だんろ》で赤々と燃えていた。ポーリーンもまた判で捺《お》したような日常をよしとする人間だったが、彼女の生活にも大きな変化が訪れようとしていた。

「何手か前に勝負がつくはずだったのに」と、コーネリアスがいった。「きみがわたしのクイーンのナイトを取ったときにうろたえてしまった。あの手は当然予想すべきだったよ」と、彼はサイドボードに近づきながらつけくわえた。コニャックがなみなみと注がれた二つのグラスと二本のモンテ・クリスト葉巻が、銀のトレイに用意されていた。コーネリアスはシガー・クリッパーを取りあげて親友に手渡し、マッチを擦り、身をかがめて、葉巻に火がついたのを確かめるまでフランクがすぱすぱやるのを見守った。それから自分でも同じ手順をくりかえしたあとで、火のそばのお気に入りの椅子に腰をおろした。

フランクがグラスを持ちあげた。「いいゲームだったよ、コーネリアス」彼は軽くお辞儀をしながらいった。もっともこのホストは永年の対戦でおそらくゲストの勝率がわずかに上まわっていることを、だれよりも先に認めるだろう。

コーネリアスは夜をぶちこわす前にフランクにしばらく葉巻を楽しませておいた。急ぐ必要はない。結局、彼は数週間前からこの瞬間のために準備をしてきたし、すべてがきちんと納まるまでは親友に秘密を明かしたくなかった。

二人ともしばらく沈黙して、ともにくつろいでいた。やがてコーネリアスがサイド・テーブルにブランディを置いていった。「フランク、われわれは五十年以上の昔から友達だった。それに劣らず大事なことだが、きみはわたしの法律顧問として、抜け目のない代弁者であることを身をもって示してきた。実際、ミリセントの早すぎる死のあと、わたしがきみ以上に頼りにした人間は一人もいなかった」

フランクは口をはさまずに葉巻を吸いつづけた。その表情から判断するに、彼はそのほめ言葉がチェスの最初の一手以外の何物でもないことを知っていた。コーネリアスが次の一手を明らかにするまでは、しばらく待たなければならないのではないかと思った。

「およそ三十年前にわたしが会社を設立したとき、会社定款《ていかん》に記名調印した責任者はきみだったし、その日以後きみのデスクを通過しなかった法律文書にわたしが署名したことは一度もないと思う——疑いもなくそのことがわたしの成功の最大の要素だった」

「きみは親切にそういってくれるが」とフランクはいって、ブランディをひと口飲んだ。

「本当のところは、会社が発展につぐ発展を重ねてきたのは、ひとえにきみの独創性と積極性のおかげだ——神はこの二つの資質をわたしには与えないことに決めたので、わたしとしては弁護士になる以外にほとんど選択の余地はなかったのさ」

「きみはいつも会社の成功への貢献を過小評価してきたが、フランク、わたしは創立以来きみが果してきた役割を疑ってはおらんよ」

「いったいなにがいいたいのかね?」と、フランクが微笑をうかべながら質問した。

「そう急《せ》かすなよ」と、コーネリアスがいった。「今考えている指し手を明らかにする前にまだいくつか指す手がある」彼は椅子の背にもたれて、葉巻を深々と吸った。「きみも知っているように、四年ほど前に会社を売却したのは、何十年ぶりかで骨休めをするためだった。ミリーをインドと極東への長い休暇旅行に連れて行く約束をしていたんだが――」彼の声がしばしとぎれた。「――結局それは実現しなかった」

フランクが同情するようにうなずいた。

「彼女の死によって、わたし自身の命にも限りがあること、もうあまり長くは生きられないのじゃないかということに気づかされた」

「いや、いや」フランクが異を唱えた。「きみはまだ何年も生きるよ」

「そうかもしれない。しかしおかしなことに、わたしが将来のことを真剣に考えるきっかけを作ったのはきみだった……」

「わたしだって？」フランクはけげんそうな顔をした。

「そうとも。おぼえていないのかね？　きみは数週間前にその椅子に坐《すわ》っていて、そろそろ遺言状を書きかえることを考えるほうがいいんじゃないかといったんだよ」

「ああ、おぼえてるよ。しかしその理由はただひとつ、現在の遺言状では事実上すべての財産がミリーに贈られることになっているからだ」

「それはわかっている。しかし、にもかかわらずそのことが決意を固めるのに役立った。いいかね、わたしは今も毎朝六時に起きるが、もう出勤しようにも会社がないので、だらだら時間をつぶしながら、遺産の主たる受取人であるミリーがいなくなった今、どのように財産を配分したらよいかと考えている」

コーネリアスはふたたび葉巻を深々と吸ってから言葉を続けた。

「この一か月間、わたしはずっと身のまわりの人間——親戚《しんせき》、友人知己、使用人など——のことを考えてきて、彼らがいつもわたしにどんな態度で接していたかを思いだしてみた。そしたら彼らのうちのだれが、もしもわたしが莫大《ばくだい》な資産家ではなく、文無しの老人にすぎないとしても、今までと変らぬ献身、配慮、忠誠心などを示してくれるだろうか、という疑問がうかんだ」

「自分がテストされているような気分だよ」と、フランクが笑いながらいった。

「いやいや、きみはいかなる疑いからも除外されている。でなかったらこんな話をきみにするもんか」

「しかしそういう考えはきみの近親者に対していささかアンフェアじゃないかな、もちろん……」

「きみのいう通りかもしれないが、この問題を運まかせにはしたくないんだ。そこで、たんに推測するだけでは不十分なので、自分で答を見つけだすことにした」コーネリアスはふたたび言葉を休めて、葉巻を深々と一服してからまた続けた。「だからしばらく黙ってわたしの計画を聞いてくれ。というのは、正直いってきみの協力が得られなければ、わたしのささやかな計略を実行することは不可能だからだ。だが、その前にもう一杯注がせてくれ」コーネリアスは立ちあがって友の空になったゴブレットを手に取り、サイドボードに近づいた。

「さっきもいったように」と、コーネリアスはフランクにおかわりを注いだグラスを手渡して話を続けた。「最近わたしは、もしも自分が文無しだったら、まわりの人間はどんな態度を示すだろうかと考えてきて、その答を知る方法はひとつしかないという結論に達したんだ」

フランクはブランディを大きくひと口飲んでから質問した。「で、きみの計画というのは？ にせの自殺でも演出するのかね？」

「いや、それほどドラマティックな計画じゃない」と、コーネリアスが答えた。「しかし似たようなものかな、わたしは破産を宣言するつもりだから」彼はもうもうたる煙を通して友人をみつめ、相手の即座の反応を観察しようとした。しかし、過去にしばしばそうであったように、老弁護士がなにを考えているかはうかがい知れなかった。その理由は、友人がたった今大胆な一手を指したとはいえ、ゲームはまだまだ終りではないことを、彼はよく知っていたからだった。

彼は試みにポーンを前に進めた。「で、その段取りは？」

「明日の午前中に」と、コーネリアスは答えた。「わたしの財産に対して請求権を持つ主だった五人に、きみから手紙を書いてもらいたい。すなわち弟のヒュー、彼の妻のエリザベス、彼らの息子のティモシー、わたしの妹のマーガレット、それに家政婦のポーリーンだ」

「で、手紙の趣旨は？」と、フランクは内心の驚きを声に出さないようにしながら質問した。

「全員に、わたしが妻の死後におこなった無謀な投資のせいで、今は借金を抱える身だと説明するのだ。実際のところ、彼らの助けがなければ破産もやむをえないかもしれないと」

「しかし……」と、フランクが抗議しかけた。

コーネリアスが片手を上げて制した。「まあ最後まで聞いてくれ。というのはこの現実のゲームにおいて、きみの役割はきわめて重要だからだ。きみが彼らにわたしからはもうなにも期待できないと思いこませたところで、わたしは計画の第二段階を実行に移す。これで彼らがわたしを愛しているのか、わたしの財産を愛しているだけなのかがはっきりするはずだ」

「どんな計画か早く知りたいもんだね」と、フランクがいった。

コーネリアスはグラスのなかのブランディをぐるぐる回しながら考えをまとめた。

「きみもよく知っているように、今挙げた五人はそれぞれ過去のある時期にわたしに借金を申しこんでいる。わたしは借金の返済は信頼の問題だという主義なので、だれにも借用証を要求しなかった。金額は大は弟のヒューが店の賃借権の買取りに必要とした十万ポンドから——その後商売は順調らしい——小は車を買う頭金として家政婦のポーリーンに貸した五百ポンドまでだ。若いティモシーも大学ローンを返済するために千ポンド必要だったが、自分で選んだ仕事がうまくいってるようだから、貸した金を返してくれと頼んでも——ほかの者たちと同じように——それほど無理な頼みというわけじゃないだろう」

「それで、二番目のテストというのは？」と、フランクがきいた。

「ミリーの死後、彼らはそれぞれわたしのために役に立ってくれたが、それを義務感からではなく楽しんでやっているといっていた。同じことを文無しの老人のためにも喜んでやってくれるかどうかがもうすぐわかる」

「しかし、果して彼らの本心が……」

「何週間かのうちにはだれの目にも明らかになるさ。いずれにせよ第三のテストがあるから、それで問題は解決だ」

フランクは友の顔をじっとみつめた。「このばかげた計画をやめさせようとしてきみを説得しても無駄だろうか？」

「無駄だね」コーネリアスは躊躇なく答えた。「このことに関してわたしの肚《はら》は決まっている。もっともきみの協力なしにはゲームを終らせることはおろか、第一手を指すことさえできないことを認めざるをえないが」

「もしも本気でわたしに協力してほしいのなら、コーネリアス、これまでいつもそうしてきたようにきみの指示を忠実に実行するつもりだ。ただしそれには条件がひとつある」

「どんな条件かね？」

「この仕事では手数料を請求しない。だれにきかれても、わたしはきみのこのいたずらから利益を得ていないと答えられるようにだ」

「しかし……」

「〝しかし〟はなしだ。わたしはきみが会社を売ったときに、最初から持っていた株で大いに儲《もう》けさせてもらった。これをせめてもの感謝の印と受けとってくれ」

コーネリアスはにっこりした。「感謝しなければならないのはわたしのほうだし、いつもながら、長い間のきみの貴重な助力を忘れてはいない。きみこそ真の親友だし、もしもきみが独身者ではなく、財産があってもきみの生き方がまったく変らないことをわたしが知らなかったら、誓って全財産をきみに遺《のこ》すところだ」

「ありがたいが断わる」と、フランクは笑いながらいった。「そんな大金を相続したら、わたしも別の何人かの人間相手に同じテストをおこなわなきゃならないだろう」彼はひと呼吸おいて質問した。「で、きみの第一手は?」

コーネリアスが椅子から腰を上げた。「明日五通の手紙を出して、わたしに破産告知がくだされたことと、わたしが未回収の融資のできるだけ早い返済を要求していることを、関係者に知らせてやってもらいたい」

フランクは早くも常に持ち歩いている小さなメモ帳にメモを取りはじめていた。二十分後、コーネリアスの最終指示をメモしおわると、彼はメモ帳を内ポケットにしまい、グラスを空にして、その晩二本目の葉巻の火を消した。

コーネリアスが客を玄関まで送るために立ちあがったとき、フランクが質問した。「しかし三番目のテスト、きみが決め手になると確信しているテストとはどういうものかね?」

老事務弁護士はコーネリアスがまれに見る巧妙な計画を説明するのを注意深く聞きおわって、これなら五人の犠牲者たちも本性を表わさずにはいられないだろうと思いながら帰途についた。

土曜日の朝最初にコーネリアスに電話をかけてきたのは弟のヒューだった。きっとフランクの手紙を読んだ直後に違いなかった。コーネリアスはだれかもう一人がこの電話を聞いていると直感した。

「たった今兄さんの弁護士からの手紙を受けとったところだが」と、ヒューがいった。「とても信じられない。頼むからこれはとんでもない間違いだといってくれよ」

「残念ながら間違いじゃない」と、コーネリアスは答えた。「間違いだといいたいのは山々だが」

「しかしどうしてまた、いつもは抜け目のない兄さんが、こうなるのを防げなかったんだ?」

「年のせいかな。ミリーが死んだ数週間後に、ロシア人に鉱山機械を供給していた会社に多額の投資をする話に乗せられたんだ。ロシアには無尽蔵の石油資源が眠っていて、あとはそれを掘り当てるだけだという記事を読んでいたので、この投資は大きな利益を生むと確信したんだ。ところが先週の金曜日に、その会社の秘書から、会社が支払い不能に陥ったので二百十九条を申請したという連絡があった」

「しかし、まさかひとつの会社に全財産を投資したわけじゃないんだろう?」と、ヒューがますます疑わしそうな口調でいった。

「もちろん初めはそうじゃなかったさ」と、コーネリアスが答えた。「しかし彼らが現金の注入を必要とするたびに、残念ながらわたしは騙《だま》されていたらしい。しまいには最初の投資分を取りかえすために、次々に新たな投資を続けなくてはならなかった」

「しかし会社には差押えられる資産があるだろう。たとえば鉱山機械はどうなんだい?」

「機械はみな中央ロシアのどこかで錆《さ》びついているし、目下のところ石油は一滴も出ていない」

「どうして損失が致命傷にならないうちに手を引かなかったんだい？」

「プライド、かな。長い目で見れば自分の投資は安全だといつも信じて、負馬に投票したことを認めたくなかったんだよ」

「しかし会社はなんらかの償いを申しでているはずだ」と、ヒューが必死に食いさがった。

「それが一ペニーも払ってくれない」と、コーネリアスが答えた。「わたしには数日ロシアへ飛んで、現地がどうなっているかをこの目で確かめる金もないんだよ」

「猶予《ゆうよ》期間はどれくらいかね？」

「すでに破産告知がくだされたので、わたしが生き残れるかどうかは短期間にどれだけの金を集められるかにかかっている」コーネリアスはひと呼吸おいて続けた。「こんなことはいいたくないんだがね、ヒュー、しばらく前に十万ポンド貸したことをおぼえているだろう。できることなら……」

「しかしその金が全額会社に注ぎこまれたことは兄さんも知っているはずだし、今はハイ・ストリートの売上げがどん底なので、さしあたりなんとか都合できるのはせいぜい二、三千ポンドといったところなんだ」

コーネリアスはだれかが小声で、「それ以上はだめよ」と囁《ささや》くのを聞いたような気がした。

「ああ、おまえも楽じゃないことはわかっている」と、コーネリアスはいった。「だがわたしを助けるためにいくらかでも都合してもらえればありがたい。金額が決まったら――」彼はまたひと呼吸いれた。「――もちろん金額についてはエリザベスとも相談しなきゃならないだろう――小切手を直接フランク・ヴィンセントの事務所へ送ってもらいたい。彼がこの厄介な問題の処理を一手に引き受けてくれている」

「依頼人の浮き沈みに関係なく、弁護士は絶対に取りっぱぐれがないようだな」

「フランクに悪いよ。彼はこの件で手数料を受けとることを辞退した。それから電話をくれたついでにいっておくが、ヒュー、おまえが台所の改造のためによこすことになっている職人たちは、今週の後半から仕事にかかる予定だった。わたしはこの家を売りに出すが、新しい台所ができれば高く売れるだろうから、できるだけ早く工事を終らせることがますます重要になった。わかっているだろうな？」

「できるだけ努力はするが」と、ヒューがいった。「その職人たちを別の現場へ回さなきゃならないかもしれないんだ。このところ受注が多くてね」

「そうかね？　今は少々金詰まりだと聞いたような気がするが」と、コーネリアスが笑いをこらえながらいった。

「金詰まりは本当だよ」ヒューが答えたが、その反応はいささか早すぎた。「わたしがいいたかったのは、みんなで残業しなければ生き残れないということだ」

「なるほど、そういうことか。しかし、わたしがどんな状況に置かれているかよくわかったろうから、わたしを助けるためにできるだけのことをしてくれるものとあてにしてるよ」彼は受話器を置いてにやりと笑った。

次に接触してきた犠牲者は、電話さえかけずに数分後には玄関に到着して、ドアが開くまで呼鈴のボタンから指をはなそうとしなかった。

「ポーリーンはどこなの？」兄がドアを開けると同時にマーガレットが発した第一声がこれだった。

「残念ながらやめてもらったよ」コーネリアスは身をかがめて妹の頬にキスしながらいった。「破産申立人は、債権者への返済ができないのに使用人を雇いつづける人間を快く思わんのでね。わたしが必要としているときにすぐに駆けつけてくれたのはうれしいが、もしもお茶が所望なら、気の毒だが自分でいれてもらわなきゃならんよ、マーガレット」

「お茶をいただきにきたんじゃないことはよくわかっているはずよ、兄さん。わたしが知りたいのはどうして全財産をなくしてしまったのかってことだわ」兄が何度もリハーサルを重ねた台本のせりふを口に出す間もなく、彼女は言葉を続けた。「もちろんこの家は売らなきゃならないわ。ミリーが死んでからは、兄さん一人には広すぎるっていつもいってるじゃないの。村の独身者用のフラットに住むといいわ」

「そういうことはもうわたしの思い通りにはならないんだ」と、コーネリアスは憐《あわ》れっぽくいった。

「なにをいってるの?」と、マーガレットが兄に食ってかかった。

「家とそのなかの家財道具は、すでに破産申立人によって差押えられているんだよ。わたしが破産を免れようとするなら、家が不動産屋の予想よりも高い値段で売れることを祈るしかない」

「つまりきれいさっぱりなにも残らないってこと?」

「それでも負債の一部が残る、というほうが正確かな」コーネリアスは嘆息しながらいった。「しかもわたしはザ・ウィローズから立退きを食らったら、どこにも行き場所がない」彼は憐れっぽく聞えるようにいった。「そこで、おまえがミリーの葬式のときにいってくれた言葉に甘えて、おまえの家に住まわせてもらえないだろうかと思っているところだよ」

妹が顔をそむけたので、コーネリアスには彼女の顔の表情が見えなかった。

「今は都合が悪いわ」と彼女はいい、その理由を説明しなかった。「いずれにせよヒューとエリザベスの家には、わたしのところより予備の部屋が多いわ」

「そうだな」コーネリアスは咳《せき》をして話題を変えた。「それから今年おまえに貸した金だが、マーガレット——こんな話を持ちだしてすまないけど……」

「わたしのわずかばかりのお金は安全な投資に回してあるし、取引のある株屋さんは今は売りどきじゃないといってるわ」

「しかしわたしが過去二十年間毎月送ってきたお手当ては——そのうちのいくらかは貯《たくわ》えてあるだろうね？」

「おあいにくさま」と、マーガレットは答えた。「あなたの妹という立場上ある程度の生活水準を維持しなければならないことをわかってもらいたいし、それにもう月々のお手当てをあてにできないとなれば、とぼしい収入を今まで以上に倹約して費《つか》わなきゃ」

「もちろんそうだろうとも。しかし、たとえわずかでも用立ててもらえれば助かるんだが……」

「もう帰らなくちゃ」マーガレットは腕の時計を見ながらいった。「美容院の予約に遅れちゃったわ」

「その前にもうひとつだけちょっとした頼みがある。おまえはこれまでいつも親切に町まで車に乗せてくれた……」

「わたしはいつもいってきたでしょう、コーネリアス、若いうちに車の運転を習うべきだったって。そうすれば夜昼の別なくひとを運転手がわりに使わなくてすんだのに。わたしになにができるか、考えてみるわ」と、彼女はドアを開けてくれた兄に向かってつけくわえた。

「へんだな、そんなことは初めて聞いたような気がする。しかし、物忘れがひどくなったのかもしれんな」彼は妹を送って私道へ出ながらいった。そして微笑をうかべた。

「新車かね、マーガレット？」と、空とぼけて質問した。

「そうなの」彼女は車のドアを開けてくれた兄にそっけなく答えた。コーネリアスは妹の顔がほんのり赤らむのを見たような気がした。走り去る車を見送りながらくすくす笑った。

コーネリアスはゆっくりした足どりで家のなかに戻り、書斎に入った。ドアを閉め、一族に関する新発見が一分ごとにふえてゆくようだった。

机の上の電話を取ってフランクのオフィスにかけた。

「ヴィンセント、エルウッド・アンド・ハーフォンです」と、とりすました声が答えた。

「ミスター・ヴィンセントを頼む」

「どちらさまでしょうか？」

「コーネリアス・バーリントンだ」

「電話に出られるかどうかきいてみます、ミスター・バーリントン」

大いに結構、とコーネリアスは心のなかで呟《つぶや》いた。フランクは噂《うわさ》は本当だと、受付嬢にまで信じこませたに違いない。今までなら「すぐにおつなぎします」と答えるのが常だったから。

「おはよう、コーネリアス」フランクが電話に出た。「たった今きみの弟のヒューと電話で話したところだ。彼の電話はこれで今朝二度目だよ」

「用件はなんだった？」

「自分の置かれた立場をくわしく知りたい、それからとりあえずなにをしなければならないか教えてくれ、といってきた」

「よろしい」と、コーネリアスはいった。「つまりわたしは近々十万ポンドの小切手を受け取れるわけだな」

「それはどうかな」と、フランクが答えた。「あの口調からは彼が小切手を送ってくるとはとても思えないが、とにかく彼からつぎの連絡がありしだい知らせるよ」

「待ってるよ、フランク」

「どうやらきみは楽しんでいるようだな、コーネリアス」

「そうとも。ミリーが生きていて一緒に楽しめないのが残念でならない」

「彼女が生きていたらなんていったか、わかっているだろうな？」

「いや、しかしきみが教えてくれそうな気がするよ」

「この古狸《ふるだぬき》め」

「そして、いつものように、ミリーのいうことは正しかっただろう」コーネリアスは笑いながら白状した。「ではまたな、フランク」受話器を置いたとたんにノックの音が聞えた。

「どうぞ」コーネリアスはいったいだれだろうといぶかりながら答えた。ドアが開いて、家政婦がティー・カップとクッキーの皿をのせたトレイを運んできた。彼女は常に変らず清潔かつ身ぎれいで、乱れた髪の毛一本さえ見当らず、困惑している様子もなかった。まだフランクの手紙を受けとっていないのだろう、ととっさにコーネリアスは考えた。

「ポーリーン」と、彼は机にトレイを置いた彼女に声をかけた。「今朝わたしの弁護士からの手紙を受け取ったかね？」

「はい、いただきました」と、ポーリーンは答えた。「もちろんすぐに車を売って、お借りした五百ポンドをお返しするつもりです」そこでひと呼吸おいて、まっすぐ彼をみつめた。「ただ、もしかして……」

「なんだね、ポーリーン？」

「……働いてお返しするわけにはいきませんでしょうか？　娘たちを学校へ迎えに行くのにどうしても車が必要なんです」

コーネリアスはこの計画の実行を開始してから初めて気が咎《とが》めた。しかしポーリーンの頼みを聞きいれれば、そのことがだれかの耳に入って、計画全体があやうくなりかねなかった。

「すまんな、ポーリーン、わたしにはどうしようもないんだ」

「弁護士さんも手紙でそうおっしゃってました」ポーリーンはエプロンのポケットのなかの紙をいじりまわしながらいった。「ただわたし、弁護士さんたちがあまり好きじゃないんです」

その言葉はコーネリアスにいっそう後ろめたさを感じさせた。フランク・ヴィンセント以上に信頼できる人間を彼は知らなかったからである。

「そろそろ行かなきゃならないんですけど、夕方またかたづけものをしに戻ってきます。ひとつお願いがあるんですけど……」

「なんだね？」

「推薦状をいただけませんか？　おわかりでしょうけど、わたしくらいの年になると新しい働き口を見つけるのはなかなか大変なんです」

「バッキンガム宮殿でも採用してもらえそうな推薦状を書いてあげるよ」と、コーネリアスはいった。そしてすぐに机の前に坐《すわ》って、二十年以上に及ぶポーリーン・クロフトの献身的な勤務ぶりをほめちぎる推薦状を書きあげた。それを一度読みかえしてから彼女に手渡した。「ありがとう、ポーリーン」と、彼はいった。「きみはこれまでダニエル、ミリー、そしてとりわけわたし自身のためにじつによく尽してくれた」

「どういたしまして」と、ポーリーンが答えた。

彼女がドアを閉めて出て行くと、コーネリアスはときとして水は血よりも濃いのではないだろうかという思いに駆られた。

彼は机の前に腰をおろして、その朝起きたことを忘れないようにメモしはじめた。それがかたづくと、昼食を作るためにキッチンへ行き、ポーリーンが彼のためにサラダを作って帰ったことを知った。

昼食後、コーネリアスはバスで町へ出た――それは彼にとって初の体験だった。バス停留所を探しあてるまでしばらく手間どり、つぎに車掌が二十ポンド札への釣銭を持っていないことを知った。町の中心でバスを降りたあとで最初に訪れたのは地元の不動産屋で、相手は彼の顔を見てもさほど驚いた様子がなかった。コーネリアスは自分の財政的な行詰りの噂が急速にひろまりつつあるに違いないことを知ってほくそえんだ。

「明日の午前中にザ・ウィローズへだれか人をやりましょう、ミスター・バーリントン」と、若い男は机から立ちあがっていった。「測量と写真撮影のためです。それから庭に売家の札を立てさせてもらっていいですね？」

「どうぞどうぞ」コーネリアスはためらわずに答え、立札は大きければ大きいほどよいといいそうになってあやうく思いとどまった。

不動産屋を出たあと、通りの数ヤード先の運送屋に立ち寄った。そこで別の若い男に、家財道具をそっくり運びだしてもらいたいのだがと頼みこんだ。

「どこへ運ぶんですか？」

「ハイ・ストリートにあるボッツの倉庫までだ」と、コーネリアスは答えた。

「お安いご用です」若い店員は答えて、机から用紙を取りあげた。コーネリアスが三枚綴《つづ》りの申込み書類に記入しおわると、店員が書類の下段を指さして、「ここに署名してください」といった。それからちょっと緊張した顔でつけくわえた。「手付金として百ポンドいただきます」

「わかってる」コーネリアスは小切手帳を取りだした。

「すみませんが現金でいただくことになっています」と、店員は秘密めいた口調でいった。

コーネリアスはにやりとした。三十年以上もの間、彼の小切手が拒否されたことは一度もなかった。「明日また出なおしてくるよ」と、彼はいった。

バス停へ戻る途中、コーネリアスは弟が経営する金物屋のウィンドウをのぞいて、店員たちが全然忙しそうに見えないことに気がついた。ザ・ウィローズに帰館すると、書斎に入ってその午後にあったことを書きとめた。

その夜階段を登ってベッドに入るとき、そういえば今日の午後は何年ぶりかでだれひとりご機嫌うかがいの電話をかけてこなかったことを思いだした。その夜はぐっすり眠った。

コーネリアスは翌朝二階からおりてくると、玄関マットの上から郵便物を取りあげてキッチンへ向かった。コーンフレイクを食べながら郵便物に目を通した。以前に、破産しそうなことが知れわたると、商店主や小規模事業主たちが、自分以外の人間が優先債権者に名指しされる前に割りこもうとするために、茶封筒入りの請求書が殺到する、という話を聞いたことがあった。

コーネリアスはこの計画に乗りだす前にすべての請求書の支払いをすませてあったので、今朝の郵便のなかに茶封筒は一通もなかった。

宣伝パンフレットや無料提供のお知らせの類《たぐい》を別にすれば、ロンドンの消印のある白い封筒が一通あるだけだった。それは甥《おい》のティモシーからの肉筆の手紙で、おじさんの苦境を知ってとても残念でならない、最近はチャドリーへ帰ることもめったになくなったが、この週末にはシュロップシャーへ行っておじさんを訪ねるためにあらゆる努力をするつもりだ、と述べていた。

文面は短かかったが、コーネリアスはティモシーが一族のなかで彼の苦境に多少とも同情を示した最初の人間であることを心に刻みつけた。

呼鈴が鳴ったので、手紙をキッチン・テーブルに置いて廊下に出た。玄関のドアを開けると、弟の妻のエリザベスの姿があった。顔が蒼《あお》ざめ、やつれきっていたので、ゆうべはあまり眠れなかったのではないかと思った。

エリザベスは家のなかに入りこむと同時に、あらゆるものが手つかずで残っていることを確かめるかのように、部屋から部屋へと歩きまわった。弁護士からの手紙の内容はとうてい信じられない、と考えているかのようだった。

それから数分後に、町の不動産屋が巻尺を手に持ち、カメラマンを連れて玄関に到着したことで、やっと残る一抹の疑念も消えたに違いなかった。

「ヒューが十万ポンドの一部なりとも返してくれればとても助かるんだが」と、コーネリアスは義妹のあとを追って家のなかを歩きまわりながらいった。

彼女はそのせりふをひと晩じゅう練習していたにもかかわらず、口に出したのはしばらくたってからだった。

「それが、さほど簡単じゃないんです」と、ようやく彼女はいった。「あの融資は会社に対しておこなわれたものだし、会社の株は数人の共同所有なんです」

コーネリアスはその数人のなかの三人を知っていた。「だったらたぶんあんたとヒューが持株の一部を売るときがきたんだよ」

「そしてわたしたちが永年かかって苦労して育てた会社を、見も知らぬ他人が買収するのをだまって見ていろというんですか？　いいえ、そんなの我慢がならないわ。いずれにしろ、ヒューが法的立場をミスター・ヴィンセントに確認したら、わたしたちは持株を売る義務はないという返事だったんです」

「道義的な義務があるかもしれないという点は考えてみたかね」と、コーネリアスは義妹のほうを向いて質問した。

「コーネリアス」彼女は義兄の視線を避けていった。「あなたの没落の原因となったのは、わたしたちではなくあなた自身の無責任さなんですよ。まさかあなただって、自分の弟が何年もかかって築きあげたすべてを犠牲にし、わたしたち家族を今のあなたと同じ危険な立場に陥《おと》しいれることを期待してはいないでしょう？」

コーネリアスはエリザベスが前の晩眠っていない理由に気がついた。彼女はヒューの代弁者の役目を果しているだけでなく、明らかに自分で決定を下していた。そういえば常々弟夫婦のうちでより気が強いのは妻のほうだと思っていたから、話合いがつく前に弟と顔を合わせる機会があるかどうかははなはだ疑問だった。

「でもほかにわたしたちにできることがあれば……」と、エリザベスは客間にある金箔《きんぱく》仕上げの華かなテーブルに片手を置いて、それまでよりも穏かな口調でつけくわえた。

「では、お言葉に甘えて」と、コーネリアスは答えた。「二週間後には家を売りに出すことになったので、住む場所を……」

「そんなに急な話なんですか？」と、エリザベスが途中でさえぎった。「すると家具類はどうなるのかしら？」

「借金を返すためには全部売らざるをえない。しかし、すでにいったように……」

「ヒューは昔からこのテーブルが気に入っていたわ」

「ルイ十四世時代様式だ」と、コーネリアスはさりげなくいった。

「いくらぐらいするのかしら？」エリザベスはほんとは値段はどうでもいいといわんばかりの口調で、じっと考えこみながらいった。

「さあね。記憶違いでなければ、六万ポンドくらいで買ったような気がする——ただ十年以上も前のことだ」

「それからこのチェス・セットは？」エリザベスは駒《こま》を一個手に取って質問した。

「これは安物のコピーだよ」と、コーネリアスが答えた。「この手のセットはアラブのどこのバザールでも二百ポンドで買える」

「あら、わたしはまたずっと前から……」エリザベスはその先をいいよどんでから駒をチェスボードの間違った枡目《ますめ》に戻した。「そうだわ、もう行かなくっちゃ」まるで任務をおえたような口ぶりだった。「まだ店をやっていることを忘れるわけにいかないわ」

コーネリアスは長い廊下を玄関のほうへ歩きだした義妹を送って行った。彼女は甥のダニエルの肖像画の前をすいと通りすぎた。今まではかならず立ちどまって、ダニエルの夭逝《ようせい》を惜しんだものだった。

「さっきから考えていたんだが……」と、玄関ホールでコーネリアスが切りだした。

「なんですの？」

「二週間後にはこの家を出なければならないので、あんたのところに住まわせてもらえないだろうかと思ってね。安い部屋が見つかるまででいい」

「一週間前にいってくれればよかったのに」と、エリザベスが一拍もおかずにいった。「運悪くわたしの母を引きとることに決めたばかりで、ほかに空いているのはティモシーの部屋だけなんですけど、彼はほとんど毎週末家へ帰ってくるんです」

「ほう、そうかね？」

「それからこの大時計は？」まだ買物旅行の途中らしいエリザベスが質問した。

「これはヴィクトリア時代――ビュート伯爵《はくしゃく》家の財産から手に入れたものだ」

「いえ、そうじゃなくて、値段がいくらか知りたいんです」

「欲しい人が出す金額が値段だよ」と、コーネリアスは玄関ドアの前でいった。

「わたしにできることがあったら遠慮なくいってくださいね、コーネリアス」

「あんたはほんとに親切だね、エリザベス」彼がドアを開けると、不動産屋が〝売家〟の立札の杭《くい》を地面に打ちこんでいた。コーネリアスはにやりと笑った。この朝エリザベスを立ちどまらせたものは唯一《ゆいいつ》その立札だけだったからである。

フランク・ヴィンセントが木曜日の夕方、コニャックのボトルとピッツァ二人前を持ってやってきた。

「ポーリーンを失うことが計画の一部に含まれているとわかっていたら、わたしはそもそもこの計画に賛成しなかったよ」フランクは電子レンジで温めたピッツァを食べながらいった。「彼女なしでどうしているのかね？」

「不便このうえなしさ」コーネリアスは白状した。「もっとも彼女はいまだに毎晩一、二時間顔を出してくれるがね。さもなきゃこの家は豚小舎《ぶたごや》同然だろう。それで思いだしたが、きみはいったいどうしてるんだ？」

「独身者というのは、若いときからサヴァイヴァル技術を学ぶもんだよ。さあ、むだ話はやめてゲームに取りかかろう」

「どのゲームかね？」と、コーネリアスが笑いながらたずねた。

「チェスに決まってる。もうひとつのゲームはこの一週間うんざりするほどやったよ」

「では書斎へ移るとしよう」

フランクはコーネリアスの序盤の数手に意表をつかれた。旧友がそれほど大胆な手を打ってくるのは初めてだったからである。それから一時間あまりはどちらも口をきかず、フランクは自分のクイーンを護《まも》ることに終始した。

「このセットでプレーするのは今日が最後かもしれんな」と、コーネリアスが感慨をこめていった。

「いや、そのことなら心配はいらん」と、フランクがいった。「個人的な愛着のある品のいくつかはオークション対象から除外されるものだよ」

「だが二十五万ポンドの値打ちものとなるとそうもゆくまい」

「どういうことかね?」フランクが盤上から顔を上げた。

「わからんのも無理はない、きみは昔から金銭に無関心な男だったからな。このセットは十六世紀のペルシャの傑作で、オークションでは相当な関心を集めるに違いない」

「しかしきみはもう知りたいことを全部知ったはずだ。きみにとって大切なものが多く失われるというのに、なぜまだこんな計画を続けるのかね?」

「まだ真実が見つかっていないからだよ」

フランクは溜息《ためいき》をついて盤上に視線を戻し、クイーンズ・ナイトを動かした。「チェックメイトだ」と、彼はいった。「ゲームに集中しなかった罰だよ」

コーネリアスは金曜日の午前中の大部分を、町の美術品・家具競売商、ボッツ・アンド・カンパニーの支配人と一緒にすごした。

ミスター・ボッツは競売が二週間後におこなわれることにすでに同意していた。彼はこれほどすばらしいコレクションの場合は、カタログを作成し、広い範囲に案内状を出すために、もう少し期間が欲しかったと何度もいっていたが、少なくともミスター・バーリントンが置かれた立場にはいくぶんかの同情を示していた。昔からロイズ保険、相続税、破産の危機の三つが競売商の最良の友人だった。

「あらゆる品物をできるだけ早くわが社の倉庫に運ぶ必要があります」と、ミスター・ボッツがいった。「そうすればカタログを作成する一方で、オークション開催前の三日間連続して客に品物を見てもらう充分な時間がとれるでしょう」

コーネリアスがうなずいて賛成した。

競売商はまた、次週水曜日の《チャドリー・アドヴァタイザー》に全ページ広告を出してオークションの出品内容を明らかにし、案内状を郵送しなかった人たちにも知ってもらうことを提案した。

コーネリアスは正午数分前にミスター・ボッツと別れて、バス停へ戻る途中運送会社に立ちよった。五ポンド札、十ポンド札取りまぜて現金で百ポンド支払い、それだけの金をかき集めるのに数日かかったという印象を与えた。

バスを待つ間、彼に挨拶《あいさつ》をするどころか、目顔でうなずく人間さえほとんどいなくなったことにいやでも気づかされた。もちろん挨拶するためにわざわざ通りを渡ってくる人間は一人もいなかった。

二十人の人手と三台の有蓋《ゆうがい》トラックが、翌日ザ・ウィローズとハイ・ストリートの競売商の倉庫の間を往復して、荷物の積みおろしをおこなった。家具の最後の一点が邸《やしき》から運びだされたのは、すでに夕闇《ゆうやみ》が迫るころだった。

コーネリアスはがらんとした部屋部屋を歩きまわりながら、数多い所有物のうち、ほんのひとつかふたつを除けば、手放すのが惜しいものはほとんどない、と考えている自分に驚いた。彼は寝室に入って——その部屋にだけはまだ家具が残されていた——彼の没落以前にエリザベスが勧めてくれた小説の続きを読みはじめた。

翌朝の電話は一本だけだった。甥のティモシーからで、週末で帰っているのだが、会う時間はあるかという問合わせだった。

「時間だけはたっぷりあるよ」と、コーネリアスは答えた。

「じゃあ今日の午後はどうです?」と、ティモシーはいった。「四時ごろは?」

「お茶一杯も出せなくてすまんな」と、コーネリアスはいった。「なにしろ最後のひと箱が今朝切れてしまったし、おそらく来週はこの家を出ることになるだろうから……」

「そんなことはいいですよ」ティモシーはおじの所有物が根こそぎ運びだされた家を目《ま》のあたりにして、悲しみを隠せなかった。

「寝室へ行こう。あすこだけはまだ家具がある——それも来週までの運命だが」

「なにもかも持っていってしまったとは知りませんでしたよ。ダニエルの肖像画までなくなったとはね」ティモシーは壁に残された周囲よりも薄いクリーム色の長方形の額縁跡の前を通りながらいった。

「それにわたしのチェス・セットもだ」と、コーネリアスは溜息とともにいった。「しかし贅沢《ぜいたく》はいえん。わたしはずっとよい暮しをしてきたからな」彼は二階の寝室めざして階段を登りはじめた。

彼は一脚だけ残った椅子《いす》に坐《すわ》り、ティモシーはベッドの端に腰かけた。老人は甥の顔をしげしげと眺めた。すばらしい若者に育っていた。率直な顔、澄んだ茶色の目、その目を見れば、事情を知らない人間にも、彼が養子だということはひと目でわかるだろう。二十七か八歳——ダニエルが生きていれば同じ年配だった。コーネリアスは昔からこの甥に目をかけていて、相手も愛情に応《こた》えてくれるものと思いこんでいた。またしてもその幻想が打ち砕かれるのだろうか？

ティモシーは緊張した様子で、ベッドの端に腰かけながら落着きなく足を動かしていた。「コーネリアスおじさん」と、やがて彼は軽く頭を下げて切りだした。「ご存知のようにミスター・ヴィンセントから手紙を受けとったので、あなたと会って、自分名義の金が千ポンドはないので、今すぐは借りた金を返せないと説明すべきだと思ったんです」

コーネリアスは落胆した。せめて一族のだれか一人ぐらいは……

「しかし」若者は上着の内ポケットから長く薄い封筒を取りだして続けた。「父がぼくの二十一歳の誕生日に会社の株式の一パーセントをプレゼントしてくれました。それで少なくとも千ポンドの価値はあると思うので、ぼくの借金のかわりにこれを受けとっていただけないだろうかと——つまり、ぼくにこの株を買い戻す金ができるまでですけど」

コーネリアスはたとい一瞬たりとも甥を疑ったことで気が咎《とが》めた。すぐにも謝りたかったが、カードの家のように不安定な計画をあと数日保《も》たせようとするならば、そしらぬ顔をしていなければならないことを知っていた。彼は〝貧者の一灯〟を受けとってティモシーに礼をいった。

「これによってきみがどれほど大きな犠牲を払うことになるか、わたしにはわかっている」と、コーネリアスはいった。「やがて父親が引退したら会社を引き継いで、彼には考えられもしなかった分野へ事業を拡大したいというきみの夢と野望を、これまで何度も聞かされているからね」

「父が引退するとは思えません」ティモシーは嘆息しながらいった。「しかしぼくもロンドンで働いて経験を積んでいるから、今年度末にミスター・レナードが引退したら、本気でぼくを支配人にと考えるんじゃないでしょうか」

「残念ながらきみが破産したおじに会社の株の一パーセントを差出したことを知ったら、その目はなくなるんじゃないかな」

「ぼくの問題などおじさんの問題とは比較にもなりません。今すぐ現金で返せなくてほんとに申し訳ないと思っています。帰る前に、まだなにかぼくにできることはありませんか？」

「ああ、あるよ、ティモシー」と、コーネリアスは筋書に戻っていった。「きみのお母さんがこの小説を勧めてくれた。面白い本だが、近ごろ目が疲れやすくてな。少し読んでもらえると助かるんだが。読みさしのところに栞《しおり》をはさんでおいたよ」

「子供のころよくおじさんに本を読んでもらいましたね。『正直ウィリアム』だとか『ツバメ号とアマゾン号』だとか」彼は差しだされた本を受けとってつけくわえた。

ティモシーは二十ページほど読んだあたりで、急に中断して顔を上げた。

「四五〇ページにバスの切符がはさんでありますよ。そのままにしておきますか、おじさん？」

「ああ、そうしてくれ。なにかを思いだすためにそこにはさんでおいたんだ」コーネリアスはちょっと間をおいてから続けた。「すまんな、少し疲れたよ」

ティモシーが立ちあがっていった。「近いうちにまた戻って残った最後の数ページを読みますよ」

「きみを煩《わずら》わすまでもない、自分で読めるさ」

「いや、ぼくに読ませてくださいよ、おじさん。じゃないとだれが首相の椅子に坐るのかわからないままになってしまいますから」

次の金曜日にフランク・ヴィンセントが発送した二度目の手紙が、またしても電話の殺到を招いた。

「どういうことかよくわからないんだけど」と、マーガレットは二週間前に兄を訪ねたとき以来初めての会話でいった。

「どうもこうも、手紙に書いてある通りだよ」と、コーネリアスは落ちついて答えた。「わたしの財産はすべて競売にかけられるが、わたしが最も身近で大切に思っている人たちに、センチメンタルな理由からにせよ個人的な理由からにせよ、彼らが一族の手中に残しておきたいと思う品物を一点ずつ選んでもらうことにした。彼らは来週の金曜日にオークションでその品物に入札することができる」

「でもわたしたちはみな競《せ》り負けて、結局欲しいものが手に入らないかもしれないじゃない」

「そうじゃないんだよ、マーガレット」コーネリアスは腹立たしさを隠しながらいった。「公開オークションは午後におこなわれる。選ばれた品物は午前中別個に、一族と親しい友人たちだけの出席のもとにオークションにかけられる。これ以上わかりやすい指示はあるまい」

「オークションの前に品物を見ることはできるの？」

「そうだよ、マーガレット」兄は子供にいってきかせるような口調で答えた。「ミスター・ヴィンセントが手紙のなかではっきり述べているだろう。『内覧――火、水、木曜日、午前十時から午後四時まで。競売――金曜日午前十一時開始』とね」

「でも一点だけしか選べないのね？」

「そうだよ」と、コーネリアスはくりかえした。「破産申立人はそれしか認めないだろう。しかし喜んでくれ、おまえがこれまで何度も話題にしたダニエルの肖像画もそのなかに含まれる」

「ええ、わたしはあの絵が好きよ」とマーガレットはいい、一瞬躊躇《ちゅうちょ》したあとで続けた。「でもターナーも競売にかけられるのかしら？」

「もちろんだ。わたしはなにもかも売らざるをえないんだよ」

「ヒューとエリザベスがなにに目をつけているのか、兄さんは知ってるの？」

「いや、知らんね。知りたければ直接たずねてみればいいじゃないか」彼は妹と弟夫婦の間にほとんど会話がないことを知っていて、いたずらっぽく答えた。

二本目の電話は妹の電話を切った直後にかかってきた。

「やっと通じたわ」まるでほかの人間もコーネリアスと話したがるのは彼が悪いせいだとでもいうような、自分勝手な物いいだった。

「おはよう、エリザベス」コーネリアスにはその声の主がすぐにわかった。「電話をもらってうれしいよ」

「今朝届いた手紙の件なんですけど」

「ああ、そうだろうと思ったよ」

「じつは、例のテーブル――ルイ十四世様式の――の値段はどれくらいか知りたくて――それからついでに、ビュート伯爵《はくしゃく》の持物だったというあの大時計の値段も」

「オークション・ハウスへ行けばカタログがもらえるよ、エリザベス。それにはオークションにかけられるすべての品物の最高および最低評価額が書いてある」

「わかりました」と、エリザベスはいった。そのあとしばらく沈黙が続いた。「ところでマーガレットがそのどちらかに入札するかどうか、お義兄《にい》さんは知らないでしょうね？」

「知らんね。しかしあんたがかけようとしたときに電話線をふさいでいたのはじつはマーガレットなんだ。彼女もあんたと同じ質問をしたよ。だからあいつに電話してみたらどうかね？」また長い沈黙が訪れた。「ところでエリザベス、一人一点しか入札できないことは知ってるんだろうね？」

「ええ、手紙にそう書いてありましたわ」と、義妹はそっけなく答えた。

「いやなに、ヒューは前々からチェス・セットが欲しかったんじゃないかと思ってね」

「いいえ、そんなことはないと思いますわ」と、エリザベスはいった。コーネリアスは金曜の午前中に一家を代表して入札するのは間違いなく妻のほうだろうと思った。

「では、幸運を祈るよ」と、コーネリアスはいった。「それから十五パーセントの手数料を忘れないように」とつけくわえて電話を切った。

ティモシーは翌日、ザ・ウィローズとおじさん夫妻の思い出になる小さな品物をなにか買いたいので、オークションに出席するつもりだという手紙を書いて送った。

しかしポーリーンは、寝室を掃除しながら、オークションへは行かないつもりだとコーネリアスにいった。

「なぜかね？」と、彼がたずねた。

「ばかなことをして、手の届かない品物に入札してしまいそうだからですよ」

「それはひじょうに賢明だな。わたし自身もこれまで二度そういう過《あやま》ちを犯している。しかしなにか目をつけているものはあるんだろう？」

「ええ、でもわたしの貯《たくわ》えではとうてい足りそうもありません」

「いや、オークションというやつはわからんもんだよ。ほかの人間がだれも入札しなければ、大儲《おおもう》けできることもある」

「それなら考えてみますわ、新しい仕事も見つかったことですし」

「そうか、それはよかった」コーネリアスはそのニュースを聞いて内心がっかりしながらいった。

コーネリアスもフランクもその木曜日の晩はいつものチェス・ゲームに集中できず、半時間後には中止して引分けで手を打った。

「正直なところ、早く平常に戻ってほしいよ」と、ホストに料理用のシェリーを注いでもらいながらフランクがいった。

「そうかな？ これはこれでいいところもあるよ」

「たとえばどんな？」と、フランクがシェリーをひと口飲んだあとで顔をしかめていった。

「そうだな、まず最初に、明日のオークションが楽しみだ」

「しかしとんでもないことが起きる可能性もあるぞ」

「たとえばどんな？」

「そうだな、まず最初に、きみは考えてみたかね……？」しかしフランクは最後までいわなかった。親友が話を聞いていなかったからである。

翌朝コーネリアスはオークション・ハウスに一番乗りで到着した。会場には百二十の椅子が整然と十二列に並べられ、午後から会場が満員になるのを待っていたが、コーネリアスは真のドラマは出席者がたった六人しかいない午前中に始まる、と思っていた。

次に、オークション開始予定の十五分前にやってきたのは、コーネリアスの弁護士のフランク・ヴィンセントだった。彼は自分の依頼人がオークションを取りしきるミスター・ボッツと話しこんでいるのを見ると、後列右端の椅子に腰をおろした。

次に到着したのはコーネリアスの妹のマーガレットだったが、彼女は弁護士ほど遠慮深くなかった。つかつかとミスター・ボッツに歩みよって、甲高い声で、「どこでも好きな席に坐っていいの？」とたずねた。

「結構ですよ、マダム」と、ミスター・ボッツは答えた。マーガレットは前列中央の、競売卓の真前の席を占領した。

コーネリアスは妹にうなずいて挨拶《あいさつ》してから、通路を通ってフランクの三列前の席を占めた。

次に到着したのはヒューとエリザベスだった。彼らはしばらく会場の後方に立って椅子の配置を眺めていた。やがて通路を前方に進んで、八列目の二つの席を占めた。そこからは競売卓がよく見えると同時に、マーガレットの動きに目を光らすこともできた。

これがエリザベスの第一手か、とコーネリアスは状況をひそかに楽しみながら思った。

競売卓の後ろの壁にかかっている時計の短針が容赦なく11に近づくにつれて、コーネリアスはポーリーンもティモシーも現われないことに失望した。

競売人が壇上への階段を上がりはじめたとき、会場後方のドアがゆっくり開いて、ポーリーンの顔が隙間《すきま》からのぞいた。体はドアのかげに隠れたままで、やがて彼女の視線がコーネリアスと出会うと、彼は遠慮するなというように微笑をうかべた。彼女はなかに入ってドアを閉めたが、椅子には坐らずに会場の片隅に引きさがった。

競売人は時計が十一時を打つと同時に選ばれた招待客に向かってほほえみかけた。

「ご来場のみなさん」と、彼は切りだした。「わたしはこの業界に身を投じてから三十年以上たちますが、非公開のオークションを仕切るのは今日が初めてでありまして、従ってこれはわたしにとってもきわめて異例のオークションということになります。万一あとで争いが起きたときにどなたもいかなる疑問もお持ちにならないように、ここでこのオークションの基本ルールを説明しておきましょう。

「ご出席のみなさんは、一族としてであれ友人としてであれ、全員が今日オークションにかけられる品物の所有者であるミスター・コーネリアス・バーリントンと、なんらかの特別なつながりを持っておられます。みなさんは出品目録のなかからお一人一点を選んで、それに入札することを認められております。ご希望の品を首尾よく入手された場合はほかの品物の競りに参加することはできませんが、最初に選んだ品物を入手できなかった場合は、別の品物の競りに参加することができます。ここまではおわかりいただけたことと思います」と、彼がいったとき、ドアが勢いよく開いてティモシーがとびこんできた。

「どうもすみません」と、彼は少し息を切らしながらいった。「列車が遅れてしまったもんで」彼は急いで後列の椅子に腰をおろした。コーネリアスはにんまりした——これで彼のポーンたちは全員顔が揃《そろ》った。

「有資格者は五人だけですので」と、ミスター・ボッツは中断などなかったかのように続けた。「五点の品物だけがオークションにかけられます。しかし法の定めるところによれば、だれかが前もって書面による入札をおこなった場合、その指し値はオークションの一部とみなされなければならないのです。つまりできるだけわかりやすく説明するならば、もしもわたしの競売卓に指し値があるとすれば、みなさんはその指し値が一般の人によってわが社のオフィスに託されたものだと考えるべきだということです。公正を期するために」と、彼はつけくわえた。「五点中四点に対して一般からの指し値があったことを申しあげておきます。

「以上基本ルールを説明しましたので、お許しを得て今からオークションを開始いたしたいと思います」彼が会場後方のコーネリアスに目を向けると、相手はうなずいて同意を示した。

「最初の品は一八九二年製のロングケースの大時計で、これはミスター・バーリントンが故ビュート伯爵の所有物のなかから購入されたものです。

「では三千ポンドからスタートします。三千五百の方はいらっしゃいませんか?」ミスター・ボッツは眉《まゆ》を吊《つ》りあげてたずねた。エリザベスはいささかショックを受けたようだった。三千ポンドといえば最低評価額よりもわずかに低いだけで、その朝彼女とヒューが申しあわせていた金額だったからである。

「この品に関心のある方はいらっしゃいませんか?」ミスター・ボッツはまっすぐエリザベスのほうを見て質問したが、彼女は依然として催眠術にかかったような状態のままだった。「もう一度質問します、このすばらしい大時計に三千五百のお声はありませんか? 後悔しても手遅れですよ。ではお声がないようですから、これは取りさげて午後のオークションにまわします」

エリザベスはまだショック状態にあるようだった。すぐに夫のほうを向いて、なにやら小声で話合いを始めた。ミスター・ボッツは少しがっかりしたような表情だったが、急いで二番目の品物の競りに移った。

「次の品はテムズを描いたオクスフォードのウィリアム・ターナーのチャーミングな水彩画です。二千ポンドからスタートしてよろしいでしょうか?」

マーガレットが勢いよくカタログを振りまわした。

「ありがとうございます、マダム」競売人は彼女ににっこりほほえみかけた。「これには一般から三千の指し値がついております。四千の方はいらっしゃいませんか?」

「ここよ!」マーガレットが満員の会場では大声を張りあげなければ聞きとれないとでもいうように叫んだ。

「テーブルに五千の声が届いております——六千まで行きますか、マダム?」競売人は前列の婦人に視線を戻して質問した。

「行くわ」マーガレットは同じように断固たる口調で答えた。

「ほかにはいらっしゃいませんか?」競売人は会場をぐるりと見まわした——テーブルの指し値がなくなった証拠だった。「ではこの絵は六千ポンドで最前列のレディにお買上げいただきます」

「七千」と、彼女の後ろから声がした。マーガレットが振りむくと、義姉が競りに参加していた。

「八千!」と、マーガレットが声を張りあげた。

「九千」と、エリザベスがためらわずにいった。

「一万!」と、マーガレットが咆《ほ》えた。

急に会場が静かになった。コーネリアスが空席ごしにちらと見たとき、エリザベスの顔には義妹に一万ポンドの請求書を背負いこませることに成功した会心の笑みがうかんでいた。

コーネリアスは吹きだしそうになった。オークションは彼の予想以上に面白い見物《みもの》になりつつあった。

「ほかにお声がありませんので、この感じのよい水彩画は一万ポンドでミス・バーリントンにお買上げいただきます」ミスター・ボッツはハンマーを振りおろしながらいった。彼はマーガレットに向かって、賢明な投資をしましたねとでもいうようにほほえみかけた。

「次の品は」と、彼は続けた。「『ダニエル』と題された作者不詳の肖像画です。なかなかよくできた作品なので、百ポンドからスタートしたいと思います。百ポンドの方はいらっしゃいませんか？」

会場のだれ一人としてこの絵に関心を示す様子はなく、コーネリアスはいたく失望した。

「このままでは競りが始まらないので、五十ポンドに値下げします」と、ミスター・ボッツがいった。「しかしそれ以上安くすることはできません。五十の方はいらっしゃいませんか？」

コーネリアスは会場を見まわして、人々の表情から、だれがこの品を選んだのか、その人物はたいそう手頃な値段なのになぜ競りおとす気を失《な》くしてしまったのかを探りだそうとした。

「どうやらこの絵も取りさげなくてはならないようですね」

「つまりわたしのものになったということですか？」と、会場後方から声が聞えた。全員が声の主を振りかえった。

「あなたが五十ポンドの値をつければ」と、ミスター・ボッツが眼鏡を合わせながらいった。「この絵はあなたのものですよ、マダム」

「ではお願いします」と、ポーリーンがいった。ミスター・ボッツはハンマーを振りおろしながら彼女にほほえみかけた。「会場後方のご婦人に」と、彼は宣言した。「五十ポンドで売れました」

「次は出品番号第四番、出処不明のチェス・セットです。いくらからスタートしましょうか？ 百ポンドではどうですか？ どうもありがとうございます」

コーネリアスはだれが入札したのかと会場を見まわした。「テーブルに二百が届きました。三百の方はいらっしゃいますか？」

ティモシーがうなずいた。

「テーブルで三百五十が出ました。四百ではどうでしょう？」

今度はティモシーがしょんぼりとうなだれ、コーネリアスはおそらく金額が彼の限界を超えたのだろうと思った。「となるとこれも取りさげて、午後のオークションにまわさざるをえません」競売人はティモシーの顔をじっとみつめたが、彼は瞬《まばた》きさえしなかった。「では、チェス・セットは取りさげます。

「最後は出品番号第五番、一七一二年ごろの華麗なルイ十四世時代様式のテーブルで、ほとんど新品同様の良好な状態です。出処は最初の持主まで溯《さかのぼ》ることが可能で、この十一年間はミスター・バーリントンが所有しておりました。詳細な説明はカタログに載っております。このテーブルには多くの方々が関心を示していますので、五万ポンドからスタートさせていただきます」

すかさずエリザベスがカタログを頭上に持ちあげた。

「ありがとうございます、マダム。テーブルに六万の指し値が届きました。七万の方はいらっしゃいますか」彼はエリザベスに視線を釘《くぎ》づけにしたままたずねた。

ふたたびエリザベスのカタログが頭上に突きあげられた。

「ありがとうございます、マダム。テーブルに八万が出ました。九万の方は?」今度はエリザベスもしばし躊躇《ちゆうちよ》してからゆっくりカタログを持ちあげた。

「テーブルに十万が出ました。十一万の方はいらっしゃいますか?」

今やうつむいて床をみつめているヒューを除いて、会場のすべての人間がエリザベスのほうを見ていた。明らかに夫は競りに対していかなる影響力も持っていなかった。

「これ以上お声がなければ、この品物も取りさげて午後のオークションに出品しなければなりません。後悔しても手遅れですよ」ミスター・ボッツがハンマーを振りあげると同時に、エリザベスのカタログがさっと上がった。

「十一万です。ありがとうございます、マダム。ほかにお声はありませんか？　ではこの美しいテーブルを十一万ポンドでお売りします」彼はハンマーを振りおろしてエリザベスにほほえみかけた。「おめでとうございます、マダム。これはこの時代の逸品中の逸品でございますよ」彼女は不安そうな表情をうかべて、力なくほほえみかえした。

コーネリアスは後ろを向いて、無表情で坐《すわ》っているフランクに目配せした。それから席を立って競売卓に近づき、ミスター・ボッツのあざやかな仕切りに礼を述べた。会場をあとにするとき、マーガレットとエリザベスにほほえみかけたが、二人ともなにか気にかかることがあるらしく、挨拶《あいさつ》を返しもしなかった。ヒューは両手で頭を抱えこんで床をみつめつづけていた。

コーネリアスが後ろのドアに向かう途中、ティモシーの姿がどこにも見えないので、甥《おい》はロンドンへ戻らなくてはならなかったのだろうと思った。できればこの若者と一緒にパブで昼食をとりたいと考えていたので、当てがはずれてがっかりした。万事順調に運んだ朝は、ささやかなお祝いぐらいしても罰は当るまいと思った。

すでに午後のオークションには顔を出さないことに決めていた。もっと狭い家に越してしまえば家財の大部分を置く場所がないとはいえ、大事にしてきた品々が売りさばかれるのを見るに忍びなかったからである。ミスター・ボッツはオークションが終りしだい電話して、売上高を報告すると約束した。

ポーリーンに暇を出して以来最高の食事を楽しんだあとで、コーネリアスはパブからザ・ウィローズへの帰途についた。家へ帰るバスの時間を正確に知っていたので、その二分ほど前にバス停に到着した。今では人々が自分を避けてもなんとも思わなかった。

コーネリアスが玄関のドアの鍵《かぎ》を開けたとき、近くの教会の時計が三時を打った。彼はマーガレットとエリザベスがとんでもない大きな買物をしてしまったことに気がついたときに、必然的に生じる副産物を楽しみにしていた。にやにやしながら書斎へ向かい、ミスター・ボッツからの報告の電話は何時ごろになるだろうかと思いながら腕の時計を見た。書斎に入ると同時に電話が鳴りだした。思わずにやりとした。ミスター・ボッツの電話にしては早すぎるから、エリザベスかマーガレットからの、大至急会いたいという電話に違いなかった。受話器を取りあげるとフランクの声が耳にとびこんできた。

「午後のオークションからチェス・セットを引っこめるのを忘れなかっただろうね?」

と、フランクが挨拶抜きで質問した。

「なんの話だ?」と、コーネリアスが問いかえした。

「きみの大切なチェス・セットだよ。午前中に買い手がつかなかったので、自動的に午後のオークションに出品されることを忘れたのかね? もちろんきみがあれを引っこめるように指示したか、ミスター・ボッツに本当の値打ちを教えていれば話は別だが」

「しまった！」コーネリアスは受話器を取りおとしてドアから走りでたので、フランクの次の言葉は耳に入らなかった。「ミスター・ボッツのアシスタントに電話を一本かけるだけで用がすむと思うよ」

コーネリアスは私道を走りながら時計を見た。三時十分すぎ、オークションはまだ始まったばかりだろう。バス停に向かって走りながら、チェス・セットの出品番号が何番だったかを思いだそうとした。おぼえているのは全部で百五十三点が出品されるということだけだった。

バス停に立って、焦《じ》れったそうに足踏みしながら、タクシーが通りかかったら呼びとめようとしているところへ、ありがたいことにバスが近づいてくるのが見えた。運転手から一瞬も目をはなさなかったにもかかわらず、バスのスピードをそれ以上あげさせることはできなかった。

ようやくバスが目の前で停まってドアが開くと、急いで跳び乗って前部のシートに坐った。料金はいくらでも払うからボッツ・アンド・カンパニーまで直行してくれと運転手に頼みたかったが、ほかの乗客がその頼みに賛成するとは思えなかった。

彼は腕の時計を見て――午後三時十七分だった――ミスター・ボッツが午前中に一点の品物を売るまでどれくらい時間がかかったかを思いだそうとした。一分か一分半といったところだろう。バスは町までの短い旅のすべての停留所で停まり、コーネリアスはバスに乗っていたのと同じ時間を、時計の長針の動きを目で追うのに費した。バスは午後三時三十一分にやっとハイ・ストリートに到着した。

ドアさえもがいつもよりゆっくり開くように思えた。コーネリアスは歩道に跳びおり、何年間も走ったことなどないのに、この日二度目の全力疾走を開始した。オークション・ハウスまでの二百ヤードの距離を記録破りのスピードで走りおえたが、到着したときはへとへとに疲れていた。彼が会場に駆けこんだとき、ミスター・ボッツが告げた。

「出品番号第三十二番、ロングケースの大時計で、元の所有者は……」

コーネリアスは会場を見まわして、開いたカタログを手に持って一隅に立ち、品物が売れるたびに落札価格を書きこんでいる事務員に目をとめた。彼女のほうへ近づいて行ったちょうどそのとき、どこかで見たような顔の女性がすばやく彼のそばを通り抜けてドアの外へ出て行った。

「チェス・セットはもう競《せ》りにかけられたかね？」と、まだ息切れのおさまらないコーネリアスが質問した。

「今調べてみます」事務員は答えて、カタログをめくりかえした。「ええ、売れました、出品番号第二十七番です」

「いくらで売れたかね？」

「四百五十ポンドです」

その夜ミスター・ボッツが電話をかけてきて、午後の売上げ総額は九十万二千八百ポンドで——予想をはるかに上まわったことを報告した。

「もしやだれがチェス・セットを買ったか知っているかね?」というのがコーネリアスの唯一《ゆいいつ》の質問だった。

「いや」と、ミスター・ボッツは答えた。「わかっているのはだれかの代理人に買われたということだけです。買い手は現金で支払いをして品物を持ち帰りました」

コーネリアスは階段を上がってベッドに入るとき、チェス・セットを失ってしまうという大失敗を除けば、すべてが計画通りに運んだことを認めざるをえなかった。しかもその失敗の責任はほかのだれでもない彼自身にあった。ましてフランクはそのことを二度と話題にしないだろうとわかっているだけに、なおのこと悔まれてならなかった。

翌朝七時三十分、コーネリアスがバスルームにいるときに電話が鳴った。明らかにひと晩中眠れずに、最も早い時間で何時ごろ電話をかければ彼を起こさずにすむだろうかと、悶々《もんもん》としながら考えていた人間がいた。

「コーネリアス、あなたですの?」

「そうだ」彼は聞えよがしにあくびをしながら答えた。「そちらはどなた?」と、わかっているくせに質問した。

「エリザベスです。朝早くからお騒がせして申し訳ないけど、大至急お会いしたいんです」

「いいとも」と、コーネリアスは答えた。「午後から一緒にお茶でもどうかね？」

「いいえ、そんなに待てませんわ。朝のうちにお会いしたいんです。九時ごろお邪魔していいかしら？」

「すまんね、エリザベス、じつは九時に先約があるんだよ」そしてひと呼吸おいて続けた。「十時から三十分間なら都合がつくよ。それなら十一時のミスター・ボッツとの約束に遅れないですむ」

「もしよかったら車で町まで送りますよ」と、エリザベスが申しでた。

「それはとてもありがたいが」と、コーネリアスはいった。「もうバスに乗るのに慣れたし、いずれにしろあんたの好意に甘えたくない。では十時に待ってるよ」そういって彼は電話を切った。

なおも入浴を続ける間にまた電話が鳴った。ベルが鳴りやむまでお湯につかっていた。マーガレットからの電話に違いなかった。きっと十分以内にまたかけなおしてくるだろう。

体を拭《ふ》きおわらないうちにふたたび電話が鳴った。ゆっくり寝室へ戻って、ベッドサイドの電話を取った。「おはよう、マーガレット」

「おはよう、コーネリアス」相手はびっくりしたようだった。だがすばやく立ちなおって、彼女は言葉をついだ。「大至急会いたいんだけど」

「ほう？ なんでまた？」コーネリアスは理由を知っているくせにたずねた。

「ちょっとデリケートな問題なので電話じゃ話せないんだけど、十時にはそちらへ行けるわ」

「残念ながら十時にはエリザベスと会う約束をしちゃったよ。彼女も急ぎの相談があるようなんだ。十一時じゃどうかね？」

「だったら今すぐのほうがいいんだけど」マーガレットは焦《あせ》っているようだった。

「いや、十一時前は無理だよ。十一時か、でなかったら午後のお茶の時間にしてくれ。どっちがいい？」

「十一時にして」と、マーガレットが躊躇なく答えた。

「いいだろう。では十一時に」そういって彼は電話を切った。

コーネリアスは着替えをおえて朝食のためにキッチンへおりた。コーンフレイクのボウル、ローカル新聞、それに切手を貼《は》っていない封筒が彼を待っていたが、ポーリーンの姿は見当らなかった。

彼は自分でカップにお茶を注ぎ、封筒を開封して、彼宛《あ》てに振りだされた五百ポンドの小切手を引きだした。そして溜息《ためいき》をついた。ポーリーンが車を売った金に違いなかった。

新聞の土曜版付録のページをめくりはじめ、〝売家〟の欄で手を止めた。その朝三度目の電話がかかってきたとき、今度はだれからか見当もつかなかった。

「おはようございます、ミスター・バーリントン」と、陽気な声が話しかけた。「不動産屋のブルースです。ザ・ウィローズに売り値を上まわる買い値がついたことをお知らせしようと思いまして」

「それは上出来だ」と、コーネリアスがいった。

「ありがとうございます」不動産屋はコーネリアスがこの何週間かだれからも聞いていない敬意のこもった口調でいった。「しかしわたしはもう少し粘るべきだと思います。もっと高く売る自信があるんです。もう少し高値がついたらそれで手を打って、十パーセントの手付金を要求するといいでしょう」

「それはいい考えのようだ。先方が契約書にサインしたら、わたしのために新しい家を捜してくれたまえ」

「どんな家がお望みですか、ミスター・バーリントン？」

「ザ・ウィローズの半分ぐらいの大きさで、できれば二エーカーぐらいの敷地が欲しい。なるべくこの近くから動きたくないな」

「それほど難しい注文じゃないでしょう。目下手持ちのすばらしい家が一、二軒ありますから、きっとその一軒が気に入っていただけると思います」

「ありがとう」と、コーネリアスは礼をいった。一日の初めに吉報をもたらした男と話せて、たいそうよい気分だった。

ローカル紙の一面の記事を読んでくすくす笑っているときに、玄関の呼鈴が鳴った。時計を見ると、十時まではまだ数分あったから、エリザベスであるはずはなかった。ドアを開けると、緑色の制服を着た男が片手にクリップボード、もう一方の手に小包を持って立っていた。

「ここにサインしてください」配達人はそれだけいってボールペンを差しだした。

コーネリアスは伝票の下端にサインをなぐり書きした。そのとき私道を近づいてくる車に気をとられなかったら、小包の送り主はだれかと質問していたことだろう。

「ご苦労さま」と彼はいい、小包を玄関ホールに置いたまま、階段をおりてエリザベスを迎えに出た。

車が玄関先に停まったとき、コーネリアスは助手席にヒューが坐っているのを見て驚いた。

「急なお願いなのに会っていただいてありがとう」と、またひと晩眠れない夜をすごしたように見えるエリザベスがいった。

「おはよう、ヒュー」コーネリアスは弟もひと晩中寝かせてもらえなかったのではないかと思いながらいった。「キッチンへきてくれ——残念ながら家中で暖房がきいているのはあすこだけなんだ」

長い廊下を通って二人を案内する途中、エリザベスがダニエルの肖像画の前で立ちどまった。「この絵が本来あるべき場所に戻ってほんとによかったですわ」と、彼女はいった。ヒューがうなずいて賛成した。

コーネリアスはオークション以来一度も見ていなかった絵をしみじみ眺めた。「そう、本来あるべき場所に戻ってきた」と呟《つぶや》いてから、二人をキッチンへ案内した。「ところで、土曜の朝になんの用あってザ・ウィローズへ？」と、湯わかしに水を満たしながら質問した。

「じつはルイ十四世時代のテーブルの件でお邪魔したんです」と、エリザベスが遠慮がちな口調で答えた。

「うん、わたしもあれを手放すのは辛《つら》かったよ」と、コーネリアスはいった。「しかしなかなか味な心遣いをしてくれたもんだな、ヒュー」

「味な心遣い……？」と、ヒューがおうむがえしにいった。

「そうさ。ああいう形でわたしの十万ポンドを返そうとしたんだろう？」とコーネリアスはいい、エリザベスのほうを向いて続けた。「わたしはひどい思い違いをしていたよ、エリザベス。これはそもそもあんたのアイディアだったらしいね」

エリザベスとヒューは茫然《ぼうぜん》として顔を見合わせ、それから同時に話しはじめた。

「しかしわれわれは……」と、ヒュー。

「わたしたちはむしろ……」と、エリザベス。二人とも途中で沈黙した。

「彼に本当のことを話すんだ」と、ヒューが断固としていった。

「するとなにかね?」と、コーネリアスがいった。「わたしは昨日の午前中のオークションであったことを誤解していたというわけか?」

「ええ、残念ながらそうなんです」エリザベスの頬からわずかに残った血の気が引きつつあった。「じつをいうとわたしは物のはずみで無理な競りを続けてしまったんです。本当はもっと早くおりるべきだったのに」彼女はちょっと間をおいて続けた。「なにしろオークションは初めての経験だったので、大時計を手に入れそこなったあとでマーガレットがターナーをとても安く手に入れるのを見たら、ついばかなことをしてしまったんです」

「だったらいつでもまたオークションにかけられるよ」コーネリアスはいかにも残念そうなふりをしていった。「あれはいいものだから、きっと損はしないだろう」

「それはもう調べてみたんです」と、エリザベスがいった。「でもミスター・ボッツがいうには少なくともこれから三か月間は家具のオークションはないそうだし、清算は七日以内という売買の条件がカタログに明記されていました」

「だが品物を彼に預けておけば……」

「ああ、彼もそういってたよ」と、ヒューがいった。「しかしわれわれは競売商が売り値に十五パーセントの手数料を加えることに気がつかなかったから、実際の支払額は十二万六千五百ポンドになってしまう。しかもなお困ったことに、あのテーブルをふたたびオークションにかければ、またしても売れた値段の十五パーセントを彼らに払わなくてはならないから、結局われわれは三万ポンド以上も損をすることになる」

「そう、競売商ってやつはそうやって金を稼ぐんだよ」と、コーネリアスは溜息とともにいった。

「でもわたしたちには十二万六千五百ポンドはおろか、三万ポンドもないんです」と、エリザベスがいった。

コーネリアスはじっと考えごとをするようなふりをしながら、自分のティー・カップにおかわりを注いだ。「ところで」と、ようやく彼はいった。「不思議でならないのは、おまえたちがわたしの現在の財政的苦境を知りながら、なぜわたしに助けてもらえるかもしれないと思ったのかということだ」

「オークションの売上げが百万ポンド近くあったとしたら……」と、エリザベスがいいかけた。

「予想をはるかに上まわる金額だ」と、ヒューが口をはさんだ。

「できたらあなたがあのテーブルを売らないことにしたと、ミスター・ボッツにいってもらえないでしょうか？　もちろんわたしたちはそれで異存はないと彼にいいます」

「そりゃ異存はないだろうさ。だがそれでもミスター・ボッツに一万六千五百ポンドの借りができ、三か月後に十一万ポンドで売れなかったらさらに損失が生じる、という問題は解決しないよ」

　エリザベスもヒューもなにもいわなかった。

「おまえたちはその金を作るためになにか売るものを持っているのかね？」と、やがてコーネリアスが質問した。

「売れるものは家だけで、それにも多額の抵当がついています」

「しかし会社の株はどうかね？　それを売れば費用をまかなって余りあるだろう」

「うちの会社の株なんかだれが買うだろうか？　かろうじて採算がとれているという経営内容なのに」

「わたしが買うよ」と、コーネリアスがいった。

　二人とも唖然《あぜん》とした。「おまえたちの持株と引きかえに、わたしに対するおまえたちの借金を帳消しにしたうえで、ミスター・ボッツとの間の問題もすべて解決してやるよ」

エリザベスが抗議しかけるのをさえぎって、ヒューが質問した。「それ以外に方法はないのかな？」

「わたしには思いつかないね」

「となると選り好みできる立場じゃなさそうだな」と、ヒューが妻に向かっていった。

「でもわたしたちが会社に注ぎこんできた長い年月はどうなるの？」と、エリザベスが嘆いた。

「店はしばらく前からまともに利益を出していないし、きみもそのことを知っているはずだよ、エリザベス。コーネリアスの申し出を断わったら、これから一生借金を返しつづけることになりかねないぞ」

エリザベスは珍しくなにもいわなかった。

「どうやら話がついたようだな」と、コーネリアスがいった。「帰りにわたしの弁護士のところに寄って打合わせしてくれ。彼が必要な手続きはすべてやってくれる」

「そしてミスター・ボッツのほうはあなたが手を打ってくれるんですね？」と、エリザベスがきいた。

「おまえたちが株の譲渡契約書にサインすると同時に、ミスター・ボッツの件はわたしが手を打つよ。今週末までにすべてがかたづいているはずだ」

ヒューが軽く頭を下げた。

「それからもうひとつ」と、コーネリアスが続けた――二人は顔を上げて心配そうに彼をみつめた――「わたしはヒューが会長として取締役会に留任し、しかるべき報酬を受けとるのが賢明だと思う」

「それはどうも」ヒューは兄と握手しながら礼をいった。「事情が事情なだけに、こんなありがたい話はないよ」廊下の途中で、コーネリアスはふたたび息子の肖像画を眺めた。

「どこか住むところは見つかったんですか？」と、エリザベスがたずねた。

「ありがとう、エリザベス、結局そのことは問題じゃなくなりそうなんだ。ザ・ウィローズを予想よりはるかに高値で買いたいという人がいて、それにオークションの売上げも思いがけないほど多かったから、借金を全部返してもまだかなりの金が残りそうなんだよ」

「だったらなぜわたしたちの株を欲しがるんです？」と、エリザベスが彼のほうを振り向いて質問した。

「あんたがわたしのルイ十四世様式のテーブルを欲しがったのと同じ理由からだよ」と答えながら、コーネリアスは玄関のドアを開けて二人を送りだした。「それじゃな、ヒュー」と彼がいったとき、エリザベスが車に乗りこんだ。

コーネリアスは家のなかに戻りかけたが、マーガレットが新車で私道に入ってくるのに気がついて、立ちどまって待った。マーガレットが小型のアウディを停めると、彼は車のドアを開けてやった。

「おはよう、マーガレット」彼は妹と一緒に階段を上がって家のなかに入った。「またザ・ウィローズにきてくれてうれしいよ。この前きてくれたのはいつだったかな？」

「わたし、とんでもない過《あやま》ちをしでかしてしまったわ」妹はキッチンにたどりつくはるか手前で早くも白状した。

コーネリアスは湯わかしに水を注ぎたして、自分がすでに知っている事のいきさつを妹が話しはじめるのを待った。

「遠まわしないい方はよすわ、コーネリアス。わたし、ターナーが二人いるなんて知らなかったのよ」

「そう」コーネリアスは平然としていった。「この国が生んだ文句なしの最高の画家、ジョゼフ・マロード・ウィリアム・ターナーと、オクスフォードのウィリアム・ターナーだ。後者は前者とはなんのつながりもなく、ほぼ同じ時期に絵を描いていたとはいえ、巨匠の足元にも及ばないことは確かだね」

「だけどわたしは知らなかった……」と、マーガレットはくりかえした。「だからターナー違いの絵を高すぎる値段で買うはめになった――義姉《ねえ》さんに煽《あお》られたせいもあって」

「ああ、おまえがもう一人のターナーを記録的な高値で買ったことでギネス・ブック入りしたことを、今朝の新聞で面白く読んだよ」

「そんな記録は立てたくもなかったわ。じつはそのことで兄さんからミスター・ボッツに一言話してもらえないかと、そして……」

「そしてなにかね？」コーネリアスは妹にお茶を注いでやりながら、空とぼけてたずねた。

「あれはとんでもない間違いだったと説明してやってもらえないかしら？」

「それは無理な話だと思うがね。いったんハンマーが振りおろされると、売買が成立する。それがこの国の法律なんだ」

「それじゃあの絵の代金を払うことでわたしを助けてもらえないかしら？」と、マーガレットが新たな提案をした。「新聞で読んだけど、兄さんはあのオークションだけで百万ポンド近いお金を手に入れたそうじゃない」

「だがわたしもいろいろと物入りでね」と、コーネリアスは嘆息とともにいった。「ザ・ウィローズが売れれば、ほかに住むところを捜さなきゃならないことを忘れないでくれ」

「そのことなら、いつでもうちにきてもらっていいのよ……」

「今朝はこれで二度目だよ、同じ誘いを受けるのが。で、エリザベスにも説明したんだ、おまえたち二人から同居を断わられたので、ほかの手段を講じなければならなかったとね」

「じゃわたしは身の破滅だわ」と、マーガレットは芝居っ気たっぷりにいった。「十五パーセントの手数料はいうまでもなく、一万ポンドだって持っていないもの。だいたい手数料のことなんか知らなかったわ。わたしはあの絵をクリスティーズでオークションにかけて、ちょっとばかり儲《もう》けようとしただけなのよ」

ついに本音を吐いたか、とコーネリアスは思った。それとも本音の半分というところか。

「コーネリアス、あなたは昔から家じゅうでいちばん頭がよかったわ」と、マーガレットが目に涙を浮かべながらいった。「あなたならきっとわたしがこの苦境から脱けだす方法を考えてくれるわよね」

コーネリアスは深く考えこむかのようにキッチンを行きつ戻りつし、妹はその一歩一歩をじっと見守った。やがて彼は妹の前で立ちどまった。「いい方法が浮かんだような気がする」

「どんな方法？」と、マーガレットが叫んだ。「なんだって同意するわ」

「どんなことでも？」

「ええ、どんなことでもよ」

「よし、それじゃこうしよう。わたしがおまえの新車と引きかえに絵の代金を払うことにする」

マーガレットはしばらく口がきけなかった。「でもあの車は一万二千ポンドしたのよ」と、ようやく彼女がいった。

「かもしれんが、中古ならせいぜい八千というところだろう」

「でもわたしの足はどうなるの？」

「バスに乗るといい。あれはじつに便利なものだよ。時刻表さえおぼえてしまえば、世界がすっかり変ってしまう」彼は腕の時計をのぞいた。「今すぐバスに乗りかえたらどうかね？　十分後に一台くるよ」

「でも……」とマーガレットがいいかけると、コーネリアスが開いた掌《てのひら》を差しだした。

彼女はふうっと溜息《ためいき》をついてハンドバッグの口を開け、兄に車のキイを渡した。

「ありがとう」と、コーネリアスはいった。「ではこれ以上引きとめるのはよそう。今度のバスに乗りおくれると次のまで三十分待たなきゃならんからね」彼は妹を導いてキッチンから廊下へ出た。そして微笑をうかべながら玄関のドアを開けてやった。

「それからミスター・ボッツから絵を引きとるのを忘れないようにな。おまえの家の客間の煖炉《だんろ》の上に飾ると見栄《みば》えがするだろうし、われわれが一緒にすごした時代の幸せな思い出をよみがえらせてくれることだろう」

マーガレットはなにもいわずにくるりと背を向けて、長い私道を歩いて行った。

コーネリアスがドアを閉めて、この日の朝の出来事をフランクに電話で報告するために書斎へ行きかけたとき、キッチンから聞えてくる物音に気がついた。そこで方向転換して廊下を戻りはじめた。キッチンに入って流し台に近づき、腰をかがめてポーリーンの頬にキスをした。

「おはよう、ポーリーン」

「いったいなんの真似《まね》です？」と、彼女は洗剤で泡立った水に両手をつけたままいった。

「わたしの息子を家へ連れて帰ってくれたお礼だよ」

「お貸ししただけですよ。お行儀よくしなかったらうちへ持って帰りますからね」

コーネリアスはほほえんだ。「それで思いだしたよ――あんたの最初の申入れで手を打とう」

「いったいなんのことです、ミスター・バーリントン？」

「あんたは車を売るより働いて借りを返したいといったろう」彼は内ポケットから彼女の小切手を取りだした。「この一か月間にあんたがここで何時間働いたか、わたしにはちゃんとわかっている」と、彼は小切手を二つに引き裂きながらいった。「これで借金は帳消しだよ」

「それはとてもありがたいんですけど、車を売る前にそういっていただきたかったですわ」

「その点は問題ないよ、ポーリーン、わたしは今や自慢の新車を持つ身だから」

「あら、どうしてまた?」と、ポーリーンは濡《ぬ》れた手を拭《ふ》きながら質問した。

「妹からの思いがけない贈物だよ」コーネリアスはそれ以上なにも説明しなかった。

「でも車は運転なさらないでしょうに、ミスター・バーリントン」

「わかっている。わたしがどうするつもりか教えてやろう。ダニエルの肖像画と車を交換しようと思っているんだ」

「でもそれは不公平ですわ。わたしはあの絵に五十ポンドしか払わなかったけど、車はそれよりはるかに高いでしょう」

「だったらときどきわたしを町まで乗せて行くという条件でどうかね?」

「つまりわたしを雇いなおしてくださるということですか?」

「そうだ――新しい働き口を断わる気があればだが」

「新しい働き口なんてありません」ポーリーンは溜息とともにいった。「明日から働きはじめるという前の日に、わたしよりずっと若い人が見つかったんです」

コーネリアスは両腕に彼女を抱きしめた。

「断わっておきますけど、しょっちゅうそんなことをされちゃ困りますよ」

コーネリアスは一歩退《さが》った。「もちろん仕事はあんたのものだし、給金も今までよりふやそう」

「それはおまかせします。結局、働き手は給金に見合った働きをするものですからね」

コーネリアスはポーリーン独特の解釈に笑いだしそうになるのをどうにかこらえた。

「ということは、すべての家具がザ・ウィローズへ戻ってくるということですか?」

「そうじゃないよ、ポーリーン。ミリーが死んでからというもの、この家はわたしには広すぎた。もっと早くそのことに気づくべきだったよ。ここを出てもう少し小さな家を捜そうと思っている」

「わたしも何年も前からそうすべきだと思ってましたわ」と、ポーリーンがいった。そして少しためらってから続けた。「でもあのすてきなミスター・ヴィンセントはこれからも木曜日には夕食にいらっしゃるんでしょう?」

「二人のうちのどっちかが死ぬまでは、かならずやってくるよ」と、コーネリアスは笑いながら答えた。

「さて、こうして一日じゅうおしゃべりしてはいられませんわ。女の仕事はきりがないんですもの」

「その通りだ」コーネリアスはそういって急いでキッチンから出た。廊下を引きかえして小包を手に取り、書斎へ運んで行った。

外側の包装紙を剝《は》がしたとたんに電話が鳴った。小包を押しのけて受話器を取ると、ティモシーの声が聞えた。

「オークションにきてくれてありがとう、ティモシー」

「残念ながらチェス・セットを買うには資金不足ですみませんでした、コーネリアスおじさん」

「きみの母親と叔母にそれくらいの節度があればなあ……」

「どういうことです、おじさん？」

「いや、大したことじゃない」と、コーネリアスは答えた。「ところで、今日はなんの用かね？」

「また戻ってきて例の物語を終りまで読んであげると約束したのを忘れたようですね――もう読みおわってしまったんなら話は別ですが」

「いやいや、すっかり忘れとったよ、この数日の劇的な出来事もあってね。明日の晩はどうかね？　夕食を一緒に食べよう。文句をいうのはちょっと待て、よい知らせがあるんだ。ポーリーンが戻ってきたよ」

「それはすばらしいニュースですね、コーネリアスおじさん。明日の晩八時ごろにうかがいますよ」

「楽しみに待ってるぞ」コーネリアスは受話器を置いて、開けかけた小包に戻った。最後の包み紙を剝がさないうちに、中身がなんであるかがわかった。心臓の鼓動が速くなった。ついに重い木箱の蓋《ふた》を持ちあげて、三十二個の美しい象牙《ぞうげ》の駒《こま》を見おろした。箱のなかに短い手紙が入っていた。「永年の親切に対するささやかな感謝のしるしとして。ヒュー」

やがて彼はオークション・ハウスですれちがった女性の顔を思いだした。そうだ、あれは弟の秘書だった。彼の人間を見る目が狂ったのはこれで二度目だった。

「なんという皮肉だろう」と、彼は声に出していった。「ヒューがこのセットをサザビーズでオークションにかけていれば、ルイ十四世様式のテーブルを手放さずにすんだばかりか、それと同額のお釣りがきていただろうに。しかし、大切なのは気持だ、とポーリーンならいうだろうな」

弟あての礼状を認《したた》めているときにふたたび電話が鳴った。いつも頼りになるフランクからで、ヒューと会って話した報告だった。

「弟さんがすべての必要書類にサインして、株は要求通りに譲渡されたよ」

「ずいぶん手際《てぎわ》がよかったな」

「先週きみの指示を受けると同時に、法的書類はすべて作成しておいた。きみはいまだにわたしの依頼人のなかでいちばんせっかちな人間だからね。木曜の晩に株券を持って行こうか?」

「いや。今日の午後きみのところに寄って受けとるよ。ポーリーンが手空《てす》きで、わたしを町まで乗せて行ってくれるならだが」

「なにかわたしの知らないことでもあるのかな？」と、フランクが当惑した口調できいた。

「心配はいらんよ、フランク。木曜の晩に会ったときになにもかも話してやる」

ティモシーは翌日の午後八時数分すぎにザ・ウィローズに到着した。ポーリーンがすぐに彼をつかまえて、ジャガイモの皮むきを手伝わせた。

「両親はどうしてるかね？」と、コーネリアスは甥《おい》がどこまで知っているか探りを入れた。

「元気そうですよ。ありがとう、おじさん。そうそう、父がぼくを支配人にしてくれました。来月一日からです」

「それはおめでとう」と、コーネリアスがいった。「わたしもうれしいよ。彼がその話を持ちだしたのはいつかね？」

「先週でしたよ」と、ティモシーが答えた。

「何曜日かね？」

「曜日が重要なんですか？」

「たぶんな」とコーネリアスは答えたが、それ以上なにも説明しなかった。

若者はしばらく無言で考えこんでいたが、やがて答えた。「そうだ、土曜日の夜、ぼくがおじさんと会ったあとでしたよ」そして一拍おいて続けた。「母はあまり乗気じゃないようでした。おじさんに手紙を書いて知らせるつもりだったんですが、オークションのために帰ってくることになっていたから、そのときじかに話そうと思ったんです」

「すると彼はオークションの前にその話を持ちだしたんだね？」

「ええそう、オークションのほぼ一週間前です」若者はふたたびいぶかしげにおじの顔を見たが、依然としてなんの説明もなかった。

ポーリーンが二人の前にロースト・ビーフの皿を置いたとき、ティモシーが会社の将来に関する自分の計画を話しはじめた。

「父は会長の地位にとどまるけれども、経営にはあまり口を出さないと約束したんです。そこでぼくは考えたんですが、コーネリアスおじさん、あなたは会社の株の一パーセントを所有しているんだから、取締役会に加わってもらえないでしょうか？」

コーネリアスは最初は驚きの、ついで喜びの、そして最後に疑いの表情をうかべた。

「もしもぼくが事業の拡大計画を推しすすめるとしたら」と、ティモシーがつけくわえた。「おじさんの経験が大いに役に立つでしょう」

「きみの父親がわたしを取締役会に迎えることに賛成するかどうかはわからんよ」と、

コーネリアスは皮肉な笑いをうかべながらいった。

「反対する理由がないですよ。そもそもいいだしたのは父なんだから」

コーネリアスはしばらく無言だった。ゲームが正式に終ったあとで、プレイヤーたちについて新しい事実を知ることになるとは予想もしていなかった。

「そろそろ二階へ行って、首相になるのはサイモン・カーズレイクかレイモンド・グールドかを確かめるとするか」と、ようやく彼はいった。

ティモシーはおじがブランディをたっぷりと注ぎ、一か月ぶりの葉巻に火をつけるのを待って、本を読みはじめた。

彼は物語に引きこまれてしまい、最後のページをめくるまで顔を上げなかった。読みおえた本の裏表紙の内側に、一通の封筒がセロテープで貼《は》りつけてあった。宛名《あてな》は「ミスター・ティモシー・バーリントン」となっていた。

「これはなんです?」と、彼は質問した。

コーネリアスはいつの間にか眠ってしまわなければ、その質問に答えていただろう。

いつもの木曜日と同じように、八時に呼鈴が鳴った。ポーリーンがドアを開けると、フランクが大きな花束を彼女に手渡した。

「まあ、ミスター・バーリントンがお喜びになりますわ」と、彼女がいった。「書斎に飾りましょう」

「ミスター・バーリントンにじゃないよ」と、フランクがウィンクしていった。

「まったくお二人ともどうしてしまったんでしょうね」ポーリーンはそういい残して小走りにキッチンへ去った。

フランクがアイリッシュ・シチューのおかわりに挑んだとき、コーネリアスがこれがザ・ウィローズでとる二人の最後の夕食になるかもしれないと告げた。

「つまりこの家を売ったということかね?」と、フランクが顔を上げてたずねた。

「そういうことだ。今日の午後契約書を取りかわしたが、わたしが即刻立ちのくことが条件だ。あまりに好条件なので断われないんだよ」

「新しい家捜しのほうは?」

「理想的な家が見つかったようなので、鑑定士のゴーサインが出しだい買い値を提示しようと思っている。わたしのホームレスの期間が長引かないように、できるだけ早く必要書類を整えてくれよ」

「ああ、いいとも。しかしそれまではわたしのところで寝泊りするといい。ほかの行き場所はよくわかっている」

「町のパブか、エリザベスかマーガレットの家だな」と、コーネリアスは笑いながらいった。そしてグラスを持ちあげた。「ありがたく招待を受けるよ」

「ただし条件がある」

「なにかね？」

「ポーリーンをこみにしてもらいたい。きみの後かたづけで自分の時間をつぶすつもりはないからね」

「あんたはどう思う、ポーリーン？」と、コーネリアスは皿をかたづけはじめた彼女に質問した。

「お二人のために喜んでお掃除をしますけど、一か月間だけですよ。でないとあなたは永久に居《い》坐《すわ》ってしまうでしょうからね、ミスター・バーリントン」

「法手続きの遅れで長引くことはない、約束するよ」と、フランクがうけあった。

コーネリアスが内緒話をするように身を乗りだした。「彼女は弁護士嫌いだが、きみにだけは甘いようだな」

「そうかもしれませんけどね、ミスター・バーリントン、だからって一か月たっても新しい家へ越さなかったら、わたしはもうお二人のお世話をやめさせてもらいますよ」

「早いとこ手付金を払うほうがよさそうだな」と、フランクがいった。「よい家はしょっちゅう売りに出るが、よい家政婦の売りものはめったにないからね」

「そろそろゲームを始められたらいかがです？」

「そうしよう」と、コーネリアスがいった。「だがその前にまず、乾杯だ」

「だれに？」と、フランク。

「若いティモシーにだ」コーネリアスがグラスを持ちあげた。「彼は来月一日付でチャドリーのバーリントン社の専務取締役に就任する」

「ティモシーに」と、フランクもグラスを持ちあげた。

「じつは彼に取締役になってくれと誘われたんだ」

「きみにはいい話だし、彼にとってもきみの経験は貴重だろう。ただ、依然として納得がいかないのは、ティモシーがきみのためのチェス・セットの入手に失敗したにもかかわらず、なぜきみが所有する会社の株を残らず彼に与えたのかということだよ」

「わたしが彼に会社の経営をまかせてもよいと考えた理由がまさにそれなんだ。ティモシーは、母親や父親と違って、情が理性を支配することを許さなかった」

フランクがうなずいて賛成すると、コーネリアスがゲーム開始前に一杯だけ飲むことにしているワインの最後の一滴を飲みほした。

「さて、ここで警告しておくが」と、椅子《いす》から立ちあがったコーネリアスがいった。

「きみが最近の三番をたてつづけに勝ったのは、要するにわたしにチェス以外の気がかりがあったからだ。今はそれらの問題も解決したから、きみの幸運もこれまでだよ」

「さあ、どうかな」とフランクがいい、二人は連れだって長い廊下を歩きだした。彼らは一瞬立ちどまってダニエルの肖像画を眺めた。

「どうやってこれを取り戻したのかね？」と、フランクが質問した。

「ポーリーン相手に損な取引をしなければならなかったが、結局おたがいに欲しいものを手に入れたよ」

「しかしどうやって……？」と、フランクがいいかけた。

「話せば長くなる」と、コーネリアスは答えた。「くわしいことはわたしが勝負に勝ったあとでブランディを飲みながら話すよ」

コーネリアスは書斎のドアを開けて、友人の反応を見るために先に部屋へ入らせた。表情から内心を測りがたい弁護士は、目の前に置かれたチェス・セットを見ても一言もいわず、ボードの向う側にまわっていつもの自分の席についた。「たしかきみの先手だったな」と、彼はいった。

「その通り」コーネリアスは内心の苛立《いらだ》ちを隠そうと努めながらいった。そして自分のクイーンズ・ポーンをQ4へ進めた。

「オーソドックスな第一手に戻ったか。今夜は慎重に指さんといかんな」

およそ一時間、どちらも一言も発せずに指しつづけたところで、とうとうコーネリアスが沈黙に耐えられなくなった。「わたしがどうやってこのチェス・セットを取り戻したか、きみは全然興味がないのかね？」と、彼は質問した。

「ないね」フランクは盤面を凝視しながら答えた。「全然ない」

「しかし、なぜなんだ?」

「もう知っているからさ」フランクはクイーンズ・ビショップを動かしながら答えた。

「どうして知っているんだ?」コーネリアスはキングを護《まも》るためにナイトを後退させた。

フランクがにやりと笑った。「きみはヒューもわたしの依頼人だってことを忘れているよ」といって、キングズ・ルークを右に二枡《ます》動かした。

コーネリアスもにやりとした。「ヒューがこのチェス・セットの真の値打ちを知ってさえいたら、株を手放す必要などなかったのにな」そういってクイーンを元の枡に戻した。

「いや、彼は知っていたさ」と、フランクが相手の最後の一手の意味を考えながらいった。

「それを知っているのはきみとわたしだけのはずなのに、どうして彼が知っていたんだ?」

「わたしが教えたからだよ」と、フランクが平然としていった。

「しかし、なんでそんなことをしたんだ?」と、コーネリアスが最も古くからの友人を凝視しながらたずねた。

「ヒューとエリザベスが共同戦線を張っているかどうかを知る方法はそれしかなかった

からだ」

「だったら彼はなぜ午前中のオークションでチェス・セットに入札しなかったんだ？」

「自分がやろうとしていることをエリザベスに知られたくなかったからさ。ティモシーもまたそれを買ってきみにプレゼントしようとしていることを知ったので、彼は沈黙したんだよ」

「しかしティモシーが下りたあとで競《せ》りを続けることもできたはずだぞ」

「いや、それができなかった。きみはおぼえているかどうか、彼はルイ十四世様式のテーブルに入札することに同意してしまっていた。そしてあのテーブルは最後にオークションにかけられたんだ」

「しかしエリザベスは大時計を手に入れそこなっていたから、チェス・セットに入札することもできた」

「エリザベスはわたしの依頼人じゃない」フランクはクイーンを横に動かしながらいった。「だから彼女はチェス・セットの真の値打ちを知らなかったのさ。きみから聞いた話――せいぜい数百ポンドぐらい――を信じていた。だからこそヒューは秘書に指示して午後のオークションであれを買わせたんだ」

「人はときとして目の前に歴然としてあるものを見落とすことがあるものだな」と、コーネリアスはルークを五枡前に進めていった。

「同感だね」フランクはクイーンを動かしてコーネリアスのルークを取った。それから好敵手を見上げていった。「どうやらチェックメイトだな」

手紙

客が一人残らず朝食のテーブルについたとき、ミュリエル・アーバスノットが午前の郵便物を手に持って大股《おおまた》に部屋に入ってきた。彼女は郵便物の束から白く長い封筒を引きだして、昔からの仲好《なかよ》しに渡した。

アナ・クレアモントの顔にけげんそうな表情がうかんだ。彼女がこの週末アーバスノット家に滞在していることを、いったいだれが知っているのだろうか？　やがて見おぼえのある筆蹟《ひっせき》に目をとめて、彼の頭のよさにほほえまずにいられなかった。テーブルの向い側の席に坐《すわ》っている夫のロバートが気づいていないことを祈り、彼が《ザ・タイムズ》の記事に没頭したままなのを見てとってほっとした。

アナが注意深くロバートを見張りながら、封筒の隅を親指の爪《つめ》で剝《は》がそうとしたとき、急に彼が妻のほうをちらと見て微笑をうかべた。彼女は微笑を返し、封筒を膝《ひざ》の上に置いてフォークを手に取り、生ぬるくなったマッシュルームに突き刺した。

夫の顔がふたたび新聞のかげに引っこむまで、手紙を取りあげようとしなかった。彼がビジネス欄に視線を戻したところで、初めて封筒を自分の右側に置き、バター・ナイフを手に取って、親指で剝がした封筒の隅に滑りこませた。そしてゆっくり封を切りはじめた。開封しおわると、ナイフを元の場所、すなわちバター皿の脇《わき》に戻した。

次の動きに移る前に、もう一度夫のほうをちらと見て、彼の顔が依然として新聞のかげに隠れているかどうかを確かめた。間違いなく隠れていた。

彼女は左手で封筒を抑えつけて、右手で用心深く手紙を引きだした。それから封筒をかたわらのバッグにしまった。

三つ折りにされたおなじみのベジルドン・ボンドのクリーム色の便箋《びんせん》を見おろした。それからもう一度さりげなくロバートの様子をうかがった。彼は新聞のかげに隠れたままだったので、二枚続きの手紙を拡《ひろ》げた。

日付もアドレスもなく、いつものように一ページ目からレターヘッドのない紙に書かれていた。

《愛するタイテーニア》ストラトフォードの『真夏の夜の夢』の初日のあと、二人でベッドをともにした最初の夜。同じ晩に二つの最初が重なった、と彼は述べていた。《ぼくは自分の寝室に、ぼくたちの寝室に坐って、あなたが帰った直後に心にうかんだこれらの思いを綴《つづ》っております。ぼくの今の気持をあなたに伝える適当な言葉がなかなか見つからず、三度書きなおした結果がこの手紙です》

アナは微笑をうかべた。言葉を操って一財産築いた男にとって、そんなことを打ち明けるのはさぞかし辛《つら》いことだったに違いない。

《昨夜のあなたは男が愛人に求めるすべてを具《そな》えていました。刺激的で、優しくて、挑発的で、意地悪で、そして甘美な一瞬は奔放な娼婦《しょうふ》そのものでした。

《ぼくたちがノーフォークのセルウィン夫妻のディナー・パーティで会って、あれから何度も話したように、あの晩あなたを家へ連れて帰りたいと思ったときから一年以上たちました。ぼくはあなたがご亭主の隣りに寝ているところを想像して一晩中眠れなかったものです》アナはテーブルごしにロバートをちらと見て、彼が新聞の最終ページに達したことを知った。

《やがてグラインドボーンでのあの偶然の出会いがありました——しかしあなたが初めて不貞を働くまでには、それからさらに十一日間、ご亭主がブリュッセルへ行って留守にするまで待たなくてはなりませんでした。あの夜はぼくにいわせればあまりにも早く過ぎ去ってしまいました。

《もしもご亭主がメイドの恰好《かっこう》をしたあなたを見たらどうしていたか、ぼくには想像もつきません。おそらくあなたはいつも白のすけすけのブラウスにノーブラ、前にジッパーがついた黒いレザーのタイト・スカート、網タイツにピンヒールという姿で、もちろんショッキング・ピンクの口紅も忘れずに塗って、ロンズデイル・アヴェニューの客間を掃除しているものと思ったことでしょう》

アナはふたたび顔を上げて、自分が赤面しているだろうかと考えた。彼がそれほど楽しんでくれたのなら、ロンドンへ戻りしだいもう一度ソーホーへ買物をしに行く必要がありそうだ。彼女は手紙の続きを読んだ。

《マイ・ダーリン、ぼくたちのセックスはどれをとってもすばらしいものばかりですが、正直に告白すると、ぼくを最も興奮させるのは、あなたが昼休みの一時間しか時間がないときに選んださまざまな場所なのです。ぼくはそのひとつひとつを鮮明に思いだすことができます。メイフェアのNCP駐車場に駐《と》めたぼくのメルセデスのバックシート、ハロッズの業務用エレベーター、キャプリスのトイレ等々。しかしなかでも最も刺激的だったのは、コヴェント・ガーデンの『トリスタンとイゾルデ』公演での、二階正面のあの狭いボックスです。最初の幕間《まくあい》の前に一度、そして終幕の間にもう一度——なにしろ『トリスタン』は長いオペラですからね》

アナがくすくす笑いながら手紙を膝の上に戻したとき、ロバートが新聞のかげから顔をのぞかせた。

「なにがおかしいのかね？」と、彼が質問した。

「ジェイムズ・ボンドがドームの上に降りた写真よ」と、彼女は答えた。ロバートがけげんそうな顔をした。「その新聞の一面に出てるわ」

「ああ、そうか」ロバートは一面をちらと見たが、にこりともせずにビジネス欄へ戻った。

アナはふたたび手紙を手に取った。

《あなたがミュリエルとレジーのアーバスノット夫妻のところで週末を過ごすと知って

最も腹立たしいのは、あなたがご亭主と同じベッドに寝るかもしれないことです。アーバスノット夫妻は王室とつながりのある人たちだから、おそらくあなたたち夫婦を別々の寝室に寝かせるだろうと考えて、自分をなだめようとしました》

アナはうなずいた。あなたの推測は当っているわと彼にいってやりたかった。

《それから彼は本当にサウサンプトンに入港するQEⅡのようないびきをかくのですか？　朝食テーブルの向い側に坐っている彼の姿が目に見えるようです。ハリス・ツイードのジャケット、グレイのズボン、チェックのシャツ、一九六六年ごろへア・アンド・ハウンドによってファッショナブルだと考えられたMCCタイ（訳注　MCCはマリルボーン・クリケット・クラブの略。英クリケット連盟の本部）をしめています》

今度はアナはふきだしてしまい、テーブルの端から立ちあがったレジー・アーバスノットの言葉で辛うじて救われた。「だれかテニスのダブルスの希望者は？　天気予報によれば雨は午前中早いうちにあがるらしいよ」

「わたしを入れて」アナは手紙をテーブルの下に隠しながらいった。

「きみはどうだ、ロバート？」と、レジーがたずねた。

アナが見守る前で、夫が《ザ・タイムズ》を折りたたみ、テーブルに置いて首を振った。

あらまあ、とアナは思った。ほんとにツイード・ジャケットを着てMCCのタイをしめているわ。

「やりたいけど」と、ロバートが答えた。「残念ながら電話を何本かかけなきゃならないんだ」

「土曜日の朝に？」と、料理の並んだサイドボードの前に立って、皿に朝食のおかわりをよそっていたミュリエルがきいた。

「仕方がないさ」と、ロバートが答えた。「なにしろ犯罪者ってやつは週五日、四十時間労働じゃないもんだから、弁護士にも同じシステムで仕事をさせられると思っている」アナはそれを聞いても笑わなかった。過去七年間、毎土曜日同じせりふを聞かされて耳にたこができていた。

ロバートが席を立ち、妻を一瞥《いちべつ》していった。「わたしに用があったら寝室にいるよ」

アナはうなずいて夫が部屋から出て行くのを待った。

また手紙に戻ろうとしたとき、ロバートがテーブルに眼鏡を忘れて行ったことに気がついた。朝食を食べおわったらすぐに届けてやろうと思った。手紙を目の前に置いて、二枚目を読みはじめた。

《ご亭主が会議でリーズへ出張している留守に、ぼくたちの一周年記念の週末のためにこんなプランを立てました。ぼくたちの最初の夜をともに過ごしたリゴン・アームズのあの同じ部屋を予約してあります。今年は『終りよければすべてよし』の切符が手に入りました。ただ、ストラトフォードからブロードウェイの二人だけの部屋へ戻ったら、ちょっと趣向を変えてみようと考えています。

《ぼくを四柱寝台に縛りつけて、あなたは巡査部長の黒服姿でぼくを見おろしながら立ってください。警棒、笛、手錠を持ち、前に銀のボタンがずらりと並んだきっちりした黒服を着て、そのボタンを一個ずつゆっくりはずして黒のブラを露出するのです。そしてあなたは、ぼくがメイフェアの地下駐車場のときのようにあなたを絶叫させるまでぼくをはなしてくれない。

《そのときが待ちきれません。

《あなたを愛するオベロン》

アナは巡査部長の制服はどこへ行けば手に入るだろうと考えながら、顔を上げて微笑をうかべた。一枚目に戻ってもう一度手紙を読みかえそうとしたとき、見落としていた追伸に気がついた。

《追伸。ご亭主は今なにをしているのでしょうか?》

アナがふと見ると、ロバートの眼鏡がテーブルの上から消えていた。

「人妻にこんなけしからん手紙をよこす悪党はいったいどこのどいつだ?」と、ロバートが眼鏡をかけなおしながら詰問《きつもん》した。

アナが振りかえると、驚いたことに夫が彼女の後ろに立って、額に玉のような汗をうかべながら手紙を見おろしていた。

「わたしにきかれても返事のしようがないわ」と、アナが冷静にいったとき、ミュリエルがテニス・ラケットを持ってそばを通りかかった。アナは手紙を折りたたんで親友に手渡し、ウィンクしていった。「うっとりするほどすてきよ、あなた、でもレジーに見つからないように気をつけてね」

犯罪は引き合う

ケニー・マーチャントは——これは彼の本名ではなかったが、しかしそれをいうならばケニーに関して本物といえるものはほとんどなかった——作戦の第一段階の舞台として、客の少ない月曜日の午前中のハロッズを選んでいた。

ケニーはピンストライプのスーツに白いワイシャツを着て、近衛《このえ》連隊のタイをしめていた。客の大部分はそれが近衛連隊のタイであることに気がつかないだろうが、声をかけようと目をつけていた店員なら、クリムズンとダークブルーのストライプにすぐに気がつくだろうと確信していた。

彼のためにドアを支えてくれたのは、かつてコールドストリーム近衛歩兵連隊に勤務していたデパートの守衛で、彼のタイに目をとめると同時に挙手の礼をした。同じ守衛が前の週に数回来店したときは会釈《えしゃく》もしなかったが、そのときケニーはてかてかの着古したスーツにオープンネックのシャツを着て、黒眼鏡をかけていたのだから無理もなかった。しかし前の週は偵察に訪れただけだが、今日は逮捕される計画を立てていた。

ハロッズには週に十万人以上の客がやってくるが、最も客が少ないのは月曜日の午前十時から十一時の間と決まっていた。ケニーはあたかもフットボール・ファンがひいきチームのあらゆる統計数字を知っているように、このデパートのことを隅々まで知りつくしていた。

彼はあらゆる隠しカメラの設置場所を知っていたし、三十歩はなれた場所から警備員を見破ることができた。この朝彼の相手をすることになる店員の名前まで知っていた。ミスター・パーカーのほうは自分がケニーの手入れのよい機械の一個の小さな歯車に選ばれたことを知るよしもなかったが。

その朝ケニーが宝石売場に姿を現わしたのは、ミスター・パーカーが自分が要求した棚のディスプレーの変更について、若い見習い店員に指示を与えているときだった。

「おはようございます」と、彼は振り向いてこの日の最初の客に話しかけた。「どんなものをお捜しでいらっしゃいますか?」

「カフスボタンを捜している」ケニーはいかにも近衛連隊将校らしく聞えるように、きびきびした口調でいった。

「はい、承知しました」と、ミスター・パーカーは答えた。

近衛連隊のタイに対して相手が示すうやうやしい態度が、ケニーにはおかしくてならなかった。それは前の日に紳士用品売場で二十三ポンドで買ったものだったからである。

「なにか特別なスタイルをお望みで?」

「シルヴァーのが欲しい」

「承知いたしました」と答えて、ミスター・パーカーはカウンターの上にシルヴァーのカフスボタンの箱をいくつか並べた。

ケニーのお目当ての品は土曜日の午後にすでに決まっていた。「これなんかどうかな?」と、彼は棚の上段を指さしていった。店員が背を向けた隙《すき》に、ケニーはテレビ監視カメラの位置をチェックして、自分がカメラにはっきり写るように一歩右へ寄った。ミスター・パーカーが手をのばして指さされたカフスボタンを取りだす間に、ケニーはお目当ての品をカウンターから持ちあげて、店員が彼のほうに向きなおる前に上着のポケットに滑りこませた。

ケニーは一人の警備員がすばやく彼のほうに近づきながら、ウォーキートーキーに話しかけるのを横目に見た。

「失礼ですが」と、警備員が彼の肘《ひじ》をつかんでいった。「わたしと一緒にきていただけませんか?」

「いったい何事かね?」ケニーが腹立たしげに詰問《きつもん》したとき、反対側に二人目の警備員が現われた。

「一緒にくるほうが賢明ですよ、そうすれば人のいないところで話せますから」と、二人目の警備員がやや強く彼の腕をつかみながらいった。

「こんな侮辱を受けたのは生まれて初めてだ」と、ケニーは声を荒《あら》げた。カフスボタンをポケットから取りだしてカウンターに置いた。「最初から金を払うつもりだったのに」

警備員が箱を取りあげた。意外なことに、怒った客はそれ以上一言もいわずに取調室へ連行された。

緑色の壁の小部屋に入ると、ケニーはデスクの前の椅子《いす》に坐《すわ》らされた。警備員の一人は一階の売場へ戻り、もう一人がドアの横に立った。ケニーはハロッズでは一日平均四十二人の万引犯がつかまり、うち九〇パーセントが訴えられることを知っていた。

間もなくドアが開いて、疲れたような顔をした背の高い痩《や》せた男が部屋に入ってきた。男はデスクを間にケニーと向かい合って腰をおろし、彼のほうをちらと見てからひきだしを開けて緑色の書類を取りだした。

「名前は？」と、男がいった。

「ケニー・マーチャント」ケニーは躊躇《ちゆうちよ》なく答えた。

「住所は？」

「パトニー、セイント・ルークス・ロード四十二番地」

「職業は？」

「無職」

ケニーはさらに数分間、長身の男の質問に正確に答えつづけた。取調官は最後の質問に達したとき、一瞬シルヴァーのカフスボタンをじっと見てから書類の最終行を記入した。価格、九十ポンドと。ケニーはその金額の意味するところを知りすぎるほどよく知っていた。

つぎに書類の向きが変えられ、ケニーの署名が求められた。彼は飾り書きで署名して取調官を驚かせた。

それから警備員に伴われて隣室へ移り、そこで一時間近く待たされた。ケニーがこれからどうなるのかと質問しないことが警備員には意外だった。ほかの者はみなそれを質問したからである。しかし、万引は初犯であるにもかかわらず、ケニーはつぎはどうなるかをちゃんと知っていたから、質問しなくて当り前だった。

およそ一時間後に警察が到着し、彼はほかの五人と一緒にホースフェリー・ロードの治安判事裁判所へ連行された。そこでまた長時間待たされたあとで、治安判事の前に呼びだされた。起訴事実が読みあげられ、彼は有罪を認めた。カフスボタンの値段が百ポンド未満なので、ケニーは実刑ではなく罰金刑が科されることを知っていて、前週傍聴席の後ろの列に坐って数件の判決に耳を傾けたときと同じ質問を治安判事がするのを辛抱強く待った。

「判決をいいわたす前にわたしに考慮してもらいたいことはあるかね？」

「はい、あります」と、ケニーは答えた。「わたしは先週セルフリッジで時計を一個盗みました。それ以来ずっと良心が咎《とが》めておりますので、その時計を返したいと思います」彼は治安判事に向かって微笑した。

治安判事はうなずき、目の前の書類に書かれた被告の住所を見て、巡査を一人ミスター・マーチャントの自宅まで同行させて、盗まれた時計を回収してくるよう指示した。一瞬治安判事は有罪と決まった犯人を、その模範的市民としての行為のゆえに賞讃《しょうさん》さえしかねない様子だったが、彼もまたミスター・パーカーや警備員や取調官と同じように、自分がより大きな歯車のもうひとつの歯にすぎないことに気がついていなかった。ケニーは若い巡査の運転する車でパトニーの自宅に戻った。巡査は警察に入ってまだ数週間しかたっていないという話だった。それじゃちょっとばかり驚くだろうな、とケニーは玄関の鍵《かぎ》を開けて巡査を家のなかに入れながら思った。

「なんだ、これは！」若い巡査は居間に入りこむなり叫んだ。くるりと向きを変えてフラットから走りでると、すぐに無線で署の担当巡査部長を呼びだした。数分以内に二台のパトロール・カーがセイント・ルークス・ロードのケニーの家の前に停まった。トラヴィス警部が開いているドアを通って家のなかに入りこむと、ケニーがホールに立って盗品の時計を高々と持ちあげていた。

「時計なんかどうでもいい」と、警部がいった。「これはいったいどういうことだ？」と、腕をぐるりと回して部屋のなかを示した。

「みなわたしの持物ですよ」と、ケニーは答えた。「わたしが盗んだことを認めて返そうとしているのは時計一個だけです。タイメックス・マスターピース、値段は四十四ポンド、セルフリッジで盗みました」

「おい、おまえの狙《ねら》いはなんだ?」と、トラヴィスがきいた。

「なんのことかわかりません」ケニーはとぼけて答えた。

「わからないはずはない。この部屋は高価な宝石や絵、美術品や骨董《こっとう》家具でいっぱいだ」――ほぼ三十万ポンド相当ですよ、とケニーは教えてやりたかった――「だがどれひとつとしておまえのものとは思えない」

「じゃそのことを証明してくださいよ、警部。もしも証明できなかったら、法律上これらはわたしのものだと認められることになりますよ。その場合わたしはこれらを好きなように処分できます」警部は顔をしかめ、ケニーに法的権利を告げてから、窃盗容疑で彼を逮捕した。

ケニーがつぎに出頭したのは、中央刑事裁判所《オールド・ベイリー》の判事の前だった。彼のその日の服装は、ピンストライプのスーツに白のワイシャツに近衛連隊のタイという、場所柄にふさわしいきちんとしたものだった。彼は二万四千ポンド相当の品物を盗んだ容疑で被告席に立った。

警察は彼のフラットで発見したすべての品物の完全なリストを作成し、それから六か月かけてそれら貴重な宝物の所有者を特定しようとした。しかしすべての名の通った新聞に広告を出し、テレビ番組《クライムウォッチ》で大々的に盗品を見せ、公開展示までしたにもかかわらず、全体の八〇パーセント以上は所有者が名乗りでなかった。

トラヴィス警部はケニーと取引しようとして、警察に協力して品物がだれのものかを教えてくれれば罪が軽くなるよう働きかけてやると話を持ちかけた。

「みなわたしのものですよ」と、ケニーはくりかえした。

「あくまでそういいはるつもりなら、警察の助けは期待するな」と、警部がいった。

ケニーはもともとトラヴィスの助けなど期待していなかった。それは彼のオリジナル・プランに含まれていなかった。

ケニーはかねがね弁護士を雇う費用をけちれば、結果はかえって高くつくおそれがあるという考えを持っていた。だから被告席に立ったときは、一流の法律事務所と、弁舌巧みな勅選弁護士アーデン・デュヴィーンが彼の後ろについていた。この弁護士は準備書面の作成に一万ポンドを請求した。

ケニーは起訴事実に関して有罪を認めた。警察が証言をおこなうとき、所有者が特定できないために法律上ケニーの所有物と想定された品物には言及できないことを知っていたからである。それどころか、すでに警察は盗品であることを証明できなかった品物をしぶしぶながらケニーに返却していて、彼はすぐさまそれらを定価の三分の一でディーラーに売りわたしていた。六か月前に故買商が示した定価の十分の一と比べれば、はるかに有利な条件だった。

勅選弁護士ミスター・デュヴィーンは、依頼人の弁護に当って、これは被告の初犯であるばかりか、彼は警察に盗品が発見され、自分が逮捕されることを承知のうえで、警官を自宅へ連れて行ったことを指摘した。これは自分の非を深く悔い反省しているなによりの証拠ではないでしょうか、と彼は判事に問いかけた。

続いてミスター・デュヴィーンは、ミスター・マーチャントが九年間軍隊に勤務して、湾岸戦争で実戦に参加したのち名誉除隊を果したが、除隊後民間の生活に適応できずにいるようだと、法廷に向かって指摘した。この事実をもって依頼人の犯した罪の言い訳にしようとは思わないが、ミスター・マーチャントは二度とこのような罪は犯さないと誓っていることを当法廷に知っていただきたいし、裁判長には寛大なる判決をお願いしたいと述べた。

被告席のケニーが立ちあがって頭を下げた。

判事は被告の罪がいかに悪質なものであったかをこんこんと説諭し、しかし本事件に関するさまざまな情状を酌量して、二年の刑に処することにしたとつけくわえた。

トラヴィス警部はケニーの退廷をじっと見送ってから、検察官のほうを向いて質問した。「あいつが法律の条文を文字通りに解釈することによって、いくら金を稼いだと思いますか？」

「十万前後というところかな」

「わたしが一生かかっても貯《た》められない額ですよ」と警部はいい、それからその場に居合わせた人間が、その晩夕食のテーブルでとても妻には聞かせられないと感じた一連の言葉を吐き捨てた。

検察官の推測は当らずといえども遠くはなかった。ケニーはその週の初めにホンコン・アンド・シャンハイ・バンクに八万六千ポンドの小切手を預け入れていた。トラヴィス警部が知るよしもなかったのは、ケニーは計画の半分を完了しただけで、元手が手に入った今は早期引退にそなえる用意ができたことだった。彼は刑務所へ送られる前に、事務弁護士にもうひとつあることを依頼した。

ケニーはフォード・オープン型刑務所で服役中、時間を有効に使った。空いた時間はすべて、現在下院で審議中のさまざまな法案の勉強に注ぎこんだ。いくつかの緑書《グリーン・ペイパー》や白書《ホワイト・ペイパー》の類《たぐい》、保健、教育、社会保障に関する法案などをさっさと頭から追いだしたあとで、データ保護法案に出くわして、その各条項を本会議報告段階の下院議員に劣らず猛勉強しはじめた。下院に提出された新しい修正案と、議会を通過した新しい条項を残らずフォローした。一九九二年にこの法案が成立すると、彼はふたたび事務弁護士との面会を求めた。

事務弁護士はケニーのもろもろの質問に注意深く耳を傾け、これはとても手に余ると判断して、法廷弁護士の意見をきく必要があることを認めた。「すぐにミスター・デュヴィーンと連絡を取ってみる」と、彼はいった。

ケニーは勅選弁護士の判断を待つ間に、連合王国内で刊行されているすべてのビジネス・マガジンの差入れを頼んだ。

事務弁護士は現在下院で審議中のすべての法案の差入れを頼まれたときと同じように、このときも思いがけない頼みに戸惑った表情を見せないように努めた。それからの数週間に雑誌の束がつぎつぎに刑務所に到着し、ケニーは暇な時間のすべてを三誌かそれ以上の雑誌に掲載された広告の切抜きに向けた。

有罪判決の日からちょうど一年後に、模範囚として仮釈放をかちとった。刑期の半分だけ勤めてフォード・オープン型刑務所を出所したとき、彼が持って出たものは、三千件の雑誌広告と、一九九二年のデータ保護法第九条第六項付則（a）に関する一流弁護士の意見書が入った大判の茶封筒だけだった。

その一週間後、ケニーは香港《ホンコン》へ飛んだ。

香港警察はトラヴィス警部の照会に、ミスター・マーチャントは小さなホテルにチェックインして、連日地元の印刷屋を訪れては、《ビジネス・エンタープライズUK》という名前の雑誌印刷の見積価格と、社名入り便箋《びんせん》および封筒の値段をきいてまわっている、と報告してきた。その雑誌は財政と株式に関する数本の記事を掲載するが、大部分のページは小さな広告で占められる予定であることを、香港警察は短期間に調べあげた。香港警察はケニーが注文した雑誌の刷り部数を知って首をひねったことを告白した。

「何部注文したんですか?」と、トラヴィス警部が質問した。

「九十九部です」

「九十九部ですって? それにはなにか理由があるはずだ」と、トラヴィスは反射的にいった。

彼はすでに《ビジネス・エンタープライズ》という雑誌が存在し、月に一万部刷っていることを知ったとき、ますます当惑を深めた。

香港警察からはその後ケニーが社名入り便箋二千五百枚と茶封筒二千五百枚を注文したという報告が届いた。

「いったい彼はなにを企《たくら》んでいるんだ?」と、トラヴィスがたずねた。

香港でもロンドンでも、その問いに納得のゆく答を出せる人間は一人もいなかった。

三週間後、香港警察はミスター・マーチャントが郵便局に現われて、イギリス国内各地のアドレスに二千四百通の手紙を発送したことを報告してきた。

その翌週、ケニーはヒースローへ舞い戻った。

トラヴィスはケニーに対する監視をゆるめなかったが、若い巡査は、ミスター・マーチャントが一日約二十五通の手紙を受けとり、毎日正午ごろに規則正しくキングズ・ロードのロイズ・バンクに顔を出しては、額面二百ポンドから二千ポンドの数枚の小切手を預け入れているという、郵便配達から聞きだした情報を別にすれば、不都合なことはなにひとつ報告できなかった。巡査はケニーが毎日銀行に入る直前に自分に手を振って合図することを報告しなかった。

六か月たつと配達される手紙の数がしだいに減り、ケニーの銀行訪問もほとんど止まった。

巡査がトラヴィス警部に報告できた唯一《ゆいいつ》の新情報は、ミスター・マーチャントがパトニーのセイント・ルークス・ロードにある狭いフラットから、SW1のチェスター・スクエアにある堂々たる四階建ての大邸宅へ移ったことだけだった。

トラヴィスがよりさしせまったほかの事件に目を向けていたちょうどそのころ、ケニーがふたたび香港へ飛んだ。「ほぼ一年ぶりだな」というのが警部の唯一の感想だった。

香港警察はトラヴィス警部に、ケニーは前年とほぼ同じ行動をとっており、唯一の違いは今年はマンダリン・ホテルのスイートルームに泊っていることだと報告してきた。印刷屋も前年と同じで、ケニーが今年も《ビジネス・エンタープライズUK》の印刷を注文したことを認めた。第二号にも新しい記事が数本掲載されていたが、広告の数は千九百七十一件に減っていた。

「今年の刷部数はいくらかね？」と、警部がたずねた。

「去年と同じ九十九部ですよ。しかし社名入りの便箋と封筒はそれぞれ二千枚しか注文していません」

「いったいなにを企んでいるのかな？」と、警部は同じ疑問をくりかえした。相手は答えなかった。

雑誌が刷りあがると、ケニーはまた郵便局へ行って千九百七十一通の手紙を発送し、それからブリティッシュ・エアウェイズのファースト・クラスに乗ってロンドンに舞い戻った。

トラヴィスはケニーがなんらかの形で法に違反しているに違いないと思ったが、それをつきとめる人手も手段もなかった。そしてもしもある上場一流企業からの訴えがトラヴィス警部のデスクに届かなかったら、おそらくケニーはこの牛から無限に乳を搾《しぼ》りつづけていただろう。

その会社の経理部長、ミスター・コックスなる人物から、会社が出したおぼえのない広告の代金として五百ポンドの請求書が送られてきたという訴えがあった。

警部はシティにあるその会社にミスター・コックスを訪ねた。長い話合いのあとで、コックスは告訴によって警察に協力することを承知した。

警察は六か月近くかけて準備書面を作成し、それを公訴局へ送付して検討してもらった。公訴局も警察に劣らず長い時間をかけて検討したすえにようやく訴追を決定したが、いったん決定するとトラヴィス警部はただちにチェスター・スクエアへ直行し、詐欺《さぎ》容疑でみずからケニーを逮捕した。

翌朝ミスター・デュヴィーンが裁判所に出頭して、自分の依頼人は模範的な市民だと主張した。判事はケニーの保釈を認めたが、パスポートを裁判所に預けることを要求した。

「わたしはいっこうに構わないよ」と、ケニーは弁護士にいった。「どうせ二か月間は必要がないから」

六週間後に中央刑事裁判所《オールド・ベイリー》で公判が始まり、今度もミスター・デュヴィーンがケニーの弁護を引き受けた。ケニーが被告席で直立する間に、法廷書記が七項目の詐欺容疑を読みあげた。彼はすべての容疑に対して無罪を主張した。検察官が冒頭陳述をおこなったが、陪審は、多くの経済事件の裁判がそうであるように、詳細な説明を理解したようには見えなかった。ケニーは陪審の十二人の男女に一九九二年のデータ保護法の微妙な問題点を理解させようとしても無理だろうから、結局彼らが自分とミスター・コックスのどちらを信じるかで結果が決まる現実を受けいれた。

三日目にミスター・コックスが宣誓をおこなったとき、ケニーはこの男になら最後の一ペニーまで信頼して託せると思った。実際、彼の会社に数千ポンド投資しようかと考えたほどだった。

検察側弁護人の勅選弁護士ミスター・マシュー・ジャーヴィスが、ミスター・コックスに対して一連の穏かな質問をおこなった。それは、被告がおこなったような悪質な詐欺犯罪を撲滅して二度と起きないようにすることを、市民としての最低の義務と考えるミスター・コックスの誠実な人柄を印象づけるための質問だった。

ミスター・デュヴィーンが反対尋問のために立ちあがった。

「まず初めに、ミスター・コックス、あなたは問題の広告をご覧になったかどうかおたずねします」

ミスター・コックスは正当な怒りの表情で相手を見おろした。

「もちろん見ましたよ」

「それは通常の場合ならばあなたの会社が満足するような出来ばえでしたか？」

「ええ、しかし……」

「しかしは余計です、ミスター・コックス。満足する出来ばえだったかどうか、イエスかノーで答えてください」

「イエス」ミスター・コックスは不機嫌そうに口をすぼめて答えた。

「あなたの会社は結局その広告料を支払ったんですか？」

「もちろん支払っておりません。わたしの部下の一人が請求書に不審を抱いて、すぐにわたしに報告したのです」

「優秀な部下をお持ちですな。ところで、同じその部下の方が請求金額の支払いに関する但《ただ》し書に気がついたのですか？」

「いや、見つけたのはわたしです」と、ミスター・コックスは満足そうな微笑をうかべて陪審席を見た。

「それはお手柄でしたね、ミスター・コックス。その但し書を今でも正確におぼえていますか？」

「ええ、たぶん」と、ミスター・コックスは答えた。躊躇《ちゅうちょ》したのはほんの一瞬だった。

「『掲載した広告にご不満の場合は、この請求金額を支払う義務はありません』」

「『この請求金額を支払う義務はありません』ですな」と、デュヴィーンがくりかえした。

「そうです。そう書いてありました」

「それであなたは広告料を払わなかったんですね？」

「ええ、払っていません」

「あなたの置かれた状況を要約させてください、ミスター・コックス。あなたはわたしの依頼人の雑誌に掲載された無料広告を受けとった。その広告はほかの雑誌に掲載されたのであれば満足できる出来ばえだった。そうですね？」

「ええ、しかし……」と、ミスター・コックスがいいかけた。

「これで質問を終ります、裁判長」

デュヴィーンは広告料金を払った広告主たちに言及することを避けた。彼らは逆宣伝になることを嫌って、だれ一人として証言に立つことを望まないだろうと思ったからである。ケニーは自分の弁護人が検察側の重要証人を粉砕したと感じたが、デュヴィーンはジャーヴィスもまたケニーが証言に立つと同時に、彼をコックスと同じ目にあわせようとするだろうと警告した。

裁判長は昼食のための休廷を提案した。ケニーは食事をしなかった——ひたすらデータ保護法を再度熟読した。

昼食後法廷が再開されたとき、ミスター・デュヴィーンは被告だけを証人喚問する予定だと裁判長に告げた。

ケニーはダークブルーのスーツ、白いワイシャツに近衛《このえ》連隊のタイという服装で証人席に入った。

ミスター・デュヴィーンはたっぷり時間をかけて、ケニーの口から彼の軍歴と湾岸戦争時の祖国への奉仕《サーヴィス》について語らせた。ただし最近彼がおこなった女王陛下の沙汰《さた》あるまでの拘留《サーヴィス》には頬っかむりした。続いて準備書面のなかの証言によってケニーの弁護をおこなった。デュヴィーンが着席したとき、陪審は目の前の被告が非の打ちどころのない清廉《せいれん》潔白な紳士であることを疑わなかった。

　勅選弁護士ミスター・マシュー・ジャーヴィスがゆっくり椅子《いす》から立ちあがり、もったいぶって書類を並べかえてから最初の質問を発した。

「ミスター・マーチャント、まず最初に問題の雑誌《ビジネス・エンタープライズUK》についておたずねします。あなたの雑誌にその名前をつけたのはなぜですか?」

「この誌名はわたしが信奉するすべてを表わしているからです」

「確かにそうでしょう、ミスター・マーチャント、しかし真相は、あなたは潜在的広告主をミスリードして、長い歴史と高い評価を持つ雑誌《ビジネス・エンタープライズ》と混同させることを狙《ねら》ったのではありませんか? それがあなたの目的なんでしょう?」

「《ウーマン》が《ウーマンズ・オウン》との、《ハウス・アンド・ガーデン》が《ホームズ・アンド・ガーデンズ》との混同を狙っていないのと同じですよ」

「しかし今あなたが名前を挙げた雑誌はみな何万部も売れています。《ビジネス・エンタープライズUK》は何部発行されましたか?」

「九十九部です」と、ケニーが答えた。

「たった九十九部ですか? それじゃベストセラー・リストのトップを占めるのは無理

だったでしょうな。なぜその部数に決めたかを、当法廷に説明していただけませんか」

「九十九部は百部より少ないからです。そして一九九二年のデータ保護法は出版物を最低百部からなるものと規定しています。第二条、付則第十一項がそれです」

「そうかもしれませんが、ミスター・マーチャント、だとしたらなおのことあなたの雑誌が勝手に掲載した広告に、広告主が五百ポンド支払うことを期待するのは法外だと思いますが」

「法外かもしれないが、犯罪ではありません」と、ケニーが一見無邪気な微笑をうかべて答えた。

「ではつぎの質問に移ります、ミスター・マーチャント。各会社に対する請求額をなにを根拠に決めたか説明していただけませんか?」

「経理部が上の許可を得ずにどこまで支出できるかを調べたのです」

「その情報を入手するためにどんな嘘《うそ》をついたのですか?」

「経理部に電話をかけて、請求書係から聞きだしました」

法廷内に笑い声がさざなみのように拡《ひろ》がった。判事がもったいぶって咳《せき》ばらいし、静粛を求めた。

「それだけを根拠に請求額を決めたのですか?」

「それだけではありません。じつは料金表があるんです。料金はカラー全ページ二千ポンドからモノクロ四分の一ページ二百ポンドまで段階があります。これなら充分よそと張りあえるのではないでしょうか――どちらかといえば全国平均より少し下というところでしょう」

「確かに発行部数の点では全国平均より下ですな」と、ミスター・ジャーヴィスが嚙《か》みついた。

「もっとひどいのがありますよ」

「具体的に例を挙げていただけませんかな？」ミスター・ジャーヴィスはこれで被告は罠《わな》にかかったと確信した。

「イギリス保守党ですよ」

「どういうことですかな、ミスター・マーチャント？」

「保守党は年に一度グローヴナー・ハウスでディナー・パーティを開催します。約五百部のプログラムを売って、カラーの全ページ広告に五千ポンドを請求しています」

「しかし保守党は潜在的広告主にそんな高額料金の支払いを拒否するチャンスを与えていますよ」

「その点はわたしも同じです」と、ケニーがいいかえした。

「つまりあなたは、そもそも掲載広告を見ていない会社に請求書を送りつけるのは違法だということを認めないんですね？」

「それはイギリスでは違法かもしれません」と、ケニーはいった。「あるいはヨーロッパでも。しかし雑誌がイギリスの植民地である香港で発行され、請求書が香港から発送された場合は、この法律は適用されないのです」

ミスター・ジャーヴィスが資料を調べはじめた。

「上院の本会議報告段階に修正された第九修正第四条にありますよ」と、ケニーがいった。

「しかしそれは上院議員たちがその修正条項を起草したときに意図したところとは違います」と、ジャーヴィスは該当する条項を見つけた直後にいった。

「わたしは読心術師ではありません、ミスター・ジャーヴィス。だから上院議員たちがなにを意図したかはわかりません。ただ法律を字義通りに解釈することに関心があるだけです」

「しかしあなたはイギリスで金を受けとりながら、内国歳入庁に申告しなかったことで、法律に違反したんですよ」

「それは違いますよ、ミスター・ジャーヴィス。《ビジネス・エンタープライズUK》は香港で登記されている会社の子会社なのです。イギリス植民地においては、データ保護法は子会社が商品配布先の国で収入を受けとることを認めています」

「しかしあなたは雑誌を配布しようと試みていませんね、ミスター・マーチャント」

「《ビジネス・エンタープライズUK》は、データ保護法第十九条に明記された条件に従って、国立図書館《ブリティッシュ・ライブラリー》およびほか数か所の主要図書館に納入されていますよ」

「そうかもしれないが、ミスター・マーチャント、あなたは虚偽表示のもとに金銭を要求しているという非難を免れませんよ」

「掲載した広告に不満がある場合は、広告料を支払う必要はないと請求書に明記してあれば、そのかぎりではないでしょう」

「しかし請求書の但し書は字が細かすぎて拡大鏡が必要なくらいですよ」

「わたしのようにデータ保護法をよく読んでごらんなさい、ミスター・ジャーヴィス。文字の大きさを指定する条項はどこにも見当りませんでしたよ」

「それから色はどうです?」

「色ですか?」と、ケニーはさも驚いたふりをして問いかえした。

「そうですよ、ミスター・マーチャント、色ですよ。あなたの請求書はダークグレイの紙に印刷されていて、但し書の色はライトグレイですよ」

「雑誌の表紙を見た人ならだれでもわかるように、それらはわたしの会社の色でしてね、ミスター・ジャーヴィス。そしてデータ保護法は請求書を発送するときにどんな色を使うべきかを規定しておりません」

「しかし注記は目につきやすい場所に印刷すべきことを明記した条項がありますぞ。第三条第十四項です」

「その通りです、ミスター・ジャーヴィス」

「で、あなたは請求書の裏面が目につきやすい場所だとお考えですか？」

「もちろんです。なんといっても請求書の裏面に印刷されているのはその但し書だけですからね。わたしは法の精神を遵守《じゅんしゅ》すべく努力しています」

「ではわたしもその努力をしましょう」と、ジャーヴィスが反撃した。「ある会社が《ビジネス・エンタープライズUK》に掲載された広告の料金を支払ったら、その会社に掲載誌を一部提供しなければならない、という考えもまた正しいのではないですか？」

「掲載誌を要求した場合に限ってはね――第四十二条第九項の規定です」

「で、何社が《ビジネス・エンタープライズUK》を要求しましたか？」

「昨年は百七社です。今年は九十一社に減りました」

「それらの会社はみな掲載誌を受けとったのですね？」

「いいえ。残念ながら昨年は何社か受けとれなかったんですが、今年は全部の会社に行きわたりました」

「するとあなたはその点で法律に違反したわけですね？」

「ええ、ただ、すでに説明したようにその理由はただひとつ、雑誌を百部発行できなかったからです」

ミスター・ジャーヴィスは裁判長がメモをとりおわるまで待っていった。「該当する条項は第八十四条第六項です、裁判長」

判事がうなずいた。

「では最後に、ミスター・マーチャント、あなたの弁護人が質問をおこなったとき、嘆かわしいことにあなたが話さなかったあることについておたずねします」

ケニーが証人席の枠をぎゅっと握りしめた。

「昨年あなたは二千四百通の請求書を発送しました。そのうち広告料金を支払ったのは何社でしたか?」

「およそ四五パーセントです」

「何社ですか、ミスター・マーチャント?」

「千百三十社です」

「ところが今年は千九百通しか発送しなかった。差支えなかったら五百社が目こぼしされた理由を教えてもらえませんか?」

「業績不振で株主に配当をおこなえなかった会社を除外することに決めたのです」

「たしかに名案ですな。しかし、全額支払ったのは何社でしたか?」

「千九十社です」と、ケニーは答えた。

ミスター・ジャーヴィスはしばらく陪審席のほうを見てから質問した。「それで、一年目にはどれだけ利益を上げましたか？」

法廷は八日間の公判のいつでもそうであったように、ケニーが答を考える間しんと静まりかえった。

「百四十一万二千ポンドです」と、ようやく彼が答えた。

「今年はどうです？」と、ミスター・ジャーヴィスが穏かに質問した。

「少し減りました。景気後退のせいでしょう」

「いくらです？」

「百二十万ポンドをわずかに上まわる程度です」

「これで質問を終ります、裁判長」

双方の主任弁護士が堅固な最終弁論をおこなったが、ケニーは、陪審は明日の裁判長による事件要点の説示を聞かないうちは評決に達しないだろうという印象を受けた。

ソーントン判事はたっぷり時間をかけて事件を要約した。本件に適用される法律を陪審に説明することがわたしの責任である、と彼は陪審に向かって指摘した。

「そしてわれわれが相手にするのは法の一字一句を研究しつくした人物であります。法を研究することは彼に認められた権利であります。なぜなら法を制定するのは議員たちであり、そのとき彼らがなにを考えていたかを推測するのは裁判所の役目ではないからであります。

「わたしの任務はミスター・マーチャントが七つの訴因で起訴されたことをみなさんに知らせることであり、ミスター・マーチャントはそのうち六つの訴因に関して法に違反していないので、みなさんが〝無罪〟の評決を下すよう勧告しなければなりません。「第七の訴因――広告料金を支払って、掲載誌を要求した広告主に、《ビジネス・エンタープライズUK》を提供しなかったこと――に関しては、彼はそのようなケースが何社かあったことを認めております。陪審員のみなさん、この場合彼は間違いなく法に違反したと考えていただいて結構です。たしかに彼は一年後にその態度を改めていますが、それもわたしにいわせれば掲載誌の要求が百部以下に減ったからにすぎません。陪審員のみなさんはたぶんデータ保護法の該当条項とその意味するところをおぼえておられるでしょう」十二の無表情な顔は、判事の話をあまりよく理解していないことを物語っていた。

判事はつぎの言葉でしめくくった。「この法廷の外にもみなさんの評決を待っている関係者がいるので、軽々しく最終判断を下さぬよう希望します」

被告は廷吏の案内で一列になって法廷から出て行く陪審員たちを見送りながら、判事の言葉に賛成せずにいられなかった。彼は独房へ連れ戻され、そこで昼食を断わって一時間以上ベッドに横になってすごしてから、ふたたび被告席へ呼び戻されて自分の運命を知らされることになった。

ケニーが階段を昇って被告席に戻り、わずか数分待っただけで陪審が席に着いた。

判事が着席して法廷書記を見おろし、うなずいて合図した。つぎに書記が陪審員長のほうを向いて、七項目の訴因を読みあげた。

詐欺《さぎ》容疑にかかわる初めの六つの訴因について、陪審員長は判事の指示に従って〝無罪〟の評決を下した。

書記がつぎに七番目の訴因――前記の雑誌に掲載された広告の料金を支払い、掲載誌を要求した会社に雑誌を送らなかったこと――を読みあげた。「被告はこの訴因に関して、有罪ですか無罪ですか?」と、書記が質問した。

「有罪です」と、陪審員長は答えて着席した。

判事は被告席で直立しているケニーに視線を戻した。

「ミスター・マーチャント、わたしもあなたと同じように一九九二年のデータ保護法、とりわけ第八十四条第一項に違反した場合の刑罰の研究に長い時間を費しました。そしてあなたにこのケースにおいて法が許す最大限の罰を科さざるをえないという結論に達しました」彼はあたかもこれから死刑の判決をいいわたそうとするかのように、ケニーをじっと見おろした。

「あなたを千ポンドの罰金刑に処します」

ミスター・デュヴィーンは控訴の許可も罰金支払いの猶予《ゆうよ》も求めなかった。それこそまさにケニーが公判開始前に予言していた評決だったからである。ケニーは過去二年間にたったひとつの過《あやま》ちを犯した。その代償を支払うことにはなんの不満もなかった。彼は被告席から出て千ポンドの小切手を切り、それを法廷書記に手渡した。

彼は弁護団に礼を述べてから、腕時計を見て急いで法廷を出た。トラヴィス警部が廊下で彼を待っていた。

「これであんたの商売もどうやらおじゃんだな」と、トラヴィスは彼と並んで走りながらいった。

「なんでかね？」と、ケニーは廊下を走りつづけながらいった。

「こうなると議会は法を改正しなきゃならないだろうからさ。新しい法律はきっとあんたの小さな抜け穴を全部ふさいでしまうだろう」

「すぐというわけにはいかんだろうよ、警部」ケニーは裁判所の建物を出て、正面の階段を駆けおりながら答えた。「議会はもうすぐ夏の休会に入るから、データ保護法の新しい修正案が審議されるのは早くて来年の二月か三月だろう」

「しかしあんたが同じことをくりかえそうとしたら、わたしはあんたが飛行機からおりると同時に逮捕するよ」と、トラヴィスは歩道で立ちどまったケニーに向かっていった。

「わたしはそうは思わんね、警部」

「なぜだ？」

「手間暇かけて結局たった千ポンドの罰金しか徴収できないとしたら、公訴局は金のかかる裁判をもう一度やる気にはならないだろうさ。よく考えてみろ」

「とにかく、来年はきさまをとっちめてやる」

「さあ、それはどうかな。そのころ香港はイギリスの植民地じゃなくなっているし、わたしはもっと先へ進んでいるよ」と、ケニーはタクシーに乗りこみながらいった。

「もっと先へ進んでいる？」警部はけげんそうな顔でたずねた。

ケニーはタクシーの窓をおろし、トラヴィスに笑いかけて、いった。「ほかにもっとましな暇つぶしの種がなかったら、新しい財政準備金法を研究してみることをすすめるよ。おそらく信じられないほど多くの抜け穴が見つかるだろう。では失敬するよ、警部」

「どちらへ？」と、タクシーの運転手がきいた。

「ヒースローだ。だが途中でハロッズに寄ってもらえないか。目をつけているカフスボタンがあってね」

似て非なるもの

「あの子は天才よ」と、ロビンの母親は妹にお茶のおかわりを注いでやりながらいった。「校長先生が卒業式の日におっしゃってたわ、わが校からロビン以上にすばらしい画家が生まれたことは記憶にないって」

「あなたも鼻高々ね」と、ミリアムはお茶を飲む前にいった。

「そうなのよ」ミセス・サマーズはほとんど喉《のど》を鳴らさんばかりだった。「もちろん彼が創立者記念賞をもらうことはだれでも知っているけど、彼の絵の先生も、ロビンがスレイド美術学院の入学試験を受ける前に入学を許されたことに驚いていたわ。父親が生きていて息子の成功を喜べなかったのは残念だけど」

「ジョンのほうはどうなの?」ミリアムがジャム・タルトを選びながらきいた。

ミセス・サマーズは長男のことを考えて溜息《ためいき》をついた。「ジョンはこの夏マンチェスター大学の経営学科を卒業する予定だけど、自分がなにをやりたいのかまだ決まってないみたいよ」彼女は言葉を切って自分のティー・カップに砂糖をもう一個入れた。「あの子はいったいどうなることやら。本人は就職したいといってるけど」

「学校ではいつもよく勉強してたわ」と、ミリアムがいった。

「そうなんだけど、一度もトップにはなれなかったし、どんな賞ももらえなかったわ。ところでロビンが十月に個展をやらないかと誘われていることを話したかしら?　もちろん田舎の画廊だけど、ロビンもどんな画家でもどこかからスタートしなきゃならないといってるわ」

ジョン・サマーズは弟の最初の個展に出席するためにピーターバラへ戻ってきた。顔を出さなかったら、母親は絶対に許さなかっただろう。彼は経営学科の試験の結果を知ったばかりだった。与えられたのは二級の一《ツー・ワン》学位だったが、これは彼が学生クラブの副会長に選ばれ、会長に選ばれた学生はほとんど顔を出さなかったことを考えると、決して悪い成績ではなかった。今日はロビンのおめでたい日なので、自分の学位のことを母親に話すつもりはなかった。

ジョンは自分の弟がいかにすばらしい芸術家であるかを、母親の口から何年間も聞かされつづけてきたので、世の中がその事実を認めるのもそう遠い先のことではないだろうと思うようになっていた。兄弟でもこうも違うものだろうか、としばしば思った。しかしそれをいうなら、ピカソに兄弟が何人いたかを人々は知っていただろうか？　そのうちの一人が勤め人にならなかったとも限らない。

画廊のある狭い裏通りを見つけるまでしばらく手間どったが、ようやくたどりついてみると、友人や個展の成功を祈る人々で満員だったのでほっとした。ロビンは母親の隣りに立っていて、母親は《ピーターバラ・エコー》の記者に向かって、〝すばらしい〟、

〝傑出した〟、〝本物の才能に恵まれた〟、そして〝天才〟といった言葉まで連発していた。

「あら、ジョンがきたわ」彼女は一瞬取巻きのそばをはなれて、長男のほうに近づいた。ジョンは彼女の頬にキスをしていった。「ロビンのキャリアにこれ以上の景気づけは望めないね」

「そうね、同感だわ」と、母親はいった。「そしてきっとあなたも遠からず彼の名声のおこぼれにあずかれるわ。ぼくはロビン・サマーズの兄ですっていいふらせるのよ」

ミセス・サマーズがまたロビンと一緒に写真におさまるためにジョンのそばをはなれたので、部屋のなかをひとまわりして弟の絵を鑑賞するチャンスが訪れた。大部分は学校の最後の年に描いた作品だった。絵のことはなにもわからないとあっさり白状するジョンは、だれの目にも明らかな弟の才能がわからないのは自分の無知のせいに違いないと思い、弟の絵を自分の家に飾りたいとは思わないことに気が咎《とが》めた。母親の肖像の前で立ちどまった。横に売約済の赤い点がついていた。それを買ったのがだれかを確信して、微笑をうかべた。

「彼女の本質をつかんでいると思わないか?」と、背後から声が聞えた。

「思うとも」と答えてジョンが振りかえると、弟が目の前にいた。「よく描けている。おまえはぼくの自慢の弟だ」

「兄貴の偉いところは」と、ロビンがいった。「決してぼくの才能をねたまないことだ」

「ねたみはしないさ。むしろ喜んでいる」

「それじゃ兄貴がどんな職業を選んだとしても、ぼくの成功のおこぼれにあずかれるといいね」

「そう願いたいもんだ」と、ジョンがいった。ほかにどういってよいかわからなかった。ロビンが身を乗りだして声をひそめた。「一ポンド貸してもらえないかな？　もちろんちゃんと返すよ」

「いいとも」

ジョンはにやりとした――少なくとも昔から全然変っていないこともある。それは何年も前に、遊園地の六ペンスから始まって、卒業式の日の十シリング札で終った。そして今、一ポンド必要だという。ジョンにはひとつだけ断言できることがあった。ロビンは借りた金を一ペニーも返さないだろう。ジョンは弟に貸した金を惜しんでいるわけではなかった。結局、遠からず彼らの立場は逆転するだろう。ジョンは財布を取りだした。なかには一ポンド札が二枚とマンチェスターまでの帰りの切符が入っていた。札を一枚引きだしてロビンに渡した。

ジョンはもう一点の絵――『地獄のバラバ』という題の油絵――について弟に質問しようとしたが、相手はすでにくるりと背を向けて母親と取巻き連中のところへ戻っていた。

ジョンはマンチェスター大学卒業と同時に、レナルズ・アンド・カンパニーに見習いとして採用された。そのころロビンはすでにチェルシーに居を定めていた。母親は妹のミリアムに、彼が住んでいるひと続きの部屋を、狭いところだが疑いもなくロンドン随一の高級住宅地にあると説明した。息子がその部屋にほかの五人の学生と一緒に住んでいることは話さなかった。

「ジョンはどうしてるの?」と、ミリアムがたずねた。

「バーミンガムの自動車のホイールを作る会社に入ったわ。たしかそんな会社だったと思うけど」と、ミセス・サマーズは答えた。

ジョンはバーミンガムの下層階級が住む地域、ソリハルのはずれにある下宿に住みついた。見習い中は月曜日から土曜日まで午前八時にタイムレコーダーを押さなければならない工場に近いので、通勤にはしごく便利だった。

ジョンはレナルズ・アンド・カンパニーがなにをする会社かを、あまりくわしく母親に話さなかった。近くにあるロングブリッジ自動車工場のためにホイールを製造する仕事は、ボヘミアン的なチェルシー界隈《かいわい》に住むアヴァンギャルドの芸術家の仕事と比べて、あまりにも見劣りがしたからである。

ジョンはスレイド校在学中のロビンとめったに顔を合わせなかったが、学期末の展覧会のたびごとに欠かさずロンドンまで足を運んだ。

初年度に学生たちは作品二点ずつの出品を求められたが、ジョンは弟の作品に関するかぎり、二点とも好きではないことを——内心ひそかに——認めた。しかし、自分には絵を見る目がないことも認めていた。どうやら批評家たちもジョンの判断に賛成のようだとわかると、母親はロビンが時代より先へ進んでいるからだと釈明し、遠からず世間も同じ結論に達するだろうと息子を慰めた。また、ロビンの絵が二点とも初日に売れたことを指摘して、買ったのは有望な才能を見る目のある有名なコレクターだろうとほのめかした。

ジョンはロビンが仲間との話に夢中のようだったので、彼と長話をするチャンスがなかったが、にもかかわらずその夜バーミンガムへ帰り着いたときは、財布の金が二ポンド減っていた。

二年目の終りに、ロビンは学期末展に新作を二点——『宇宙空間のナイフとフォーク』と『断末魔の苦しみ』——を出品した。ジョンは二枚のカンヴァスから数歩はなれて立ち、弟の作品を見るために立ちどまった人々の表情から、彼らもまた納得がいかない様子で、とりわけ初日から売約済の赤丸がついていることに驚いているらしいのを見てとって安心した。

ジョンは母親が会場の隅の椅子《いす》に坐《すわ》って、ロビンが二年目の賞をもらえなかった理由をミリアムに説明しているのに気がついた。ロビンの作品に対する彼女の情熱は衰えていないものの、ジョンは最後に母親の姿を見たときよりも弱々しく見えるような気がした。

「元気なの、ジョン？」と、ミリアムがそばに立っている甥《おい》に気がついてたずねた。

「ええ、元気です。見習いマネジャーにしてもらいましたよ、ミリアムおばさん」とジョンが答えたとき、ロビンがやってきた。

「今夜ディナーを一緒にどうだい？」と、ロビンがいった。「ぼくの友達連中と会ういい機会だよ」ジョンはこの招待に心を動かされたが、それも七人分の請求書が自分の前に置かれるまでのことだった。

「近いうちにぼくが兄貴をリッツへ連れてってやるよ」と、ロビンは六本目のワインを空っぽにしたあとで宣言した。

バーミンガムのニュー・ストリート駅へ帰る列車のコンパートメントのなかで、ジョンは帰りの切符を買っておいてよかったと思った。弟に五ポンド貸したため、財布が空っぽだったからである。

ジョンはその後ロビンの卒業までロンドンに戻らなかった。母親が手紙で、受賞者全員の名前が発表される予定で、ロビンの名前もそのなかに入っているという噂《うわさ》だから、あなたもぜひ顔を出してといってきていた。

ジョンが会場に到着したときは、展覧会はすでにたいそう盛りあがっていた。彼は会場をゆっくりと歩きまわって、何点かのカンヴァスの前で立ちどまった。ロビンの最新作もじっくり時間をかけて鑑賞した。ロビンがなんらかの優秀賞を受賞したことを示す札は見当らなかった――それどころか〝特別推薦〟さえ受けていなかった。だが、おそらくそれ以上の大事件は、今回は売約済の赤丸が見当らないことだった。そのことからジョンは母親の月々の生活費がもはやインフレに追いつかなくなったことに思い当った。

母親は前回に会ったときよりもさらに弱々しい姿で会場の隅にぽつんと独りで坐って、審査員たちにも好みがあるのよと説明した。ジョンはうなずいて、今日会社でまた昇進したことを彼女に話すのはぐあいが悪いと判断した。

「ターナーも学生時代に一度も賞をもらわなかったのよ」ロビンが受賞を逸したことに関する母親のコメントはほかにこれだけだった。

「で、ロビンはこれからどうするつもりなのかな?」と、ジョンがきいた。

「仲間と一緒にいられるように、ピムリコのアトリエつきフラットに越すことになったわ――名前が出るまではそれがいちばん大事なことなのよ」ジョンはロビンの〝名前が出る〟まで、だれが家賃を払うのかを質問するまでもなかった。

ロビンに仲間と一緒のディナーに誘われたとき、ジョンはどうしてもバーミンガムへ戻らなければならないと言い訳した。取巻き連中はがっかりした様子だったが、ジョンが財布から十ポンド紙幣を取りだすのを見て喜色を取り戻した。

ロビンの卒業後、兄弟が会う機会はめっきり減った。

ジョンが予告なしで弟を訪ね、ディナーに招待しようと決めたのは、およそ五年後、ロンドンで開かれたイギリス産業連盟の会議で、自動車産業が直面している諸問題についてのスピーチを頼まれたときだった。

会議が終ると、彼はタクシーでピムリコへ向かったが、ロビンに訪ねて行くかもしれないと予告していなかったことが急に不安になった。最上階への階段を上がる途中で、不安はますますつのった。ベルを押して、やがてドアが開いたとき、目の前に立っている男が弟だとわかるまでしばらく時間がかかった。五年会わないでいた間の変りようがとうてい信じられなかった。

ロビンの髪には白いものが混じっていた。目の下にたるみができ、肌はぶよぶよでしみが浮き、体重が少なくとも三ストーン(訳注 約十九キロ)はふえていた。

「ジョン」と、彼はいった。「びっくりしたよ。ロンドンにいるとは知らなかった。さあ、入ってくれ」

ジョンが部屋に入って最初に気がついたのは匂《にお》いだった。最初は絵具の匂いかと思ったが、あたりを見まわして描きかけのカンヴァスよりもワインの空壜《あきびん》の数が多いことに気がついた。

「展覧会の準備中かい？」と、彼は未完成の絵の一点を眺めながらたずねた。

「いや、今のところその予定はない。あちこちから話はあるんだが、どれもはっきりした話じゃない。ロンドンの画商がどんな連中か知ってるだろう」

「正直なところ、ぼくは知らんね」と、ジョンは答えた。

「要するに売れっ子か話題性がなければ絵を飾るスペースを提供してもらえないのさ。ヴァン・ゴッホも生前は絵が一枚も売れなかったことを知ってるかい？」

近くのレストランで夕食をとる間に、ジョンは美術界の気まぐれと、何人かの批評家たちがロビンの作品をどう見ているかについて、もう少しくわしい情報を仕入れた。弟が自信も、世に認められるのは時間の問題だという信念も、まったく失っていないことを知ってたのもしく思った。

ロビンの独演は食事が終るまで続いたので、ジョンはスーザンという娘に恋をして、近々結婚する予定であることを、フラットに戻るまで切りだすチャンスがなかった。ロビンはレナルズ・アンド・カンパニーにおける昇進についてなにも質問しなかったが、ジョンは今やこの会社の次長に出世していた。

ジョンは駅へ向かう前に、ロビンがつけにしていた数回分の食事代を払い、百ポンドの小切手を弟に握らせた。どちらもその金を貸すとも借りるともいわなかった。ジョンがタクシーに乗りこんだとき、ロビンが別れぎわにいった言葉はこうだった。「ロイヤル・アカデミーの夏期展覧会に二点応募したばかりなんだ。審査に合格する自信があるから、初日に見にきてくれよ」

ジョンはユーストン駅で夕刊を買うためにメンジーズ書店にとびこみ、売れ残り本の山の上に『美術世界案内——フラ・アンジェリコからピカソまで』というタイトルの本を見つけた。列車が走りだしたときに第一ページを開き、カラヴァッジオのページまで読み進んだときに列車がバーミンガムのニュー・ストリート駅に滑りこんだ。

列車の窓をこつこつ叩《たた》く音がして、スーザンがプラットホームから彼にほほえみかけていた。

「きっと面白い本なのね」と、腕を組んでプラットホームを歩きながら彼女がいった。

「すごく面白かったよ。下巻も手に入るといいけど」

兄弟はその翌年中に二度会う機会があった。最初は母親の葬式という悲しい事態だった。埋葬のあと、彼らはミリアムの家で軽い食事をとり、そこでロビンはアカデミーが彼の作品を二点とも夏期展覧会に受けいれたことを兄に告げた。

それから三か月たって、ジョンは展覧会の初日に顔を出すためにロンドンへ出た。初めてロイヤル・アカデミーの神聖な門をくぐるまでに、彼は初期ルネサンス美術からポップアートまでの十指に余る美術書を読んでいた。また、バーミンガムにあるすべての美術館を見おわっていて、今はメイフェアの裏通りにある画廊群の探索を待ちきれない気分だった。

アカデミーの広々とした展示室をぶらつくうちに、絵に対する最初の投資をおこなう時がきたと考えた。専門家の意見を聴け、しかし最終的には自分の目を信頼せよ、とゴドフリー・バーカーが《テレグラフ》に書いていた。彼の目はバーナード・ダンスタンがよいと語りかけたが、専門家たちはウィリアム・ラッセル・フリントを推していた。結局自分の目が勝った。ダンスタンは七十五ポンドだがいちばん安いラッセル・フリントでも六百ポンドはしたからである。

ジョンは部屋から部屋へと歩きまわって、弟の二点の油絵を捜したが、アカデミーの小さなブルーの目録の助けがなければとうてい見つからなかっただろう。それは中央展示室の最上段、ほとんど天井に届きそうな場所に飾られていた。彼は二点とも売れていないことに気がついた。

展覧会場を二度まわってダンスタンを買うことに決めたあとで、セールス・カウンターへ行って、購入を希望する絵のための手付金を小切手で支払った。時計を見ると十二時数分前、弟と会う約束をした時間になるところだった。

ロビンは彼を四十分も待たせて、一言も詫《わ》びることなく、会場をぐるりと案内してまわった。結局前後三度絵を見てまわることになった。ダンスタンとラッセル・フリントを社交界向けの画家とけなしたが、では彼から見て才能のある画家はだれかということは口に出さなかった。

ロビンは中央展示室の自分の作品の前にさしかかったとき、落胆のそぶりを隠せなかった。「こんな上のほうに隠されていたんじゃ、買ってもらえるチャンスはゼロじゃないか」と、彼はぼやいた。ジョンは同情するようなふりをした。

遅い昼食をとりながら、彼は母親の遺言状の内容をロビンに伝えた。サマーズ家の顧問弁護士がロビン・サマーズあてに数回手紙を出したにもかかわらず、全然返事がなかったからである。

「ぼくは原則として茶封筒は開封しない主義なんだよ」と、ロビンが説明した。

そうか、それならロビンがわたしの結婚式に現われなかった理由は、少なくとも招待状の封を切らなかったからじゃないわけだな、とジョンは思った。彼は母親の遺言状の内容に話を戻した。

「遺贈はじつにすっきりしている。おふくろは一枚の絵だけを除いて、あとはすべてをきみに遺《のこ》したよ」

「どの絵かな?」と、間髪を入れずロビンがきいた。

「きみが在学中におふくろを描いたやつだ」

「あれはぼくの作品のなかでも出来のよいほうだ。少なくとも五十ポンドの値打ちはあるに違いない。おふくろはあの絵をぼくにくれるだろうと思っていたよ」

　ジョンは五十ポンドの小切手を切った。その夜バーミンガムへ帰ったとき、彼は二点の絵にいくら払ったかをスーザンに話さなかった。ダンスタンの『ヴェニス』は客間の煖炉《だんろ》の上に、母親の肖像画は書斎に飾った。

　ジョンは最初の子供が生まれたとき、ロビンにも名付親になってもらおうと提案した。「どうして？」と、スーザンが反対した。「彼はわたしたちの結婚式にもきてくれなかったのよ」

　ジョンは妻の理屈に反駁《はんばく》できなかったし、ロビンは洗礼式への招待状が白い封筒で送られたにもかかわらず、返事もよこさなければ当日現われもしなかった。

　ジョンがコーク・ストリートにあるクルー画廊から、待ちに待ったロビンの個展への招待状を受けとったのは、それからおよそ二年後だった。個展といっても実質は二人展で、ジョンは弟に対する遠慮がなかったら、もう一人の画家の作品にとびついていたところだった。

　実際のところ彼はある作品に目をつけてそのナンバーをメモしておき、翌日の午前中に秘書に命じて画廊に電話をかけさせ、彼女の名儀で予約させせようとした。

「残念ながらお目当てのピーター・ブレイクは初日の晩に売れてしまったそうです」と、秘書は報告した。

ジョンは顔をしかめた。「ロビン・サマーズの作品は何点売れたか、画廊にきいてくれないか」

秘書は電話でその質問をし、送話口を手で覆《おお》って、「二点売れたそうです」と答えた。

ジョンはふたたび顔をしかめた。

その翌週、ジョンはアールズ・コートのモーター・ショウで会社を代表するために、またロンドンへ行く用事ができた。そのついでにクルー画廊に立ち寄って、弟の絵の売行きを見ることにした。電話で問合わせたときと同じだった。売約済の赤丸は依然として二つしかなく、一方ピーター・ブレイクのほうはあらかた売れていた。

ジョンは二つの点でがっかりしながら画廊を出て、ピカディリーのほうへ戻って行った。あやうく彼女の前を素通りするところだったが、彼女の頰のデリケートな色合いと優美なスタイルに気づくと同時に一目《ひとめ》惚《ぼ》れした。彼女が高すぎて手が出ないのではないかと心配しながら、立ちどまってじっと眺めた。

さらによく見るために画廊のなかに入りこんだ。彼女は小さくて、デリケートで、優美このうえなかった。

「いくらです?」と、彼はガラス・テーブルの向うに坐っている女性に小声できいた。

「あのヴュイヤールですか?」と、彼女が問いかえした。

ジョンはうなずいた。

「千二百ポンドです」

彼は白昼夢のなかで行動しているかのように小切手帳を取りだして、銀行口座が空っぽになることがわかっている金額を書きこんだ。

そのヴュイヤールはダンスタンの向い側の壁に飾られ、こうして世界中のカンヴァスに描かれた女性たちとの一連の情事が始まった。もっともジョンはこれらの額縁に入った情婦たちを手に入れるのにいくらかかったかを、決して妻には明かさなかった。

夏期展覧会の目立たない一隅にときおり作品が展示されることはあっても、ロビンはそれから数年間個展を開く機会に恵まれなかった。絵が売れない画家の場合、画商たちは彼らが死後に世に認められるかもしれないから有利な投資になる可能性がある、という考えに対して冷淡である——その最大の理由は、画家たちが有名になるころは画商たちもまた死んでしまっているからだ。

ロビンの次の個展への招待状がようやく届いたとき、ジョンは初日に顔を出さざるをえないだろうと思った。

ジョンは最近レナルズ・アンド・カンパニーの買収騒ぎに巻きこまれていた。七〇年代に入って車の売行きが毎年増加するにつれて、ホイールの需要も増大し、そのおかげで彼はアマチュア美術コレクターという新たな趣味に没頭できるようになった。最近彼は、依然として専門家の意見に耳を傾けながらも、結局は自分の目を信頼して、ボナール、デュフィ、カモワン、リュースなどをコレクションに加えていた。

ジョンはユーストン駅で列車から降りて、列の先頭にいたタクシーの運転手に行先を告げた。運転手は一瞬頭をかいてから、イースト・エンドの方角へ走りだした。

ジョンが画廊に入りこむと、ロビンが駆け寄ってきて、「ほら、ぼくの才能を一度も疑ったことがない人がきてくれたよ」という言葉で迎えた。ジョンは弟にほほえみかけ、弟は彼にワインのグラスを手渡した。

ジョンは小さな画廊を見まわした。人々は凡庸な絵よりも凡庸なワインをがぶ飲みするほうにより関心がありそうだった。個展の初日のいちばん望ましくない客は、取巻きを引きつれた同じく無名の画家だということを、弟はいつになったら学ぶのだろうか？ロビンは兄の腕を取ってグループからグループへと引きまわし、展示された作品はおろか額縁を買う金さえなさそうな人々に紹介した。

夜がふけるにつれてジョンはますます弟に同情をおぼえ、この日は喜んで夕食の罠《わな》にかかった。結局画廊の経営者を含むロビンの仲間十二人をもてなすはめになった。ジョンの見るところ、この夜画廊の主人が手に入れたのはスリー・コースの夕食だけで、ほかに大した収入はなさそうだった。

「いやいや」と、彼はジョンにいった。「すでに二点の絵が売れているし、多くの人々が関心を示していますよ。要するに批評家たちにはロビンの真価がわかっていないんですよ、そのことはあなたがいちばんよく知っていると思うが」

ジョンは弟の友人たちが、「正当に評価されていない」、「世に認められていない才能」、「とっくの昔にロイヤル・アカデミーに選ばれてしかるべきだった」といった感想を述べるのを、悲しい気分で見守った。ロビンは友人たちの感想を聞いてふらふらしながら立ちあがり、大声で宣言した。「それは断わる！　ぼくはヘンリー・ムーアやデイヴィッド・ホックニーのひそみにならう。招待がきても断わってやる」さらなる拍手喝采《かっさい》に続いて、ジョンのワインがまた人々の喉《のど》に流しこまれた。

時計が十一時を打つと、ジョンは翌日早朝の会議を口実にして先に帰ることにした。失礼を詫び、支払いをすませてサヴォイへ引きあげた。タクシーの客席で、彼は長い間疑っていたこと、すなわち弟は才能が皆無なのではないかということをようやく認めた。

ジョンのもとにロビンからつぎに連絡があったのは、それから数年後だった。ロンドンにはもはや彼の作品を展示しようという画廊はなく、したがって南フランスへ居を移して、自分と同じように才能があるのに認められていない友人グループに仲間入りすべきであると考えたようだった。

「これで再起のチャンスが」と、彼は兄にあてためったにない手紙のなかで説明していた。「ロンドン美術界の俗物どもによってあまりにも長い間抑えつけられていたぼくの真価を発揮するチャンスがつかめると思う。そこでひとつお願いがあるのだが……」

ジョンはロビンが南フランスのより温暖な気候風土のなかに姿を消すのを助けるために、ヴァンスの銀行口座に五千ポンド送金した。

レナルズ・アンド・カンパニーを対象とした株式の公開買付けは青天の霹靂《へきれき》だった。もっともジョンは自分の会社が、ヨーロッパに足場を築こうとする日本の自動車メーカーにとって恰好《かっこう》の標的であることを早くから認めていたのだが。しかしその彼でさえ日本人の最大のライヴァルであるドイツの自動車メーカーが対抗して指し値をしてきたのには驚いた。

彼は株価が連日上昇するのをじっと見守り、ついにホンダがメルセデスに競《せ》り勝ったところで、初めて決断を下さなければならない時期がきたことを認めた。結局株を売って会社をやめる道を選んだ。そしてこれからは世界一周旅行をして、超一流の美術館を持つ諸都市だけを訪問するという計画を妻のスーザンに打ちあけた。車にホイールを取りつける仕事は日本人にまかせて、まず最初に訪れたのはルーヴルで、そのあとにウフィッツィ、サンクト・ペテルブルグのエルミタージュが続き、最後がニューヨークだった。

ジョンはロビンからフランスの消印のついた手紙を受けとっても驚かなかった。ロビンは手紙のなかで兄の幸運を祝い、しあわせな引退生活を祈る一方で、彼自身は批評家たちがついに良識に目ざめるまで戦いつづけるしか方法がないと述べていた。

ジョンはヴァンスの銀行口座にまた一万ポンド送金した。

ジョンはニューヨークのフリック美術館でベルリーニを鑑賞中に最初の心臓発作に見舞われた。

彼はその夜ベッドのかたわらに付添うスーザンに、発作がメトロポリタンとホイットニーを訪れたあとで起きてくれて幸いだったと語った。

二度目の発作が襲ったのはウォリックシャーに戻った直後だった。スーザンは南フランスに住むロビンに手紙を書いて、医師の予測はあまり楽観的でないことを知らせる必要があると感じた。

ロビンから返事はなかった。ジョンは三週間後に亡《な》くなった。

葬儀にはジョンの友人や同僚が多数参列したが、前列に坐《すわ》ることを要求した肥満体の男を知っている人は少なかった。スーザンと子供たちは彼が葬式にやってきた真の理由を、すなわち弔意を表わすためではないことを知っていた。

「兄は遺言のなかでぼくにも配慮すると約束していたんだよ」と、ロビンは墓地をあとにするやいなや、悲嘆にくれる未亡人に向かっていった。そのあと過去三十年間ほとんど接触がなかった息子たち二人をつかまえて、同じことを伝えた。「いいかい」と、彼は説明した。「きみたちの父親はぼくの数少ない理解者だったんだよ」

家へ帰ってお茶の時間になると、ほかの人たちは未亡人を慰めているのに、ロビンは部屋から部屋へ歩きまわって、兄が何年もかかって集めた絵をじっくり眺めた。「抜け目のない投資ですな」と、彼は教区牧師にいった。「オリジナリティや情熱には欠けているが」牧師は礼儀正しくうなずいた。

ロビンは一家の弁護士に紹介されると、すかさず質問した。「遺言状の内容をいつ発表する予定かね？」

「遺言状をいつ読みあげるかについては、まだミセス・サマーズと話しあっておりません。しかし、たぶん来週の終りごろになるでしょう」

ロビンは地元のパブに部屋をとり、毎朝弁護士の事務所に電話をかけつづけて、ついに次の木曜日の午後三時に遺言状の内容が発表されることを確かめた。

ロビンはその日の三時少し前に弁護士の事務所に姿を現わした。約束の時間より早く到着するのは何年もの間で初めてだった。そのすぐあとにスーザンが二人の息子と一緒に到着し、彼に挨拶《あいさつ》もせずに向かいあって腰をおろした。

ジョン・サマーズの財産の大部分は妻と二人の息子に遺贈されていたが、故人は弟のロビンに特別の遺贈をおこなっていた。

《わたしは生前幸運にも個人の絵画コレクションを築きあげることができた。そのうちの何点かは今やかなり大きな価値を持つにいたっている。最後にかぞえた時点でその総数は八十一点に達していた。妻のスーザンにそのうちから二十点を選ぶ権利を与え、つぎに息子のニックとクリスにそれぞれ二十点を選ぶ権利を与える。弟のロビンには残りの二十一点が与えられる。彼はそれによって持てる才能にふさわしい優雅な生活を送れるはずである》

ロビンは満足そうな笑みをうかべた。結局兄は弟の才能を一度も疑うことなく死んで行ったのだ。

弁護士が遺言状の朗読をおえると、スーザンが部屋を横切って歩みより、ロビンに話しかけた。

「わたしたちが家に残しておきたい絵を選びおわったら、残りの二十一点をあなたが泊っている《ベル・アンド・ダック》へ送りとどけさせることにします」

彼女はロビンが一言も発する暇もなく、くるりと背を向けて出て行った。ばかな女だ、と彼は思った。兄貴とはまるで人種が違う——あの女は目の前に天才が立っていても気がつかないだろう。

その夜《ベル・アンド・ダック》で夕食をとりながら、ロビンは新しく手に入れた富をどう費《つか》おうかと計画を立てはじめた。一本目のクラレットのボトルが空になるころ、彼は兄の表現を借りるならば〝持てる才能にふさわしい優雅な生活を送る〟ために、半年に一度の割でサザビーズとクリスティーズに絵を一点ずつ持ちこむことに決めていた。彼は十一時ごろに部屋に引きあげて、ボナール、ヴュイヤール、カモワン、リュースなど、二十一点の傑作はしめていくらになるだろうかと考えながら寝入った。

翌朝十時にドアがノックされたとき、彼はまだぐっすり眠っている最中だった。

「だれだ?」と、彼は毛布をかぶったまま不機嫌な声でいった。

「ホール・ポーターのジョージです。外にヴァンが到着しています。運転手はあなたのサインをもらわないと荷物をおろせないといってるんですよ」

「そいつを帰すな!」ロビンは大声で叫び、何年ぶりかでベッドから跳びおき、古ぼけたシャツとズボンを身につけ、靴をはき、階段を駆けおりて庭に出た。

ブルーのつなぎを着て手にクリップボードを持った男が、大型のヴァンに寄りかかっていた。

ロビンは男に近づいて行った。「二十一点の絵の配達を待っているのはあなたですか?」と、運転手がたずねた。

「そうだ。サインはどこに?」

「ここです」運転手は〝署名〟という文字の下を親指で示した。

ロビンは書類に名前を殴り書きしてから、運転手についてヴァンの後ろへまわった。運転手がドアを開けた。

ロビンは絶句した。

目の前に積みあげられた絵のいちばん上は彼の母親の肖像で、その下の二十点は一九五一年ごろから一九九九年にかけて制作されたロビン・サマーズの作品群だった。

心（臓）変り

ケープ・タウンに、毎日黒人居住区のクロスローズへ通いつづける男がいる。彼は午前中に地域の学校のひとつで英語を教え、午後はシーズンによってラグビーかクリケットのコーチをし、夜は通りを歩きまわって、若者たちに徒党を組んだり犯罪をおかしたりしてはならない、麻薬には絶対に手を出すなと説く。彼は〝クロスローズの転向者〟と呼ばれている。

若くして偏見にとらわれる者はいるにしても、偏見を心に抱いてこの世に生まれてくる人間はいない。ストッフェル・ヴァン・デン・バーグのケースがまさにそうだった。ストッフェルはケープ・タウンで生まれて、生涯一度も外国へ旅したことがなかった。彼の先祖は十八世紀にオランダから移住し、ストッフェルは黒人の召使いたちがいて、彼のどんなつまらない気まぐれにも唯々《いい》諾々として従うような環境で育った。

もしもそのボーイたちが——彼らのだれ一人として、年齢のいかんにかかわらず、名前を持っている様子はなかった——ストッフェルの命令に従わなければ、したたか殴られるか食事を与えられなかった。仕事をちゃんとしたとしても感謝はされず、むろん賞《しょう》讃《さん》もされなかった。自分に奉仕するためにこの世に生まれてきた人間に、わざわざ感謝する者などいるだろうか？

ストッフェルがケープ・タウンで小学校に入ったとき、教室には白人の子供たちしかいないし、教えるのは白人の教師だけという環境で、この思考停止から生まれた偏見は強まりこそすれ弱まることはなかった。彼が学校で出会った数少ない黒人は、自分たちは決して使用することを許されない便所を掃除する連中だった。

学校時代のストッフェルは成績も平均以上で、数学がよくできたが、なかんずく運動能力がずば抜けていた。

この六フィート二インチの金髪のボーア人は、最終学年で、冬はラグビーの一軍チームでスタンド・オフをつとめ、夏はクリケットの一軍チームのトップ・バッターをつとめた。まだどの大学に入るとも決まらないうちから、スプリングボックス（訳注 南アフリカのラグビーとクリケット・チームの名称）でラグビーかクリケットをやるという噂《うわさ》が流れた。最終学年にはいくつかのカレッジのスカウトが学校を訪れて奨学金を餌《えさ》に彼を誘ったが、結局校長の助言と父親の支持で、ステーレンボッシュ大学への進学を決めた。

ストッフェルの確実な進歩はキャンパスに到着した瞬間から続いた。入学一年目に、レギュラーのトップ・バッターがけがをしたために大学チームの一番バッターに選ばれた。結局そのシーズンを通して全試合に出場することになった。その二年後には不敗の大学チームのキャプテンをつとめ、対ナタール州戦でウェスターン・プロヴィンスのためにセンチュリー（訳注 クリケットのバッターが一人で百得点をあげること）を達成した。

ストッフェルは大学卒業と同時にバークレイズ・バンクに採用されて広報課に所属し

だが、彼の最優先任務は銀行対抗《インター＝バンク》クリケット・カップでバークレイズを優勝に導くことだと、面接のときにいいふくめられていた。

銀行に入ってわずか数週間後に、スプリングボックスの選考委員会から、彼が間近に迫ったイングランド・チームの訪問試合で対戦する南アフリカ・チームの候補の一人にあがっているという手紙を受けとった。銀行は喜んで、ナショナル・チームの練習に必要なだけの休暇をとることを認めた。彼はニューランズ競技場で、そしていつかはロンドンのローズ競技場でセンチュリーを達成することを夢見た。

彼はイングランドでおこなわれているアッシュィズ・シリーズ（訳注　クリケットのイギリス・オーストラリア対抗戦）の経過を興味津々《しんしん》で見守った。アンダーウッドやスノウといった選手たちについては読んで知っているだけだったが、彼らの名声におびえてはいなかった。彼らが投げてくるすべてのボールを境界線まで打ちかえしてやるつもりだった。

南アフリカの新聞もアッシュィズ・シリーズの報道に力を入れていた。数週間後に自国のチームが対戦する相手チームの長所と弱点を、読者に知らせたかったからである。やがて、イングランドがウースター・チームに所属するバジル・ドリヴェイラというオールラウンドの選手を選ぶと、クリケットの記事は一夜にして後ろのページから第一面へと場所を変えた。新聞がミスター・ドリヴェイラと呼んでいるこの選手が第一面を飾ったのは、彼が南アフリカ人の分類による〝ケープ・カラード〟（訳注　白人と黒人の混血）に属しているためだった。彼は祖国の南アフリカではファースト・クラスのクリケット試合に出ることを許されないので、イングランドへ移住したのだった。

両国の新聞は、ドリヴェイラがMCCによって南アフリカ訪問チームのメンバーに選ばれた場合、南アフリカ政府がどのように対応するかを臆測《おくそく》しはじめた。「イギリス人が愚かにも彼を代表に選ぶなら」と、ストッフェルは銀行の同僚たちにいった。「訪問試合は中止せざるをえないだろう」なにはともあれ、彼自身は有色人種を相手にプレーするのはまっぴらだった。

南アフリカにとっていちばん望ましいのは、ミスター・ドリヴェイラがジ・オーヴァル競技場でおこなわれる最終テスト・マッチ（訳注　クリケットやラグビーの国際試合）で失敗して、訪問チームのメンバーからはずされることで、そうすればこの問題は一挙に解決するはずだった。ドリヴェイラは期待通りファースト・イニングではぱっとせず、十一得点しただけで、オーストラリア側のウィケットをひとつも取れなかった。しかしセカンド・イニングに入ると、彼は百五十八という高得点をあげて、試合に勝ち、シリーズをタイにするのに大きく貢献した。それでも彼は南アフリカ訪問チームからはずされて物議をかもした。だがもう一人の選手がけがのためにチームからはずされたので、結局その穴埋めに彼が選ばれた。

南アフリカ政府はただちにその立場を明らかにした。すなわちわが国で歓迎されるのは白人選手だけであると。それから数週間にわたって精力的な外交交渉がおこなわれたが、MCCがチームからドリヴェイラをはずすことを拒否したので、訪問試合は中止になった。イギリスの公式チームがふたたび南アフリカの地を踏むのは、ネルソン・マンデラが大統領に選出された一九九四年以降のことである。

ストッフェルはこの決定に打ちのめされた。その後も常にウェスターン・プロヴィンスのためにプレーし、バークレイズ・バンクがインター＝バンク・カップを保持しつづけるのに貢献はしたものの、テスト・マッチのメンバーに選ばれるチャンスはもう二度とないのではないかと諦《あきら》めざるをえなかった。

しかし、失望落胆しながらも、ストッフェルは政府が正しい決定を下したことを毫《ごう》も疑わなかった。結局のところ、だれが南アフリカを訪問するかを決める権利が自分たちにあると考えるイギリス人が間違っているのではないか？

彼がインガと出会ったのは対トランスヴァアル戦の最中だった。彼女は見たこともないほど美しい女性であったばかりか、白人の優位に関する彼の健全な意見にも全面的に賛成だった。二人は一年後に結婚した。

各国が南アフリカに対してつぎつぎに制裁を課しはじめても、ストッフェルは、退廃した西欧の政治家たちはみなリベラルと称する弱虫になりはててしまったと非難して、自国政府を支持することをやめなかった。彼らはなぜ南アフリカにきて、自分の目でこの国を見ないのかと、ケープ・タウンを訪れた人間をつかまえては問いかけた。そうすれば彼は召使いを殴ったりしないこと、黒人たちは政府が推薦する正当な給料をもらっていることがすぐにわかるだろう。黒人たちはそれ以上のなにを望むというのか？　実際、政府はなぜマンデラとその取巻きを叛逆罪《はんぎやく》で縛り首にしなかったのか、彼には理解できなかった。

ピエトとマーリケは父親がその手の意見を述べるたびにうなずいて賛成した。彼は朝食の席で子供たちに向かって、最近樹上から地上に降りてきた連中を対等の人間として扱うことは考えられないと、何度もくりかえし説明した。結局、それは神の思召《おぼしめ》しにかなわないことだと。

ストッフェルは三十代後半でクリケットをやめると、銀行の広報部長に昇進し、取締役就任を要請された。一家はケープ・タウンの数マイル南の、大西洋を見おろす大邸宅に引っ越した。

世界中の国々が南アフリカに対する制裁措置を続ける一方で、ストッフェルは南アフリカがこの地球上で唯一《ゆいいつ》道理が幅をきかせている国であると、ますます強く確信するようになった。彼は公《おおや》けの場でも私的な場でも、ひっきりなしにその考えを口に出した。「きみは議会に立候補すべきだよ」と、友人の一人がいった。「この国は南アフリカ流の生き方をよしとして、大部分が一度もこの国を訪れたことのない無知な外国人たちのいいなりにならない人間を必要としている」

ストッフェルは最初この種の提案を本気で受けとめなかった。だが、やがて国民党の委員長が彼と会うためにわざわざケープ・タウンへ飛んできた。

「政治委員会はつぎの総選挙であなたの名前を候補者リストに加えることを望んでいます」と、委員長はストッフェルにいった。

ストッフェルはその件を考慮すると約束したが、妻と同僚取締役たちに相談してからでなければ結論は出せない事情を説明した。意外なことに、彼らは揃《そろ》ってこの申し出を受けるよう彼を後押しした。「なんといってもきみは全国的に知られた人物だし、人種隔離《アパルトヘイト》政策に関するきみの態度は、だれも疑う余地がないほど明白だ」一週間後、ストッフェルは国民党委員長に電話をかけて、喜んで立候補すると伝えた。

当選は固いと見られるノールトヘック選挙区の候補者に選ばれたとき、彼は選考委員会に対するスピーチをつぎのようにしめくくった。「わたしは、アパルトヘイトは黒人にとっても白人にとってと同様正しい政策であるという信念を、墓のなかまで持ちこむつもりです」それに対して総立ちの拍手が送られた。

状況は一九八九年八月十八日に一変した。

ストッフェルはその晩地元のタウン・ホールの集会で演説する予定があったので、いつもより早く銀行を出た。投票日は数週間後に迫り、世論調査は彼がノールトヘック選出の議員になるのは確実であることを示していた。

エレベーターから降りたところで、銀行の総支配人のマルティヌス・デ・ヨングと鉢合わせした。「今日も早退かね、ストッフェル？」と、彼は笑いながらたずねた。

「とんでもない。選挙区の集会で演説しに行くところだよ、マルティヌス」

「そうだったな」と、デ・ヨングはいった。「今回の選挙ではだれ一人票を無駄にするわけにいかないことを、選挙民に肝に銘じさせてくれよ――この国が黒人に支配されることを彼らが望まないのならの話だが。それで思いだしたが」と、彼はつけくわえた。「われわれは黒人を対象とした大学の特別入学枠も必要としない。もしもイングランドのひと握りの学生たちに銀行のポリシーに口出しすることを許したら、黒人にわたしの地位を狙《ねら》われるはめになってしまう」

「ああ、わたしもロンドンからのメモを読んだよ。彼らのやっていることはダチョウの群なみだ。急がなきゃ、マルティヌス、さもないと集会に遅刻してしまう」

「そうだな、引きとめてすまなかった」

ストッフェルは時計をのぞいて、駐車場へのランプを駆けおりた。ローズ・ストリートの車の流れに入りこんだとき、週末に町から脱出する人々の大移動による交通渋滞を計算に入れていなかったことがすぐに明らかになった。

　市の境界線を通過すると同時に、急いでギアをトップに入れた。道は登りがきつく、曲がりくねっているけれども、ノールトヘックまではたった十五マイルの距離だった。しかしストッフェルはこの道筋を隅々まで知っていたから、いつもは自宅の玄関前に車を駐《と》めるまで三十分とかからなかった。彼はダッシュボードの時計を見た。うまくいけば家へ帰ってから集会へでかける前に、シャワーを浴びて着替えするだけの時間はあるだろう。

　南に折れて山道に通じる道に入りこむと、ストッフェルはアクセルをぐっと踏みこんで、彼ほど道をよく知らないためにのろのろ運転で走るトラックや乗用車を、縫うようにして追い越しはじめた。本来走行を許可されるべきでない古ぼけたおんぼろのヴァンが、息を切らしながら山道を登って行くのを追い越すとき、彼はその黒人の運転手に顔をしかめた。

　次のカーヴを曲がると前方にトラックが見えたのでアクセルを踏んだ。その次のカーヴまでは長い直線区間が続くことを知っていたから、トラックを追い越す余裕は充分にあった。アクセルを踏んで対向車線に出たとき、トラックのスピードが思った以上に速いことを知って驚いた。

　次のカーヴまで約百ヤードというところで、コーナーをまわって一台の車が現われた。

ストッフェルは一瞬のうちに決断しなければならなかった。ブレーキを踏むべきかアクセルを踏むべきか？　相手がブレーキを踏むものと想定して、アクセル・ペダルを床いっぱいまで踏みこんだ。じりじりとトラックを追い越し、前に出た瞬間にできるだけすばやくハンドルを切ったが、それでも対向車の泥除《どろよ》けをもぎとることを避けられなかった。一瞬対向車のドライヴァーの恐怖にみちた目が見えた。彼は急ブレーキをかけたが、道路の急勾配《こうばい》が災いした。ストッフェルの車は安全柵《あんぜんさく》に激突したあとで道路の反対側へはねかえされ、木立ちに突っこんでやっと止まった。彼の記憶はそこでふっつりとぎれ、意識を取り戻したときはそれから数週間たっていた。

ストッフェルが見あげるとインガがベッドサイドに立っていた。彼の目があいたのを見て、彼女は夫の手を握りしめ、それから医者を呼びに病室から走りでた。

次に彼が目をさましたときは妻も医者もベッドサイドにいたが、医者が衝突事故のあとなにが起きたかを彼に説明できるようになるまでには、さらに一週間待たなくてはならなかった。

ストッフェルは相手のドライヴァーが病院到着後間もなく頭部損傷で死亡したことを、ぞっとしながら無言で聞いていた。

「あなたは運よく命拾いしたのよ」それがインガの言葉のすべてだった。

「そうなんです」と、医師がいった。「なぜなら相手のドライヴァーが息を引きとった直後に、あなたの心臓も停止したからです。おあつらえ向きのドナーが隣りの手術室にいたことは、あなたにとって幸運以外の何物でもなかった」

「まさか対向車のドライヴァーじゃないでしょうね？」と、ストッフェルがいった。

医師は首を縦に振った。

「しかし……相手は黒人じゃなかったんですか？」と、ストッフェルが信じられないという面持できいた。

「そうですよ」と、医師は答えた。「そしてあなたは驚かれるかもしれませんが、ミスター・ヴァン・デン・バーグ、あなたの肉体はそのことに気づいていないのです。彼の奥さんが移植に同意したことに感謝するんですな。わたしの記憶が正しければ」――彼は言葉を切って記憶を探った――「彼女はこういったんですよ。『二人とも死なせてしまうのは無意味です』彼女のおかげで、われわれはあなたの命を救うことができたんですよ、ミスター・ヴァン・デン・バーグ」彼はしばしためらい、口をすぼめたが、やがて低い声でいった。「ただ残念ながら、あなたの内臓損傷もたいへんな重症で、心臓移植の成功にもかかわらず予後は決して良好というわけにはいきません」

ストッフェルはしばらく口をきかなかったが、やがて質問した。「あとどれくらい生きられますか？」

「三年、長くて四年というところでしょう」と、医師は答えた。「ただし、無理をしないという条件づきです」

ストッフェルは深い眠りに落ちた。

ストッフェルがようやく退院に漕《こ》ぎつけたのはそれからさらに六週間後で、それでもなおインガは長期間の休養が必要だといいはった。見舞いに訪れた数人の友人たちのなかにはマルティヌス・デ・ヨングもいて、彼は全快したらいつでも銀行の仕事が待っているとうけあった。

「もう銀行へは戻らないよ」と、ストッフェルは静かな口調でいった。「二、三日中に辞表を出すつもりだ」

「なぜなんだ?」と、デ・ヨングがきいた。「約束するよ……」

ストッフェルが手を振って制した。「親切はありがたいが、ほかにやりたいことがあるんだよ、マルティヌス」

医師から外出許可が出ると同時に、ストッフェルは自分が死なせた男の未亡人を訪ねるために、インガに頼んで車でクロスローズへ連れて行ってもらった。

長身で金髪の白人夫婦は、陰気な、諦めきった表情の人々の視線にさらされながら、クロスローズに建ちならぶあばら家の間を歩いて行った。死んだドライヴァーの妻が住んでいると聞いた小屋の前で、彼らは足を止めた。

ストッフェルはもしもその小屋にドアがあればノックをしていただろう。隙間《すきま》から暗い内部をのぞくと、赤児《あかご》を抱いた若い女が奥のほうにうずくまっているのが見えた。

「わたしはストッフェル・ヴァン・デン・バーグという者です」と、彼は話しかけた。「あなたのご主人が命を落とす原因を作ったことを、心からお詫《わ》びするためにやってきました」

「ありがとうございます、だんなさま」と、彼女は答えた。「わざわざおいでくださらなくてもよかったんです」

腰をおろそうにも椅子《いす》がなかったので、ストッフェルは土間に坐《すわ》って脚を組んだ。

「それからわたしに生きるチャンスを与えてくれたことにお礼をいいたかったんです」

「ありがとうございます、だんなさま」

「なにかわたしにできることはありますか？」彼はしばらく間をおいて続けた。「たとえばあなたと子供さんがわたしの家へきて一緒に住むとか」

「いいえ、結構です、だんなさま」

「わたしにできることはなにもないのですか？」と、ストッフェルは当惑してたずねた。

「ええ、なにも。ありがとうございます、だんなさま」

ストッフェルは自分の訪問が彼女を落ちつかない気分にさせていることに気づいて、腰をあげた。彼とインガは黙々ときた道を歩いて戻り、車のところに帰りつくまで一言も口をきかなかった。

「わたしの目は節穴だった」と、インガが運転する車のなかで彼はいった。

「それはあなただけじゃないわ」と、妻は目に涙をうかべながら告白した。「だけどわたしたちはどうしたらいいのかしら？」

「自分がなにをしなければならないか、わたしにはわかっている」

インガは余生をどう送るかという夫の計画に耳を傾けた。

翌朝ストッフェルは銀行を訪れ、マルティヌス・デ・ヨングの助けを借りて、今後三年間にいくら金を費《つか》えるかを計算した。

「生命保険を現金化することをインガに話したのかね？」

「それはもともと彼女の考えなんだ」と、ストッフェルは答えた。

「この金をなにに費うつもりかね？」

「まず手初めに、古本、古いラグビー・ボールとクリケット・バットを買う予定だ」

「銀行がその金額を倍にふやして協力してやれる」と、総支配人が申しでた。

「どんな手段で？」

「銀行のスポーツ援助基金の剰余金を利用してだ」

「しかし援助の対象は白人に限られている」

「きみは白人だろう」と、総支配人はいった。

マルティヌスはしばらく沈黙したあとでつけくわえた。「この悲劇的な事故によって目を開かれた人間がきみだけだなんて思うなよ。そしてきみはだれよりも適任だ……」

彼は途中で言葉を濁した。

「適任とは……?」

「きみ以上に偏見にとらわれている人々に、彼らの過去の過《あやま》ちを悟らせる役目にだよ」

その日の午後ストッフェルはまたクロスローズへ戻った。数時間かけて黒人居住区を歩きまわったあとで、ブリキのバラックやテントに囲まれた一画を選んだ。

その土地は平坦《へいたん》でもなければ、形も面積も理想的とはいえなかったが、彼は何百人という子供たちが見守るなかでクリケットのピッチを歩測しはじめた。

翌日は何人かの子供たちが彼を手伝ってタッチラインを引き、コーナー・フラッグを立てた。

ストッフェル・ヴァン・デン・バーグは四年と一か月と十一日間にわたって、毎朝クロスローズへでかけて行き、学校として使われている建物で子供たちに英語を教えた。

午後からは、季節に応じて同じ子供たちにラグビーかクリケットの技を教えた。そして夜は路上を歩きまわって、十代の少年たちに徒党を組むな、犯罪を犯すな、麻薬に手を出すなと説いた。

ストッフェル・ヴァン・デン・バーグは一九九四年三月二十四日、ネルソン・マンデラが大統領に選ばれるわずか数日前に死んだ。バジル・ドリヴェイラと同じく、彼もまたアパルトヘイトを打破するうえでささやかな役割を果した。

〝クロスローズの転向者〟の葬儀には、全国各地から二千人以上の人々が参列して弔意を表した。

新聞記者たちは会葬者のなかで黒人と白人のどちらが多いかを決めかねた。

偶然が多すぎる

ルースは過去三年間を振りかえるたびに——いったい何度振りかえったことか——マックスは最後の最後まですべてを計画していたに違いない——それも彼らが出会う前からすでに——という結論に達した。

彼らは偶然に鉢合わせした——少なくともルースはそのときはそう思った。そしてマックスに公平ないい方をするならば、鉢合わせしたのは彼ら二人ではなく、彼らのボートだった。

二隻《せき》の船が接触したのは、《シー・アーチン（海胆《うに》）号》が夕闇《ゆうやみ》のなかを隣りあった係留所に向かってゆるやかに進んでいるときだった。双方のスキッパーはそれぞれの船が損傷したかどうかを急いで調べたが、どちらも空気でふくらまして使用する大きなブイを船腹にぶらさげていたので、さいわいなことに無傷だった。《ザ・スコティッシュ・ベル（スコットランドの美女）号》の持主は相手に向かって冗談半分に敬礼し、デッキの下に姿を消した。

マックスはグラスにジン・トニックを注ぎ、前年の夏に読みおえるつもりだったペイパーバックを手に取って、船首に腰をおろした。どこまで読んだか思いだそうとしてページを繰りはじめたとき、《ザ・スコティッシュ・ベル号》のスキッパーがふたたびデッキに姿を現わした。

年長の男がふたたび敬礼のまねをしたので、マックスは本を膝《ひざ》に置いて話しかけた。

「こんばんは。さっきは船をぶつけてしまってすみませんでした」

「被害がなくてよかった」相手はウィスキーのグラスを持ちあげて答えた。

マックスは立ちあがって舷側《げんそく》に近づき、片手を差しだした。「マックス・ベネットです。どうぞよろしく」

「アンガス・ヘンダースンです」老人はかすかにエディンバラなまりのある話し方で答えた。

「このあたりに住んでいるんですか、アンガス？」と、マックスがさりげなく質問した。

「いや」と、アンガスが答えた。「妻とわたしはジャージー島に住んでいるんですが、双生児の息子たちがここ南海岸の学校にいるので、学期末ごとに島から船で本土に渡って、休暇中に彼らを家へ連れて帰るんですよ。ところであなたは？　ブライトンに住んでいるんですか？」

「いや、住居はロンドンですが、暇を見つけてはセイリングにやってくるんです。残念ながらそうしょっちゅうじゃないんですけどね――もうおわかりでしょうけど」と、彼が笑いながらつけくわえたとき、《ザ・スコティッシュ・ベル号》のデッキの下から一人の女性が姿を現わした。

アンガスが振りむいて微笑をうかべた。「ルース、こちらはマックス・ベネット。われわれは文字通り鉢合わせしたんだよ」

マックスはヘンダースンの娘といっても通りそうな女性にほほえみかけた。実際彼女は夫より少なくとも二十歳は若そうだった。美人というのではないが人目を惹《ひ》く容貌《ようぼう》で、その均斉のとれた運動家らしい体つきから、毎日トレーニングを欠かさないのではないかと想像された。彼女はマックスに恥ずかしそうに笑みをかえした。

「一緒に一杯どうです？」と、アンガスが誘った。

「それはどうも」マックスは礼をいって自分のより大きな船に乗り移った。手をのばしてルースと握手を交わした。「初めまして、ミセス・ヘンダースン」

「ルースと呼んでください。ブライトンにお住まいですか？」と、彼女が質問した。

「いいえ。たった今ご主人にお話ししたところですが、たまの週末にセイリングにやってくるだけです。で、あなたはジャージーでなにをなさっているんですか？」と、マックスはアンガスに視線を戻してたずねた。「島の生まれじゃないですよね」

「ええ、わたしが七年前に引退したあと、エディンバラから引っ越したんです。それまでは小さな株式ブローカー会社をやっていました。今はわが家で昔から持っている一、二か所の不動産を管理してほどほどの収入を確保し、あとはセイリングを少々と、ときおりゴルフをするくらいのもんですよ。ところであなたは？」

「あなたと似ていなくはないが、中身が違います」

「とおっしゃると?」と、ルースがたずねた。

「ぼくも不動産の管理を仕事にしていますが、それが他人の不動産である点が違います。ウェスト・エンドにある不動産屋を共同でやっています」

「このところロンドンの不動産価格はどんなぐあいです?」と、アンガスがウィスキーをひと口飲んでから質問した。

「この二年間はどこの不動産屋にとってもどん底でした——売りたい人間は一人もいないし、買う金があるのは外国人だけですよ。それに賃貸期限が切れたときは契約更新に当って値下げを要求するか、さもなきゃ家賃を払えない人間ばかりです」

アンガスが笑いだした。「あなたはジャージーへ引っ越すべきかもしれませんな。少なくともそれなら……」

「子供たちのコンサートに遅刻したくなかったらそろそろ着替えしなくちゃ」と、ルースが横から口を出した。

ヘンダースンは時計を見た。「すみません、マックス。お話しできてよかったが、ルースのいう通りです。また鉢合わせするかもしれませんね」

「だといいですね」と、マックスが答えた。彼が微笑をうかべてグラスを手近のテーブルに置き、自分の船に戻ると同時に、ヘンダースン夫妻がデッキの下に姿を消した。

マックスは何度も同じところを読んだ本をふたたび手に取り、ついに中断した個所を発見したけれども、もはや文字に注意を集中できなかった。三十分後にヘンダースン夫妻がコンサートにふさわしい服装で現われた。マックスは埠頭《ふとう》に上がってタクシーに乗りこむ夫妻にさりげなく手を振った。

翌朝ティー・カップを持ってデッキに上がったルースは、隣りに係留されていた《シー・アーチン号》が見えないことにがっかりした。デッキから降りようとしたとき、見おぼえのある船が港に入ってくるのが見えたような気がした。

彼女は身動きもせずに船の帆がしだいに大きくなるのをみつめ、マックスが前日と同じ場所に船を係留することを願った。彼はデッキに立っている彼女に気づいて手を振った。彼女は気がつかないふりをした。

彼はロープで船を係留しおえると、彼女に声をかけた。「アンガスはどこです？」

「息子たちを迎えに行って、そのままラグビーの試合に行きました。夜まで帰らないんじゃないかしら」と、彼女は必要もないのにつけくわえた。

マックスはボウラインを突堤に固定すると、彼女のほうを向いていった。「じゃ、一緒にランチはどうです、ルース？　まだ旅行者にあまり知られていない小さなイタリアン・レストランがあるんですよ」

ルースは思案するようなふりをしたすえに、やがて答えた。「ええ、いいわ」

「じゃ、三十分後でいいですか?」

「ええ」

ルースの三十分は結局五十分近くになったので、マックスはまたペイパーバックに戻ったが、今度もまたほとんど先へ進まなかった。

やがてふたたび姿を現わしたとき、ルースは黒いレザーのミニスカート、白のブラウス、黒のストッキングに着替えて、いかに場所がブライトンとはいえ、いささか濃すぎる化粧をしていた。

マックスは彼女の脚に視線を向けた。スカートがタイトすぎ、短かすぎるきらいはあるが、三十八歳にしては悪くない、と思った。

「すばらしい」と、彼はお世辞とは思えない口調でいった。「じゃ、でかけますか?」

ルースは突堤で彼と一緒になり、二人は町のほうへぶらぶら歩いて行った。とりとめのないおしゃべりをしながら歩いて行くうちに、やがて彼が横町に入りこんで《ヴェニティーチ》というレストランの前で立ちどまった。

彼がルースのためにドアを開けてやったとき、彼女は店がひどく混んでいるのを見て失望の色を隠せなかった。「たぶん満席よ」と、彼女はいった。

「さあ、それはどうかな?」とマックスがいったとき、給仕長が近づいてきた。

「いつものテーブルになさいますか、ベネット様?」

「そうしてくれ、ヴァレリオ」とマックスが答え、彼らは部屋の隅の静かなテーブルに案内された。

席につくと、マックスがいった。「飲物はなににしますか、ルース？　シャンパンはどうです？」

「いいわね」シャンパンなど毎日飲みなれている、といった口ぶりで彼女は答えた。じつはランチの前にシャンパンを飲むなんてめったにないことだった。たぶん彼女の誕生日を除いて、アンガスにとってそれはとうてい考えられない贅沢《ぜいたく》だったからである。

マックスはメニューを拡《ひろ》げた。「ここの料理はいつも最高ですよ。とくにヴァレリオのかみさんが作るニョッキがおいしい。口のなかでとろけますよ」

「聞いただけでもおいしそう」ルースはメニューを見もせずにいった。

「それにミクスト・サラダをつけてもらいますか？」

「それで完璧《かんぺき》ね」

マックスはメニューを閉じて、テーブルごしに相手を見た。「息子さんたちはあなたの子供じゃないですよね」と、彼はいった。「寄宿学校に入る年齢だとしたら」

「あら、どうしてかしら？」と、ルースは相手の気を引くようにたずねた。

「どうしてかって……アンガスの年齢から考えてですよ。おそらく先妻との間にできた子供たちでしょう」

「いいえ」と、ルースは笑いながらいった。「アンガスは四十代で初婚だったんです。わたしは彼に結婚を申しこまれたときとてもうれしかったわ」

マックスはなにもコメントしなかった。

「あなたはどうですの?」とルースがたずねたとき、ウェイターが四タイプのパンのどれがお好みかと彼女にたずねた。

「四回結婚しましたよ」と、マックスがいった。

ルースが驚くのを見て、やがて彼が笑いだした。

「じつをいうと、結婚は一度もしていません。これぞという女性に出会わなかったからでしょう」

「でもあなたはまだまだ若いから、女性は選りどり見どりでしょう」

「ぼくはあなたより年上ですよ」と、マックスは女性を立てた。

「殿方は年齢じゃなくってよ」と、ルースが羨《うらや》ましそうにいった。

給仕長が片手にメモ用紙を持ってテーブルに戻ってきた。

「ニョッキを二つとバローロをボトルで」と、マックスがメニューを返しながらいった。

「それから二人で食べられる量のサイド・サラダだ。アスパラガス、アボカード、レタスの芯《しん》——ぼくの好みはわかっているね」

「もちろんわかっております、ベネット様」と、ヴァレリオは答えた。

マックスは招待客に視線を戻した。「あなたの若さでは、ジャージー暮しは少し退屈じゃありませんか?」彼はテーブルに身を乗りだして、彼女の額に落ちかかったブロンドの髪の毛をかきあげてやりながらたずねた。

ルースははにかんで笑みをうかべた。「ジャージーにもよいところはありますわ」と、いささか説得力に欠ける説で答えた。

「たとえば?」

「税金が二〇パーセントですみます」

「アンガスにとってはジャージーに住むりっぱな理由かもしれない——が、あなたにとってはそうじゃないでしょう。いずれにしろ、ぼくだったらイングランドに住んで四〇パーセントの税金を払うほうを選びますね」

「主人はすでに引退して、決まった収入で暮しているので、ジャージーの暮しのほうがわたしたちには合っているのです。もしもエディンバラに住んでいたら、今の生活水準を維持できなかったでしょう」

「つまり遠出はせいぜいブライトンまで、というわけですね」と、マックスは笑いながらいった。

給仕長がニョッキの皿を二つ運んできて、二人の前に置いた。その間にもう一人のウエイターが大量のサイド・サラダをテーブルの真ん中に置いた。

「べつに不満はありませんわ」と、ルースがシャンパンを飲みながらいった。「アンガスはいつもとてもやさしくしてくれました。わたしはなにひとつ不自由しておりません」

「なにひとつ?」とマックスはくりかえして、片手をテーブルの下にもぐりこませ、彼女の膝の上に置いた。

ルースはすぐにその手を払いのけなければならないことを知っていながら、そうはしなかった。

マックスがようやく手を引っこめて、ニョッキを食べはじめたとき、ルースは何事もなかったようなふりをした。

「ウェスト・エンドで必見のお芝居といったらなんでしょう?」と、彼女がさりげなく質問した。「『夜の来訪者《アン・インスペクター・コールズ》(訳注 J・B・プリーストリーの大ヒットした戯曲)』が評判だそうですけど」

「その通りです。初日に行きましたよ」

「まあ、いつですか?」と、ルースが無邪気にたずねた。

「五年ばかり前です」

ルースが声をたてて笑った。「これでわたしがどれほど時代に遅れているかわかったでしょうから、なにを観《み》ればよいか教えてください」

「来月トム・ストッパードの新作が幕を開けます」マックスはちょっと間をおいた。

「あなたが二日ほど島から逃げだせるなら、一緒に観に行けますよ」

「それほど簡単じゃありませんわ、マックス。アンガスはわたしが一緒にジャージーにいるものと決めてかかっているんです。わたしたちはそうしょっちゅうは本土にこないんですよ」

マックスは空になった彼女の皿を見おろした。「ぼくのおすすめのニョッキが気に入ったようですね」

ルースはうなずいて同意した。

「やはり店主のおかみさんが作るクレーム・ブリュレも試してみるべきですよ」

「いいえ、やめときます。今度の旅行だけでもすでに三日間ジム通いを怠けていることになるんですから、コーヒーだけにしておきますわ」と、ルースはいった。そのときシャンパンのおかわりがかたわらに置かれるのを見て、彼女は眉《まゆ》をひそめた。

「今日があなたの誕生日ということにしましょう」とマックスはいい、片手をテーブルの下にもぐりこませた——今度は彼女の太腿《ふともも》の、さっきより数インチ上のほうに置かれた。

あとで思いかえすと、その瞬間彼女は席を立って店から出るべきだった。

「それで、あなたはいつから不動産会社に勤めているんですか?」と、彼女は席を立つかわりに何事もなかったようなふりをして質問した。

「学校を出てからずっとです。下っ端《ぱ》から始めて、お茶汲《ちゃく》みまでしながら、去年やっと共同経営者になれたんです」

「それはおめでとう。オフィスはどこですの？」

「メイフェアの中心です。そのうちいらっしゃいませんか？　つぎにロンドンへきたときにでも」

「ロンドンへはあまり行く機会がないんです」と、ルースがいった。

マックスはウェイターがテーブルに近づいてくるのに気がついて、太腿から手をどけた。ウェイターが二人の前にカプチーノを置くと、彼は笑顔を見せながらいった。「勘定を頼む」

「急いでいるんですか？」と、ルースがきいた。

「ええ」と、彼は答えた。「《シー・アーチン号》にヴィンテージ・ブランディを一本隠しているのを思いだしたんですが、今日はそれを開けるのに最もふさわしい日じゃないかと思ったんですよ」彼はテーブルの上に身を乗りだして彼女の手を取った。「じつは、そのボトルをなにか特別な場合、あるいはだれか特別な人のためにとっておいたんです」

「それは賢明じゃないと思いますわ」

「あなたはいつも賢明なことしかしないんですか？」と、マックスは彼女の手をはなさずにたずねた。

「でも、わたしはもう《ザ・スコティッシュ・ベル号》に戻らないと」

「そして三時間もアンガスの帰りを待ってぶらぶらするんですか？」

「いいえ。ただ……」

「ぼくに誘惑されることを恐れているんでしょう」

「そういう魂胆なんですか？」と、ルースが彼の手を振りはらってたずねた。

「ええ。ただしブランディの味見をしてからです」マックスは伝票を受けとりながらいった。細長い白紙をめくってから、財布を取りだして銀のトレイに十ポンド札を四枚置いた。

ルースはアンガスから、レストランで現金で支払う人間は、クレジット・カードを必要としないか、収入が少なくてクレジット・カードを持てないかのどちらかだ、と聞いたことがあった。

マックスは席を立ち、給仕長にいささか大げさに礼をいって、ドアを開けてくれた彼に五ポンド札を握らせた。埠頭へ戻る途中の道を横切りながら、二人は一言も話さなかった。ルースはだれかが《シー・アーチン号》からとびおりるのを見たような気がしたが、もう一度見なおしたときは人影がなかった。船に着いたらさよならをいおうと考えていたのに、気がついたときはマックスに従って船に乗りこみ、下のキャビンに降りていた。

「こんなに狭いとは思わなかったわ」と、彼女は階段を降りきったところでいった。ぐるりとひとまわりして元に戻ると、マックスの腕のなかにいた。彼女はそっと彼を押しのけた。

「独り者にはこれで充分だよ」彼はそれだけいうと、二つのグラスにブランディをなみなみと注いだ。グラスのひとつをルースに手渡して、もう一方の手を彼女の腰にまわした。そしてゆっくり彼女を引きよせ、体を密着させた。顔を近づけて口にキスをしてから、体をはなして彼女にブランディを一口味わわせた。

彼女がグラスを口に運んで行くのを眺めていたが、やがてふたたび腰に腕をまわした。今度はディープ・キスになり、彼女は彼がブラウスのいちばん上のボタンをはずそうとするのをほとんど止めようとしなかった。

彼女が抵抗するたびに、彼は手を休めて相手がブランディをまた一口飲むまで待ってから、また仕事に戻った。彼女がさらに数口飲んだころには、どうにか白いブラウスを脱がせて、タイトなミニスカートのジッパーを探りあてていたが、そのころすでに相手は抵抗するそぶりさえ示していなかった。

「わたしがこれまでに寝た男性はあなたでたった二人目よ」と、事が終ったあとで床に横たわりながら、彼女は静かにいった。

「つまりアンガスと会ったときはヴァージンだったってこと?」と、マックスが驚いてたずねた。

「でなかったら彼はわたしと結婚しなかったわ」と、彼女は当然のようにいった。

「で、結婚してから二十年間に男は一人もいなかったのかい?」彼は自分のグラスにおかわりを注ぎながらいった。

「ええ。子供たちが卒業した学校の寮長、ジェラルド・プレスコットに好かれているような気はするけど。でも彼は頻にキスをしたり、淋《さび》しそうな目でわたしをみつめたりするぐらいで、それ以上は踏みだそうとしないわ」

「でもきみは彼が好きなんだろう?」

「ええ、好きよ。いい人ですもの」ルースは生まれて初めて白状した。「でも彼は自分から積極的に動くタイプじゃないわ」

「ますますばかな男だ」マックスはふたたび彼女を抱きながらいった。

ルースは腕の時計を見た。「あら、ほんとにこんな時間なの? もうすぐアンガスが戻ってくるわ」

「あわてることはないよ」と、マックスがいった。「ブランディをもう一杯飲むくらいの時間はあるし、もう一度オーガズムを味わう時間だって――どっちが欲しい?」

「両方とも欲しいけど、一緒にいるところを彼に見つかる危険は冒したくないわ」

「じゃつぎの機会までとっておくとしよう」とマックスはいって、ボトルにしっかりコルク栓をした。

「あるいはつぎの女までね」と、ルースがストッキングをはきながらいった。

マックスはサイド・テーブルからボールペンを取って、ブランディ・ボトルのラベルに、〝ルースと一緒のときだけ飲むべし〟と書いた。

「また会えるかしら?」と、彼女がきいた。

「きみしだいだよ」と答えてから、マックスはもう一度彼女にキスをした。やがて彼が腕をほどくと、彼女はくるりと向きを変えて階段を上がり、デッキに出てすばやく視界から消えた。

《ザ・スコティッシュ・ベル号》に戻ったとたんに、彼女は過去二時間の記憶を拭《ぬぐ》い消そうとしたが、その夜アンガスが子供たちと一緒に船に戻ったとき、マックスを忘れるのはそれほど容易ではないことを悟った。

翌朝デッキに出てみると、《シー・アーチン号》はどこにも見えなかった。

「なにか捜していたのかね?」と、アンガスがやってきて質問した。

彼女は振りむいて夫にほほえみかけた。「いいえ。早くジャージーへ帰りたくて待ちきれないだけよ」と、彼女は答えた。

彼女が電話に出てみると、相手がマックスだったという事件が起きたのは、それから一か月後くらいだったに違いない。彼女は最初に彼と寝たときと同じ息苦しさを感じた。

「明日、客に頼まれた不動産物件を見にジャージーへ行くんだけど、会えるかな？」

「うちへ夕食にきて」と、ルースは思わず答えていた。

「ぼくのホテルへこられない？　夕食なんかどうでもいいじゃないか」

「いいえ、やっぱりうちへ食事にきてもらうほうが賢明だと思うわ。ジャージーでは郵便ボックスまで噂《うわさ》好きなのよ」

「それしかきみに会えるチャンスがないとしたら、夕食で我慢するよ」

「八時でいかが？」

「結構」と彼は答えて電話を切った。

電話が切れたとき、ルースは自宅のアドレスを教えなかったことに気がついた。彼の電話番号を知らないので、自分のほうからかけることもできなかった。

明日の晩夕食に客がくるかもしれないとアンガスに告げると、彼はたいそう喜んだ。

「じつにタイミングがいい」と、彼はいった。「マックスに相談したいことがあるんだ」

ルースは翌日の午前中セイント・ヘリアーへ買物にでかけて、とびっきり上等の肉や、新鮮な野菜や、アンガスなら贅沢すぎるといいそうなクラレットのボトル一本を買いこんだ。

午後はキッチンですごして肉の料理法をコックに説明し、夕方は寝室でさらに長い時間をすごして、その晩着るものにああでもないこうでもないと迷った。八時数分すぎに呼鈴が鳴ったとき、彼女はまだ裸だった。

ルースは寝室のドアを開けて、階段の上から夫がマックスを歓迎する声を聞いた。二人の男の話し声を聞きながら、アンガスの声がひどく年寄りじみていると思った。夫がマックスになにを相談しようとしているのか、根掘り葉掘りきくのははばかられた。

彼女は寝室に戻って、かつてある友達が男の気をそそると形容したドレスを着ることに決めた。「でもこの島じゃ宝の持ちぐされね」と、そのとき答えたことを思いだした。

ルースが客間に入って行くと二人の男は椅子《いす》から腰を上げ、マックスが前に進みでて、ジェラルド・プレスコットがいつもするように、彼女の両頰にキスをした。

「マックスにアルデンヌにあるうちの別荘の話をしていたところだよ」と、アンガスはふたたび腰をおろす前にいった。「双生児の息子たちが大学に入ることになったので、別荘を売るつもりでいるとね」

いかにもアンガスらしいわ、とルースは思った。客に飲物も出さないうちに仕事の話をかたづけてしまおうとする。彼女はサイドボードに近づいて、自分がなにをしているかも考えずにマックスのためにジン・トニックを注いだ。

「一度別荘へ行って、評価したうえで、売りに出すタイミングはいつごろがベストか教えてくれるよう、マックスに頼んだところだよ」

「それはいい考えね」と、ルースはいった。自分が客のことをどう思っているかをアンガスに見抜かれたくなかったので、直接マックスのほうを見ることを避けた。

「お望みなら明日フランスへ行ってもいいよ。週末はほかに予定がないから」と、マックスはいった。「月曜日には結果を報告できると思う」

「それは好都合だ」と、アンガスが応じた。そして妻から手渡されたモルト・ウィスキーを一口飲んだ。「じつはな、ルース、きみが彼と一緒に行ってくれれば話が早いんじゃないかと思っていたんだよ」

「いいえ、わたしはマックス独りで充分だと……」

「いやいや」と、アンガスがいった。「いいだしたのは彼なんだ。きみが一緒に行けば案内できるし、なにか質問があってもそのたびにここへ電話をかけずにすむじゃないか」

「でも、今はいろいろあって忙しいし……」

「ブリッジ・パーティやらヘルス・クラブやら……いや、そんなものはきみが数日留守にしてもどうにでもなるさ」と、アンガスは笑いながらいった。

と、ルースはマックスの前で田舎暮しをさらけだされるのがいやだった。「わかったわ」と、彼女はいった。「そのほうが好都合だと思うんなら、マックスのお伴をしてアルデンヌへ行ってくるわ」今度はまっすぐマックスの顔を見た。

マックスのなにを考えているかわからない完全な無表情には、中国人でさえ脱帽した

ことだろう。

彼らのアルデンヌへの旅は三日三晩にわたった。ことに忘れがたいのはその三晩だっ

た。ジャージーに戻るころ、ルースは二人がいかにも愛人同士のように見えないことを

祈った。

マックスがアンガスに対して詳細な報告と物件の評価をおこなったあと、老人はサマ

ー・シーズンが始まる数週前に別荘を売りに出すことをすすめられた。二人は握手を交

わしてこの取決めに同意し、マックスは買い手が現われしだい連絡すると約束した。

ルースは空港まで彼を車で送って行った。彼が税関を通り抜けて姿が見えなくなる前

に彼女が口にした最後の言葉は、「つぎにあなたの声を聞くまで一か月は長すぎるわ。

もう少し早くならないかしら？」というものだった。

マックスは翌日アンガスに電話して、自分の会社と永年取引があるパリの有名不動産

業者二社に、物件を委託したことを報告した。「わたしの手数料を分けるから、余分に

は請求しないよ」

「きみはまさにわが意にかなった人物だ」と、アンガスはいった。そしてルースがマッ

クスと話す暇も与えずに電話を切った。

それから数日間、ルースは電話が鳴るたびにアンガスよりも先に受話器を取ったが、その週はマックスから電話がなかった。ようやくつぎの週の月曜日にマックスから電話があったときは、アンガスが同じ部屋にいた。

「きみの服をむしりとる日が待ちきれないよ、ダーリン」と、のっけからマックスはいった。

彼女は答えた。「そう聞いてうれしいわ、マックス。でも、今アンガスと代わるから、あなたからそのニュースを伝えてね」彼女は夫に受話器を渡しながら、なにか伝えるべきニュースがあってくれればよいと願った。

「で、どんなニュースかね?」と、アンガスがきいた。

「九十万フランで買いたいという人が現われたよ」と、マックスはいった。「これはほぼ十万ポンドに相当する。だがほかにあと二人、物件を見たいという人がいるので、まだ話を決めるつもりはない。フランスの不動産業者は百万フラン以上なら手を打ってもよいだろうといっている」

「きみも同じ考えなら、わたしは喜んで賛成するよ。そして取引が成立したら、わたしがそちらへ飛んで契約書に署名する。しばらく前にルースをロンドンへ連れて行く約束をしたもんでね」

「それはいい。またお二人に会えるとはうれしいよ」といってマックスは電話を切った。

彼はその週の終りにまた電話をかけてきた。ルースはアンガスがそばにくるまでにマックスと話すことができたが、彼の恋情に応《こた》える暇はなかった。

「百万七千六百フランだって?」と、アンガスはいった。「それは予想していたよりはるかに好条件だ。よくやったな、マックス。すぐに契約書を作成してくれ。銀行に手付金の入金がありしだいそっちへ飛ぶよ」アンガスは受話器を置き、ルースのほうを向いていった。「さて、約束のロンドン旅行もそう遠くはなさそうだぞ」

マーブル・アーチの小さなホテルにチェックインしたあと、ルースとアンガスは、サウス・オードリー・ストリートにある、アンガスが名前を聞いたこともないレストランでマックスと落ちあった。メニューの値段を見たとき、たとえ知っていたとしてもこの店は選ばなかっただろうと思った。しかしスタッフはよく気がつき、マックスをよく知っているように見えた。

ルースにはあまり楽しい食事ではなかった。アンガスが話題にしたのは取引のことばかりで、マックスがその件で彼を満足させると、今度はスコットランドに持っている別の不動産物件のことを持ちだした。

「どうも資本投資に対する収益率が芳《かんば》しくないようなんだ」と、アンガスはいった。

「きみが調べてみて、どうすればよいか助言してくれないかな?」

「喜んで」とマックスがいったとき、ルースがフォワ・グラから顔を上げて夫の顔をみつめた。「あなた、だいじょうぶなの? 顔が真っ青よ」

「右脇腹《わきばら》が痛むんだよ」と、アンガスが訴えた。「今日は長い一日だったし、わたしはこういう高級レストランに慣れていないからね。だが一晩ぐっすり眠ってもよくならないような重い病気じゃないと思うよ」

「そうかもしれないけど、やっぱりすぐにホテルへ戻るほうがいいと思うわ」と、ルースが心配そうにいった。

「そうとも、ぼくもそう思う」と、マックスが口をはさんだ。「ぼくが勘定をすませて、ドアマンにタクシーを呼ばせるよ」

アンガスはふらつく足で立ちあがり、ルースの腕にすがりながらレストランの出口のほうへゆっくり歩いて行った。マックスが数分後に歩道に出たとき、ルースとドアマンがアンガスをタクシーに乗せているところだった。

「おやすみ、アンガス」と、マックスがいった。「明日の朝は元気になることを祈ってるよ。ぼくにできることがあったら遠慮なく電話してくれ」彼は微笑をうかべてタクシーのドアを閉めた。

ルースがやっと夫をベッドに寝かせても、ぐあいはいっこうによくならなかった。彼女は夫がよけいな出費を認めないことを知っていたけれども、ホテルのドクターを呼んで診てもらった。

医者は一時間以内にやってきて、念入りに診察したあとで、アンガスが夕食になにを食べたかと質問してルースの不意をついた。夫が選んだ料理を思いだそうとしたが、マックスのおすすめに従ったことしかおぼえていなかった。医者は明朝いちばんに専門医に診てもらうほうがよいという意見だった。

「ばかな」と、アンガスは弱々しい声でいった。「ジャージーへ戻ってかかりつけの医者に診てもらえばすぐによくなるよ。いちばんの飛行機で島へ帰る」

ルースはホテル・ドクターの意見に賛成だったが、夫に逆らっても無駄だった。ようやく夫が寝入ると、階下に降りてマックスに電話をかけ、明朝ジャージーへ帰ることになったと伝えた。彼は心配そうな声で、自分にできることはなんでもするとくりかえした。

翌朝飛行機に乗りこんで、アンガスの病状がスチュワードの目にとまったとき、ルースは飛行機からおろされないために懸命に相手を説得しなければならなかった。「一刻も早く夫を主治医のところへ連れて行かなくてはならないんです」と、彼女は懇願した。

スチュワードはしぶしぶ承知した。

ルースはすでに電話で迎えの車を手配してあった——これまたアンガスが認めそうも

ない出費だった。しかし飛行機が着陸するころ、アンガスはもはや反対できるような状態ではなかった。

ルースは夫を家へ連れて帰り、ベッドに寝かせると同時に、かかりつけの医者に電話した。ドクター・シンクレアはロンドンの医者と同じ検査をして、やはりアンガスが前夜なにを食べたかと質問した。彼の結論も同じだった。アンガスはただちに専門医に診てもらう必要がある。

午後から救急車がやってきて、彼をコテージ・ホスピタルへ搬送した。専門医は診察をおえると、ルースを自分の部屋へ呼んだ。「残念ながら悪い知らせです、ミセス・ヘンダースン」と、彼はいった。「ご主人は心臓発作に見舞われ、おそらく長い一日の疲労と、体に合わないなにかを食べたせいで、それが悪化したのでしょう。そんなわけで、お子さんたちを学校から呼び戻すほうがいいですな」

ルースはその夜遅く家へ帰ったが、だれに助けを求めればよいかわからなかった。電話が鳴り、受話器を取ると同時に相手がだれかすぐにわかった。

「マックス。電話をもらってうれしいわ。専門医はアンガスがもう長くないから、子供たちを呼び戻せっていうの」彼女はしばし躊躇《ちゅうちょ》してから続けた。「なにがあったかわたしの口からは伝えられそうもないわ。なにしろあの子たちは父親が大好きなんだもの」

「ぼくにまかせてくれ」と、マックスが低い声でいった。「校長に電話で連絡して、明日の朝彼らを迎えに行き、飛行機でジャージーへ連れて帰るよ」

「恩に着るわ、マックス」

「せめてそれぐらいは役に立ちたい。じゃ、少し休むといいよ。とても疲れているような声だ。乗る飛行機が決まりしだいまた電話するよ」

ルースは病院に戻って、ほぼ一晩中病床の夫につきそった。アンガスがどうしても会いたいといいはった人間は彼女のほかにただ一人、顧問弁護士だけだった。ルースは翌朝空港へマックスと子供たちを迎えに行く間に、ミスター・クラドックにきてもらう手《て》筈《はず》を整えた。

マックスは男の子二人にはさまれて税関ホールから出てきた。ルースは彼らのほうが自分よりもはるかに冷静に見えるのでほっとした。マックスが車を運転して病院へ向かった。彼女はマックスが午後の便でイングランドへ戻る予定だと知ってがっかりしたが、彼は今きみは家族と一緒にいるべきだと思うと説得した。

アンガスはつぎの金曜日にセイント・ヘリアー・コテージ・ホスピタルで安らかに息を引きとった。ルースと双生児が臨終を見とった。

マックスが葬儀に参列するために飛んできて、翌日子供たちを学校まで送って行った。ルースは手を振って彼らを見送るとき、もうマックスが電話をかけてくることはないのではないかと思った。

ところが彼は翌朝彼女がどうしているかと電話をかけてきた。「とても孤独だし、夫を亡《な》くしたばかりなのにあなたに会いたくて、少し気が咎《とが》めているわ」そして少し間をおいて続けた。「つぎはいつジャージーへくる予定なの？」

「しばらく行く予定はない。ジャージーでは郵便ボックスまでおしゃべりだと警告したのはきみだよ」

「でもわたしはどうすればいいの？　子供たちは学校へ戻ってしまうし、あなたはロンドンから動けないのよ」

「ロンドンで会うことにしよう。ロンドンなら人目を忍ぶのははるかに容易だし、率直にいってだれ一人きみに気がつく人なんかいないよ」

「そうかもね。よく考えてから電話するわ」

ルースは一週間後にヒースローへ飛び、マックスが空港まで迎えに出た。彼女は自分が長い間沈黙しても、セックスをしたがらなくても、文句ひとついわない彼の思いやりと優しさに感動した。

月曜の朝車で空港まで送ってもらったとき、彼女はマックスにしがみついた。

「ねえ、あなたのフラットや会社を見るチャンスがなかったわ」

「今回はホテルに泊って賢明だったと思うよ。ぼくの会社を見たければ、今度きたときにいつでも見られるじゃないか」

彼女は夫の葬式以来初めて笑顔を見せた。空港で別れるとき、彼は彼女を抱いていった。「少し気が早いかもしれないが、ぼくが心からきみを愛していて、将来いつかはアンガスの後釜《あとがま》にぼくを受けいれる気になってほしいと思っていることを知ってもらいたいんだ」

彼女はその夜彼の言葉を絶えずくりかえしながらセイント・ヘリアーへ戻った。あたかもそれが忘れようにも忘れられない歌の歌詞であるかのように。

彼女が顧問弁護士ミスター・クラドックからの電話を受けたのは、それから約一週間後だったに違いない。彼女の亡き夫の遺言状について相談したいから、オフィスまできてもらいたいという電話だった。彼女は翌朝弁護士と会う約束をした。ルースは自分たち夫婦はずっとなに不自由ない生活を続けていたから、生活水準はそれまでとほぼ同じように続くものと思いこんでいた。結局、アンガスはさまざまな問題を未解決のまま残しておくような人間ではなかった。彼女は夫がミスター・クラドックをぜがひでも病院へ呼んでくれ、といいはったことを思いだした。

ルースはアンガスのビジネスにはまったく関心を持たなかった。彼は常に金の費《つか》い方に慎重だったにせよ、彼女が欲しがるものはなんでも拒まずに買ってくれた。いずれにせよ、マックスがアンガスの口座に十万ポンドあまりの小切手を振りこんだばかりだったから、彼女は夫が充分すぎるほどの生活費を残してくれたものと確信して、翌朝弁護士のオフィスへでかけた。

約束の時間より数分早く着いた。それなのに受付係は彼女をミスター・クラドックの部屋まで案内した。部屋に入ると、三人の男が会議卓を囲んで坐《すわ》っていた。彼らはすぐに椅子《いす》から腰を上げ、ミスター・クラドックがほかの二人を法律事務所の同僚たちだと紹介した。ルースは二人が表敬のために顔を出しただけだろうと思ったが、彼らはふたたび腰をおろして、目の前の分厚いファイルの検討を続けた。ルースは初めて不安を感じた。アンガスの遺産になにか問題があるのだろうか？

ミスター・クラドックはテーブルの上座に坐り、書類の束をほどいて一枚の厚いパーチメント紙を取りだしてから、今は亡き依頼人の未亡人の顔を見た。

「まず最初に、当法律事務所を代表して、ミスター・ヘンダースンのご逝去を知ったときにわれわれ全員が感じた哀悼の意をお伝えしたいと思います」と、彼は切りだした。

「ありがとうございます」と、ルースが頭を下げた。

「今朝当事務所までお越しいただいたのは、亡くなったご主人の遺言の内容をお知らせするためです。そのあとで、質問があれば喜んでお答えします」

ルースは寒気がして、体がぶるぶる震えだした。アンガスはなぜ問題が起きるかもしれないことを前もって知らせておいてくれなかったのか？

弁護士は前文を読みあげたあとで、遺贈の具体的な内容に及んだ。

「以下に述べる遺贈分を除いて、わが財産のすべてを妻のルースに贈る。

「(a)息子のニコラスとベンにおのおの二百ポンドずつ。彼らがこの金をわたしの思い出となるもののために費うことを期待する。

「(b)スコティッシュ・ロイヤル・アカデミーに五百ポンド。これはアカデミーが選んだスコットランド人の画家の作品の購入にあてられるものとする。

「(c)わが母校ジョージ・ワトソン・カレッジに千ポンド、さらにエディンバラ大学に二千ポンド」

弁護士は小額の遺贈リストを読みつづけて、アンガスの最後の数日間いたれりつくせりの治療と看護を施したコテージ・ホスピタルへの百ポンドの寄付でしめくくった。

ミスター・クラドックはルースのほうを見てたずねた。「なにか質問はありますか、ミセス・ヘンダースン？　それから亡くなったご主人の場合と同じように、われわれが財産管理を代行することをお望みですか？」

「正直いって、ミスター・クラドック、アンガスはビジネスのことを全然話してくれなかったので、わたしにはどうなっているかわからないんです。息子たちとわたし自身が、主人が生きていたときと同じように暮していけるだけのお金さえあれば、今までどおりあなたに財産管理をしていただくことに異存はありません」

ミスター・クラドックの右隣りに坐っている同僚がいった。「わたしはミスター・ヘンダースンが約七年前に初めてこの島に到着して以来、ずっと顧問弁護士として助言をさせていただいてきました。なにか質問があれば喜んでお答えします」

「それはご親切に」と、ルースが答えた。「でも、知りたいのは主人の財産がおおよそいくらあったかということぐらいで、あとはなにを質問すればよいのか自分でもわからないんです」

「ご主人は現金をごくわずかしか遺《のこ》さなかったので、その質問に答えるのはさほど容易ではありません。しかし、わたしは責任上遺言検認のために具体的な数字を出さなくてはなりません」彼は目の前のファイルを拡《ひろ》げながらつけくわえた。「わたしの概算では、少な目に見積って、千八百万から二千万というところでしょう」

「フランで?」と、ルースが小声できいた。

「いや、ポンドでですよ、マダム」と、ミスター・クラドックが当然のように答えた。

ルースは慎重に考慮したすえに、自分の幸運を息子たちも含めてだれにも話さないことに決めた。つぎの週末にロンドンへ飛んだとき、アンガスの弁護士たちから亡夫の遺言状の内容と遺産の額を知らされたことをマックスに話した。

「驚くようなことはあったかい？」と、マックスがきいた。

「いいえ、べつに。彼は子供たちに二百ポンドずつ遺してくれたし、あなたがアルデンヌの別荘を売ってくれた十万ポンドがあれば、わたしが贅沢《ぜいたく》しないかぎりなんとか食べていかれるわ。だからまだわたしを妻にしたいと思っているのなら、あなたは仕事をやめるわけにはいかないわよ」

「アンガスが遺した金で暮すなんてぼくはいやだよ。じつはよいニュースがある。会社は新年早々セイント・ヘリアーに支店を開設する可能性を検討してくれというんだ。それにはひとつだけ条件があると答えたよ」

「どんな条件なの？」

「島の住民の一人がぼくの妻になってくれるという条件だ」

ルースは死ぬまで一緒に暮すのにふさわしい男を見つけたと、かつてないほど確信して、両腕に彼を抱きしめた。

マックスとルースは三か月後にチェルシーの戸籍登記所で結婚した。立会人は双生児だけで、その彼らさえいやいやながら出席したのだった。「彼はぼくらの父親の代わりにはならないよ」と、ベンが反感をあらわにして母親にいい、ニコラスもうなずいて賛成した。

「心配ないよ」と、空港へ向かう車のなかでマックスがいった。「その問題は時だけが解決してくれる」

二人がヒースローを発《た》ってハネムーンに出発するとき、ルースはマックスの友達が一人も結婚式に出席しなかったことに少し失望したと語った。

「アンガスが死んでから日が浅い今、わざわざ不愉快な感想を聞く必要はないさ」と、マックスはいった。「きみをロンドンの社交界にお目見えさせる前に、少し冷却期間をおくほうが賢明だよ」彼はにっこりほほえんで彼女の手を握った。ルースはその言葉に納得して、わずかに残る不安を打ち消した。

飛行機は三時間後にヴェネツィア空港に着陸し、彼らはモーターボートでサン・マルコ広場をのぞむホテルへ連れていかれた。あらゆることが抜かりなく準備されているように思え、ルースは新しい夫がファッション・ショップで何時間もすごして、彼女が何着ものドレスを買うのを手伝うことに熱心なのを知って驚いた。彼女があまりに高価すぎると考えたドレスまで選んでくれた。のんびりゴンドラに乗ってすごしたまる一週間、彼はかたときも彼女のそばをはなれなかった。

金曜日、マックスは車を借りて花嫁と一緒に南のフィレンツェまでドライヴし、ウフィッツィ美術館、ピッティ宮殿、アカデミアなどを訪問するためにアルノー川に架かる橋を行きつ戻りつした。夜は多すぎるほどのパスタを食べ、マーケット広場のダンスに仲間入りして、しばしば陽が昇るころにホテルに戻った。彼らは三週目に未練を残しながらローマへ飛び、暇さえあればホテルのベッドに横たわり、コロッセウムやオペラ・ハウスやヴァチカンを訪ねてすごした。三週間はあっという間にすぎ去り、ルースは一日一日の区切りを思いだせなかった。

　彼女は毎晩ベッドに入る前に子供たちに手紙を書いて、いかにすばらしい休暇をすごしているかを伝え、かならずマックスの優しさを強調した。息子たちが彼を受けいれることを心から望んだが、それにはしばらく時間がかかりそうだった。

　二人がセイント・ヘリアーへ戻ってからも、マックスは相変らず思いやりと気配りに富んでいた。ルースの唯一《ゆいいつ》の失望は、支店開設のための建物捜しがあまりうまくいっていないことだった。彼は毎朝十時ごろに家を出たが、町よりもゴルフ・クラブですごす時間のほうが長そうだった。「ネットワーク作りだよ」と、彼は説明した。「支店を開設したらそれがいちばん大切になるからね」

「支店の開設はいつごろになりそう？」

「それほど先の話じゃないね」と、彼はうけあった。「ぼくの商売でいちばん重要なのは店のロケーションなんだ。二等地で妥協するよりは一等地が見つかるまで待つほうがはるかにいい」

　しかしそれからさらに何週間かがすぎると、ルースはマックスの一等地捜しがいっこうにはかどらぬことに心配になった。そのことを話題にするたびに、マックスが口うるさいと非難するので、最低一か月間はその話題を封じられてしまうのだった。

結婚して六か月たったとき、彼女が週末に休みをとってロンドンへ行くことを提案した。「その機会にわたしはあなたのお友達と会ったり話題のお芝居を見たりできるし、あなたも本社に報告に戻れるわ」

しかしマックスはそのたびに新しい口実を見つけて、彼女の計画に反対した。だが結婚一周年を祝うためにヴェネツィアを再訪する計画には二つ返事で賛成した。

ルースは二週間の休暇が最初のヴェネツィア訪問の記憶を新たにし、ジャージーへ戻ったときに、ついにマックスをして支店用の建物を決める気にさえさせるかもしれないと期待した。ところが実際には、結婚一周年の旅行は一年前のハネムーンとは天と地の距《へだた》りがあった。

飛行機がヴェネツィア空港に到着したときは雨が降っていたし、長い列に並んで震えながらタクシーを待たなくてはならなかった。ホテルに到着したときルースは、妻が部屋を予約したものと夫が思いこんでいることに気がついた。彼は罪のないマネジャーに当りちらして、荒々しく外へとびだした。結局重い荷物を持って雨のなかを一時間以上も歩きまわったあと、シングル・ベッドが二つ並んだバーの真上の狭い部屋しか空いていない裏通りのホテルに泊るはめになった。

その夜一杯飲みながら、マックスはクレジット・カードをジャージーに忘れてきたので、島へ帰るまでの支払いを頼みたいがどうだろう、とルースに打ちあけた。どっちみち最近は請求書の大部分を彼女が支払っているありさまだったが、今その件を持ちだすのは時期が悪いと判断した。

フィレンツェで、彼女はジャージーへ戻ったら支店の事務所捜しがうまくいくといいと、朝食の席で遠慮がちに切りだし、本社は進展がないことを心配しているかしらと何気なしにたずねた。

とたんにマックスが怒り狂い、うるさく小言をいうのをやめろと捨てぜりふを残して食堂から出て行った。その日はまる一日彼女の前に姿を見せなかった。

ローマでも雨が降りつづき、おまけにマックスはしょっちゅう断りなしにでかけては、彼女がベッドに入ったはるかあとで帰ってくることもあった。

ジャージーへ向かう飛行機が出発したとき、ルースはほっとした。セイント・ヘリアーへ帰りつくと、彼女は小言で彼を悩ますのをやめて、支店の開設がいっこうに進展しない事情を理解しようと努めた。しかしいくら努力しても、その見返りは彼の不機嫌な長時間の沈黙か怒りの発作だけだった。

数か月後には夫婦間の亀裂《きれつ》がますます拡がってゆくようで、ルースはもはや事務所捜しはどうなっているのかとたずねもしなくなった。マックスはとっくにやる気をなくしている、そもそも本社から支店開設の任務を与えられたかどうかさえ疑わしいと思うようになった。

マックスが本社からセイント・ヘリアーでの支店開設を中止するので、共同経営者として会社に残りたかったらロンドンへ引きあげて、古巣に戻るようにという手紙がきたと、とつぜんいいだしたのは、ある朝の朝食の最中だった。

「もしもあなたが断わったら？」と、ルースがきいた。「ほかに選択の余地はあるの？」

「会社はいやだったら辞表を出せといってきた」

「わたしは喜んでロンドンへ行くわ」ルースはそれで問題が解決することを期待しながらいった。

「いや、それじゃうまくいかないだろう」と、すでにほかの解決策を考えているらしいマックスがいった。「それよりぼくが週日をロンドンですごして、週末だけこっちへ帰ってくるほうがいいと思う」

ルースはそれがよい考えだとは思わなかったが、反対しても無駄なことを知っていた。

マックスは翌日ロンドンへ飛んだ。

ルースは最後に夫婦の交わりがあったのがいつだったか思いだせないありさまで、彼が結婚二周年の記念日にジャージーへ戻ってこなかったとき、ついにジェラルド・プレスコットのディナーの招待を受けることにした。

双生児が卒業した学校の寮長は、以前と変らずに親切で思いやりがあり、二人きりでいるときもルースの頬へのキスより先へは進まなかった。彼女がマックスとの不仲を打ちあける決心をすると、彼はじっと耳を傾け、ときおりうなずいて理解を示した。ルースはテーブルごしに昔からの友達の顔を見ながら、初めて離婚という悲しい事態を思いうかべた。そしてあわててその考えを頭から払いのけた。

つぎの週末にマックスが帰宅したとき、ルースは特別な努力をする決心をした。午前中はマーケットへ買物にでかけて、彼の大好物であるチキンの赤ワイン蒸しを作るために新鮮な材料を選び、料理の味を引きたてるヴィンテージもののクラレットを買いこんだ。彼はいつもの便には乗っていなかったが、二時間後にゲートを通り抜けて現われ、ヒースローで足止めを食ったのだと説明した。彼女が二時間も空港ラウンジを歩きまわっていたことに一言も詫《わ》びず、やっと家へ帰って夕食のテーブルに着いたときも、料理、ワイン、彼女のドレスのいずれについても一言も感想を述べなかった。

ルースが食事のあとかたづけをすませて急いで寝室へ駆けつけると、彼は狸寝入《たぬきねい》りをしていた。

マックスは土曜日の大半をゴルフ・クラブですごし、日曜日の午後の便でロンドンへ戻って行った。空港へ出発する前の最後の言葉は、つぎはいつ戻れるかわからないというものだった。

彼女が離婚を考えたのはこの日で二度目だった。

ときおりロンドンから電話があり、たまに週末を一緒にすごすだけの何週間かがすぎるうちに、ルースがジェラルドと会う回数がしだいに多くなっていった。ジェラルドは人目を忍ぶあいびきの初めと終りにせいぜい彼女の頬にキスをするぐらいで、もちろん太腿《ふともも》にさわったことなど一度もなかった。そろそろ彼を誘惑するときがきたと、ついに決心したのは彼女のほうだった。

「わたしと結婚してくれる?」と、彼女は翌朝六時に服を着る彼を見ながら質問した。

「しかしあなたはすでに結婚している」と、ジェラルドは穏かにいった。

「わたしたちが何か月も前から見せかけだけの夫婦だってことはあなたもよく知っているはずよ。わたしはマックスの魅力に足をすくわれて、まるで女学生みたいに愚かな行動をしてしまった。ヒロインが失意の反動で結婚する小説を何度読んだかしれないのに」

「半分でもチャンスがあれば明日にでも結婚したいよ」と、ジェラルドは笑いながらいった。「わたしは初めて会った日からあなたが大好きだった」

「あなたはひざまずいてはいないけど、その言葉を承諾のしるしと受けとることにするわ」と、ルースも笑いながらいった。そして薄明りのなかに立っている恋人をじっとみつめた。「このつぎマックスと会ったら離婚を申しこむわ」と、彼女は小声でつけくわえた。

ジェラルドはまた服を脱いでベッドに戻った。

つぎにマックスが島に戻ってきたのはそれからまた一か月たってからで、遅い便だったにもかかわらず、玄関のドアを通り抜けたときルースはまだ起きて待っていた。彼が腰をかがめて頰にキスしようとすると、彼女は顔をそむけた。

「離婚してください」と、彼女は事務的な口調でいった。

マックスは無言で彼女のあとから居間に入りこんだ。どすんと椅子《いす》に身を沈めて、しばらく沈黙を守った。ルースは突っ立ったまま辛抱強く返事を待った。

「男がいるのか?」と、ついに彼が質問した。

「ええ」

「ぼくの知ってる男か?」

「そうよ」

「ジェラルドか?」

「そう」

マックスはふたたび不機嫌に黙りこんだ。

「あなたに有利な条件で離婚したいの。わたしがジェラルド相手に姦通《かんつう》を犯したという理由で、あなたから離婚を申したてて。わたしは裁判で争わないわ」

彼女はマックスの反応に驚いた。「少し考える時間が欲しいな」と、彼はいった。「子供たちがクリスマスに家へ帰るまで、おたがいなにもしないほうが賢明だと思う」

ルースは渋々承知したものの、なにやら釈然としない気分だった。マックスが最後に彼女の前で子供たちの話をしたのはいつのことか思いだせなかったからである。

マックスはその夜予備の部屋で寝て、翌朝ぎゅう詰めのスーツケース二個をぶらさげてロンドンへ戻って行った。

それっきり数週間ジャージーへ戻らず、その間にルースとジェラルドは将来の計画を立てはじめた。

クリスマス休暇に双生児が大学から戻ってきたとき、彼らは母親が離婚すると聞いても驚きも落胆もしなかった。

マックスはクリスマスから正月にかけて家族と合流せず、子供たちが大学へ帰って行った翌日ジャージーへ飛んできた。タクシーでやってきたが、たった一時間しか家にいなかった。

「喜んで離婚に同意するよ」と、彼はルースにいった。「ロンドンへ帰りしだい手続きを開始するつもりだ」

ルースはうなずいただけで一言も発しなかった。

「手取り早くかたづけたかったら、ロンドンの弁護士を雇うといい。そうすればぼくはロンドンとジャージーの間を何度も往復しなくてすむから、時間の節約になる」

ルースはマックスの行手に障害物を置くことを望まない段階に達していたので、その提案に異存はなかった。

マックスが本土へ戻ってから数日後に、名前を聞いたこともないロンドンの法律事務所からルースのもとに離婚に必要な書類が届いた。彼女は亡夫のアンガスが依頼していたチャンサリー・レインの法律事務所に書類の処理を依頼し、できるだけ早くかたづけてもらいたいと、電話で若い弁護士に説明した。

「なんらかの扶養手当をお望みですか？」と、弁護士がきいた。

「いいえ」ルースは笑いをこらえた。「わたしの姦通が原因で、一日も早く離婚が成立することと以外はなにも望みません」

「そういうことなら必要な書類を作成して、数日以内にあなたのサインをいただけるようにします」

仮判決が下ると、ジェラルドが休暇旅行にでかけてお祝いしようと提案した。ルースは行先にイタリアだけは避けるという条件で賛成した。

「ギリシアの島めぐりにしよう」と、ジェラルドがいった。「そのほうが父兄はいうまでもなく、生徒たちと鉢合わせする可能性が少ない」彼らはその翌日アテネへ飛んだ。

船がスキロスの港に入ったときに、ルースがいった。「三年目の結婚記念日をほかの男と一緒にすごすとは思わなかったわ」

ジェラルドは彼女を抱きしめた。「マックスのことは忘れなさい」と、彼はいった。「もう過去の話だ」

「もうすぐね。ほんとはジャージーを出発する前に離婚が成立することを祈っていたんだけど」

「どんな理由で遅れているのか知ってるのかね?」

「知らないわ。でもなんにせよ理由はマックスのほうにあるんでしょうよ」彼女は一呼吸おいて続けた。「じつはわたし、メイフェアの彼の会社を見たことも、同僚や友達に会ったこともないの。まるでみなわたしの想像のなかにしか存在してないみたい」

「あるいは彼の想像のなかにだろう」と、ジェラルドが彼女の腰に腕をまわしていった。「とにかくもうマックスの話で時間を無駄にするのはよそう。古代ギリシアやバッカスのオージーのことを考えようよ」

「学校で育ちざかりの無邪気な子供たちにそんなことを教えてるの?」

「いや、彼らがわたしに教えてくれるのさ」と、ジェラルドは答えた。

それから三週間、二人はギリシアの島々を船でめぐって、ムウサカを食べすぎ、ワインを飲みすぎたが、セックスのしすぎのおかげで体重がふえないことに望みを託した。休暇が終るころジェラルドは肌がいささか焼けすぎていたし、ルースは浴室の体重計に乗るのがこわかった。これほど楽しい旅行はほかに考えられなかった。ジェラルドは船に強いばかりか、嵐《あらし》の最中でもルースを笑わせられることを発見したからである。

ジャージー島へ戻ると、ジェラルドはルースを家まで車で送って行った。玄関のドアを開けると、郵便物が山のように溜《たま》っていた。彼女は溜息《ためいき》をついて、目を通すのは明日にしようと決めた。

ルースは輾転《てんてん》反側して眠れぬ一夜をすごした。短時間まどろんだあとで、いっそ起きてお茶でもいれようと思った。郵便物にざっと目を通すうちに、ロンドンの消印がある〝至急〟と書かれた長い茶封筒が目に止まった。

急いで封を切って引きだした文書を読むうちに、顔がほころんだ。《マックス・ドナルド・ベネットとルース・エセル・ベネットの離婚に関する確定判決が下された》

「これでなにもかもかたづいたわ」と、彼女は声に出していい、すぐにこの吉報を伝えるためにジェラルドに電話した。

「がっかりだよ」と、彼はいった。

「がっかり?」と、彼女がおうむ返しにきいた。

「そうなんだよ。あなたは知らないだろうが、人妻と休暇旅行にでかけていたことを生徒たちに知られてからというもの、わたしは英雄扱いだ」

ルースが笑いながらいった。「これからは行いを正して、りっぱな既婚者になるよう努力するのね、ジェラルド」

「待ちきれないよ。でも急がなきゃ。罪の生活を送るのと、朝のお祈りに遅刻するのとではまるで話が別だからね」

ルースは浴室へ行ってこわごわ体重計に乗った。そして小さな針がやっと止まった場所を見て呻《うめ》き声を発した。午前中最低一時間はジムで汗を流さなくては、と決心した。バスタブに足を踏みいれようとしたときに電話が鳴った。足を引きあげてタオルを手に取った。またジェラルドからだろうと思った。

「おはようございます、ミセス・ベネット」と、やや形式ばった声がいった。彼女はその名前で呼ばれるだけでも鳥肌が立つほどいやな気分だった。

「おはようございます」と、彼女は答えた。

「弁護士のクラドックです。三週間前から何度も電話をかけつづけていました」

「あら、それはどうもすみません。じつはギリシアで休暇をすごしてゆうべ帰ってきたばかりなんです」

「そうでしたか。じつはできるだけ早くお目にかかりたいんですが」と、彼は彼女の休暇にはまったく無関心だった。

「ええ、もちろん。十二時ごろなら事務所にうかがえますが、ご都合はいかが?」

「何時でも結構ですよ、ミセス・ベネット」と、形式ばった声がいった。

ルースはギリシアでふえた体重を減らすべく決意して、午前中ジムで汗を流した——れっきとした既婚女性であろうとなかろうと、とにかくスリムな体型でいたかった。ランニング・マシーンからおりたときに、ジムの時計が十二時を告げていた。あわててロッカールームに駆けこみ、できるだけ急いでシャワーを浴びて着がえをしたにもかかわらず、ミスター・クラドックとの約束に三十五分遅刻した。

この日も受付係はすぐに彼女を弁護士の部屋へ案内したので、待合室のなかを見ずにすんだ。部屋に入ると、部屋のなかを歩きまわっているミスター・クラドックの姿が目に入った。

「お待たせしてすみませんでした」彼女は二人の弁護士が会議テーブルの椅子から立ちあがるのを見て、少し気が咎《とが》めながらいった。

今日のミスター・クラドックはお茶はいかがですかともきかず、テーブルの向い側の椅子をすすめた。彼女が腰をおろすと、自分も席に着いて、目の前の書類の山を見おろしてからそのなかの一枚を取りだした。

「ミセス・ベネット、われわれはあなたのご主人の弁護士から、離婚に伴う財産分与を要求する書状を受けとりました」

「でもわたしたちは財産分与の件を一度も話しあっていませんわ」と、ルースは驚いていった。「それは離婚の取決めのなかに含まれていなかったんです」

「そうかもしれませんが」と、弁護士は書類を見ながらいった。「残念ながらあなたは、ご主人がロンドンで仕事をしているときに、ご自身がミスター・ジェラルド」――彼は名前をチェックした――「プレスコットと姦通したという理由で離婚が認められることに同意しておりますな」

「そうですけど、その条件に同意したのは離婚を早めるためであって、ほかに理由はないんです。わたしたちは双方とも一日も早く離婚を成立させたかったんですよ」

「そうでしょうとも、ミセス・ベネット」

彼女はその名前で呼ばれるのがいやでいやで仕方がなかった。

「しかしながら、ミスター・ベネットの条件に同意したことによって、彼はこの訴訟における罪なき訴訟当事者となったのです」

「でもそのことはもう無関係ですわ」と、ルースはいった。「今朝わたしはロンドンの弁護士から確定判決が下されたという報告を受けとりましたもの」

ミスター・クラドックの右側に坐《すわ》っていた弁護士が、彼女のほうをまっすぐに見た。「失礼な質問かもしれませんが、本土の弁護士を雇って離婚訴訟に当らせたのは、ミスター・ベネットにすすめられたからですか？」

なるほど、そういうことだったの、とルースは思った。この人たちはわたしが相談しなかったので臍《へそ》を曲げているんだわ。「そうです」彼女はきっぱりと答えた。「あのころマックスはロンドンに住んでいて、島との間を行ったりきたりしたくないというので、手間を省くためにそうしただけですわ」

「結果的にそれはミスター・ベネットにとってたいそう好都合でした」と、ミスター・クラドックがいった。「ご主人は財産分与についてあなたと話しあったことはありますか？」

「一度もありません」ルースはいちだんと力をこめて否定した。「彼はわたしの財産がどれくらいあるかも知らなかったんです」

「それはどうでしょうか」と、ミスター・クラドックの左の弁護士が続けた。「わたしはミスター・ベネットがあなたの資産額を熟知していたんじゃないかと思いますよ」

「そんなはずはありませんわ」と、ルースがいいはった。「だってわたしは一度もお金の話を彼としたことがないんですもの」

「にもかかわらず、彼はあなたに財産分与を要求していますし、どうやらあなたの亡《な》くなった先のご主人の資産額をかなり正確につかんでいるようなんです」

「だったら一ペニーも払う意思はないと、彼に通告してください。もともと財産分与は取決めのなかに含まれていなかったんですから」

「あなたのおっしゃる通りだとは思いますよ、ミセス・ベネット。しかしあなたはこの訴訟の罪ある当事者ですから、われわれとしては弁護のしようがないんです」

「そんなことがあっていいんですか？」

「その点に関してジャージーの離婚法は明白そのものです。われわれに相談していただいていれば、その点を注意してさしあげられたんですがね」

「どんな法律です？」ルースは相手の皮肉を無視してたずねた。

「ジャージーの法律では、離婚訴訟の当事者の一方に罪がないと認められた場合、その人物は――夫であろうと妻であろうと――無条件に相手の資産の三分の一を受けとる資格があるのです」

ルースはぶるぶる震えだした。「例外はまったくないんですか？」と、彼女は力ない声できいた。

「あります」と、ミスター・クラドックが答えた。

ルースがすがるような目で相手を見た。

「結婚期間が三年未満ならば、この法律は適用されません。しかし、ミセス・ベネット、あなたは三年と八日間結婚していました」彼は間をおき、眼鏡をかけなおしてから続けた。「おそらくミスター・ベネットはあなたの資産額を知っていたばかりでなく、ジャージーの離婚法も知っていたのではないかという気がします」

三か月後、双方の弁護士がルース・エセル・ベネットの資産額について合意に達したのち、マックス・ドナルド・ベネットは一時払いの財産分与額、六百二十七万ポンドの小切手を受けとった。

ルースは過去三年間を振りかえるたびに——そしてしばしば振りかえった——マックスは最後の最後まできっちり筋書を書いていたに違いない、という結論にたどりつくのだった。そう、二人が偶然出会う前から、じつは筋書通りに事が運んでいたのだ。

ひと目惚《ぼ》れ

アンドルーは約束の時間に遅れそうで、ラッシュ・アワーでなければタクシーをつかまえていたところだった。混雑する地下鉄の入口に入り、エスカレーターで家路につく通勤者の列から出たり入ったりした。

アンドルーは帰宅の途中ではなかった。わずか四駅先でふたたび地上に戻って、パリのチェイス・マンハッタン銀行の経営トップ、イーライ・ブルームと会う約束があった。ブルームとはまだ面識がなかったが、銀行の同僚たちがみなそうであるように、彼の評判はよく知っていた。つまりしかるべき理由がなければだれとも会わない人物として知られていた。

アンドルーはブルームの秘書から会いたいという電話をもらってからの四十八時間、ずっとそのしかるべき理由とはなんだろうと考えていた。すぐに考えられるのはクレディ・シュイス銀行からチェイスへの引き抜きだった——が、ブルームが関わっているとしたらそんな単純な話ではなさそうだった。彼はアンドルーにとうてい断われないような好条件を提示しようとしているのだろうか？　二年足らずパリですごしたあと、ニューヨークへ帰らせようとしているのだろうか？　さまざまな疑問が頭にうかんでは消えた。どうせ六時になれば答がわかるのだから、あれこれ臆測《おくそく》するのは無意味だと思った。エスカレーターを駆けおりたかったが、そうするには混みすぎていた。

アンドルーは自分のほうが有利な立場にあることを知っていた――二年近くクレディ・シュイスの外国為替部門の責任者をつとめて、ライヴァルたちを凌《しの》ぐ実績をあげていることは周知の事実だった。フランス人のバンカーたちはアンドルーの成功の話を聞かされると黙って肩をすくめ、一方彼のアメリカ人のライヴァルたちは現在の勤め先から自分たちの銀行へ引き抜こうとして彼を説得した。ブルームがどんな好条件を出すにしても、クレディ・シュイスはそれに匹敵する条件を出して引きとめるだろうと、アンドルーは確信していた。過去十二か月間はほかからの引き抜き話があるたびに、礼儀正しく、子供っぽい微笑をうかべて断わっていた――しかし今度だけは今までとは違うことを知っていた。ブルームは礼儀正しく、子供っぽい微笑で撃退できるような相手ではなかった。

アンドルーは銀行をかわることを望んでいなかった。クレディ・シュイスが与えたパッケージ契約に充分満足していたからである――だいたい彼の若さでパリ勤務を楽しまない男がいるだろうか？とはいうものの、今は年間ボーナスを査定する時期なので、ジョルジュ・サンクのアメリカン・バーでイーライ・ブルームと会っているところを人に見られるのは大歓迎だった。だれかが目撃した光景をアンドルーの上司の耳に入れるのは時間の問題だろう。

アンドルーが地下鉄のプラットホームに降り立ったとき、あまりの混雑にホームに入ってくる最初の電車に乗れるだろうかとあやぶんだほどだった。時計を見ると五時三十七分だった。まだ約束の時間には充分間に合うが、ミスター・ブルームとの約束には絶対に遅刻したくなかったので、わずかな隙間《すきま》を捜しては人混みの前のほうに進んで、つぎの電車に乗る絶好の位置を確保した。かりにミスター・ブルームとの話が成立しなくても、相手はこれから先何年か銀行業界の大物でありつづけるだろうから、遅刻して悪い印象を与えるのは考えものだった。

アンドルーはつぎの電車がトンネルから出てくるのをじりじりしながら待った。線路ごしに反対側のプラットホームを眺めながら、ブルームはどんな質問をするだろうかと考えた。

きみの現在のサラリーは？

契約の中途打切りは可能か？

ボーナス契約をしているか？

ニューヨークへ帰る気はあるか？

南行きのプラットホームも彼のほうに劣らず混んでいて、アンドルーの集中心は時計をのぞいている若い女性の姿を目にとめた瞬間に乱された。おそらく彼女も遅れるわけにいかない約束があるのだろう。

彼女が顔を上げたとたんに、彼はたちまちイーライ・ブルームのことを忘れた。なにもかも忘れてひたすら彼女の濃い茶色の目を眺めた。女性は自分の讃美者に気がついていなかった。身長は五フィート八インチ見当で、非の打ちどころのない瓜実顔《うりざねがお》に、化粧を必要としないオリーヴ色の肌、そしてどんなヘヤドレッサーもパーマをかけられそうにない捲毛《まきげ》の黒い髪をしていた。相手が線路の反対側にいるのでは、もうなにかをしようにも遅すぎる、と彼は思った。

彼女はベージュのレインコートを着ていて、ベルトの締まりぐあいから、スリムでエレガントな体型をしていることは疑問の余地がなく、脚は――少なくとも彼の目に見える部分は――完璧《かんぺき》な全体像《パッケージ》の仕上げをしていた。おそらくミスター・ブルームが提示するパッケージ契約よりもすばらしいだろう。

彼女はふたたび時計を見てから顔を上げ、ふと彼が自分をじっとみつめていることに気がついた。

彼はほほえんだ。彼女が顔をあからめてうつむいたちょうどそのとき、二本の電車が反対方向から同時にホームに滑りこんできた。アンドルーの後ろに立っていたすべての乗客が電車に乗りこもうとして前に進んだ。

電車が動きだしたとき、ホームに残った人間はアンドルーただ一人だった。彼は反対側のホームを眺め、発車した電車がしだいにスピードを上げるのを見た。電車がトンネルのなかに消えたとき、アンドルーはふたたびほほえんだ。反対側のホームにも一人だけ残った人間がいて、今度は彼女が微笑を返してよこした。

わたしがどうしてこの話が真実だと知っているのかと、疑問を抱かれるかもしれない。答は簡単だ。わたしは今年の初めごろ、アンドルーとクレアの結婚十周年のパーティでその話を聞いたのである。

挟み撃ち

「わたしがまだ触れていない問題がひとつある」と、ビリー・ギブソンがいった。「だがその前に、もう一杯注がせてくれ」

二人の男は一時間前から《キング・ウィリアム・アームズ》の隅のテーブルにひっそりと坐《すわ》って、北アイルランドとアイルランド共和国の国境で警察署を管理する難しさについて話しあっていた。ビリー・ギブソンは、最後の六年間は署長をつとめた三十年間の警察勤務のあとで、近々定年を迎えようとしていた。彼の後釜《あとがま》に坐るジム・ホーガンはベルファストからの異動で、噂《うわさ》ではここでうまくやればつぎの異動では警察長官も夢ではなかった。

ビリーはぐいとひと口飲んでから、椅子《いす》の背にもたれて話しはじめた。

「国境に跨《また》がったあの家に関して、本当のところはだれにもわからないのだが、よくできたアイルランドの話の常で、いつも半面だけの真理が一度にいくつか流布《るふ》している。わたしが現在のあの家の所有者との間に抱えている問題を説明する前に、あの家の歴史を少しきみに話さなくてはならない。そのためには、ほんのついでにでも、ベルファスト市役所の建築課に勤務していたパトリック・オダウドという男のことを話す必要がある」

「あすこはいちばんよい時代でも蝮《まむし》の巣ですよ」と、新署長が口をはさんだ。

「ましてあのころはよい時代じゃなかった」引退する署長はそういってまたギネスをひと口飲んだ。喉《のど》の渇きが癒《いや》されると、彼は話を続けた。

「そもそもなぜオダウドが国境線上に家を建てることを許可したのか、だれにもわからなかった。ダブリンの地方税課のだれかが陸地測量部地図を手に入れて、ベルファストの当局に国境線が居間の真ん中を通っていることを指摘したのは、家が完成したあとだった。村の年寄り連中は地元の建築屋が設計図を読みちがえたせいだというが、いや、建築屋はなにもかも承知でその家を建てたのだと断言する者もいる。

「いずれにしても当時はだれもあまり気にしなかった。その家を建てた男――バーティ・オフリンという男やもめ――は、南の聖メアリー教会のミサに出席し、北の《ザ・ヴォランティーア》でギネスを飲む信心深い男だったからだ。ついでにいっておくと」と、署長はいった。「バーティは政治には無関心だった。

「ダブリンとベルファストはめったにないことだがどうにか妥協点に達して、家の玄関が北にあるから、バーティはイギリス政府に国税を払うが、台所と半エーカーの庭は南にあるから、地方税は国境の反対側の地方議会に払う、という協定を結んだ。何年もの間この協定でなんの問題も起きなかったが、やがてバーティ老人が死んで、この家を息子のイーモンに遺《のこ》した。かいつまんでいえば、このイーモンが、昔も今も、そしておそらくこれからも、どうしようもない悪党なのだ。

「息子は教会は南、学校は北に通ったが、どちらにもほとんど興味を示さなかった。実際のところ、彼が十一歳のときに密輸《スマッグリング》についてもことといえば、その綴《つづ》りぐらいのものだった。十三歳になると、北で煙草《たばこ》を何カートンも買いこみ、南でそれをギネスの木箱と交換するようになった。十五歳では自分の学校の校長よりも多くの金を稼ぎ、卒業時には南からスピリッツとワインを輸入し、北から大麻とコンドームを輸出する商売で繁盛《はんじょう》していた。

「彼は北の保護観察官が玄関ドアをノックするたびに、南にある台所に逃げこんだ。共和国側の地元警察が庭の小径《こみち》を通って近づいてくるのが見えると、食堂に隠れて、警察がうんざりして引きあげるまでそこから一歩も動かなかった。そのたびに息子に代わって警察に応答しなくてはならなかったおやじのパーティは、心底厭気《いやけ》がさして、おそらくそのせいで死んでしまったんじゃないかとわたしは思っている。

「さて、わたしは六年前に署長として赴任したとき、イーモン・オフリンを刑務所にぶちこむことを個人的な目標にしようと決心した。しかし国境で起きるごたごたやら日常の警察任務やらで、正直なところそこまで手がまわらなかった。むしろ彼の行状を見て見ぬふりまでしているうちに、やがてオフリンが南ではよく知られた娼婦《しょうふ》で、北へも商売の手を拡《ひろ》げようとしていたマギー・クランと知りあった。二階に四つのベッドルームがあって、二部屋ずつ国境の両側に分かれている家、これこそ彼女の注文にぴったりだった——ときおり彼女の客の一人が、逮捕を免れるために上半身裸で家の片側から反対側へ移らなければならないとしてもだ。

「やがて南北紛争《トラブルズ》がエスカレートしたとき、国境の南の警察署長とわたしはこの家をある種の〝立入り禁止〟地域として扱う協定を結んだ。がそれも、イーモンが南側にダブリンから建築許可を得て温室を建て、花など一本も育てずにカジノをオープンし、ベルファストから建築許可を得て新築した、バスが何台も入るほどの広さがありながらただの一台も車を収容したことがない車庫のなかに、カジノの現金窓口を設けるまでの話だった」

「なぜ建築許可に反対しなかったんです？」と、ホーガンが質問した。

「もちろん反対したさ。しかしマギーの客が両方の役所にいることが間もなく明らかになったんだ」ビリーは溜息《ためいき》をついた。「だが止《とど》めの一撃はこの家を囲む農地が売りに出されたことだった。ほかのだれにも勝目はなく、結局オフリンが六十五エーカーの土地を入手して、何か所かに見張所を設置した。そうすればわれわれが玄関に到着するはるか前に、犯罪行為の証拠を家の片側から反対側へ移す余裕ができるというわけだ」

グラスが両方とも空っぽだった。「今度はわたしのおごりです」と、年下の男がいった。彼はカウンターへ立って、パイントを二つ注文した。

テーブルに戻ると、グラスをテーブルに置くより早くつぎの質問をした。

「なぜ捜査令状をとらなかったんです？　それだけ法に違反していれば、とっくにその店を営業停止にできたはずですが」

「確かに」と、署長がうなずいた。「しかしわたしが捜査令状を申請するたびに、まっ先に彼がそのニュースを聞きつけるんだ。われわれが現場に到着したときは、のどかな農家に二人っきりで住んでいるしあわせな夫婦しか見つからないというわけさ」

「しかし南の警察署長はどうなんです？　彼だってあんたと協力すれば好都合に違いないし……」

「きみだってそう思うだろう？　ところが南の署長はこの七年間に五人代わっているし、出世の妨げにはしたくないわ、楽な生活はしたいわ、あるいはすでに買収されているわで、だれ一人わたしと協力しようとはしないんだ。今の署長は定年を数か月後に控えているから、間違っても年金に響くようなことはするはずがない。つまり」と、ビリーは続けた。「どう見てもわたしは失敗した。だがこれだけはいっておく、わたしは南の警察署長と違って、もしもイーモン・オフリンの息の根を止めることができるなら、年金を棒に振ってもいいとさえ思っている」

「しかしあなたが辞めるまでまだ六週間あります。今の話を聞いたあとでは、わたしが赴任する前にオフリンが管轄《かんかつ》区域からいなくなっていれば安心できます。だからわれわれ二人の問題を解決する手だてを考えてみましょう」

「あの男を殺すことを別にして、どんな方法だろうと賛成する——それにあいつを殺すことだって一度も考えなかったわけじゃないんだ」

ジム・ホーガンは笑って時計を見た。「そろそろベルファストへ戻らなきゃ」

署長はうなずき、ギネスの最後の一滴を飲みほして、パブの裏にある駐車場まで同僚を送って行った。ホーガンは運転席に坐るまで口をきかなかった。エンジンをかけて窓をおろした。

「お別れパーティはやるんでしょう?」

「ああ」と、署長は答えた。「退職前の土曜日の予定だ。なぜかね?」

「お別れパーティは過去を水に流すチャンスだと思うからですよ」と、ジムは答え、それ以上なにも説明しなかった。

署長はジムの車が駐車場を出て、右折し、北のベルファストの方角へ走り去るのを、狐《きつね》につままれたような表情で見送った。


イーモン・オフリンは招待状を受けとって少なからず驚いた。まさか自分が警察署長の招待者リストのなかの呼び物だとは思ってもいなかったからである。

マギーはバリーローニーの《クイーンズ・アームズ》で開かれるギブソン署長のお別れパーティへ、自分たちを招待する浮出し印刷のカードをしげしげと眺めた。

「招待を受けるの？」と、彼女がきいた。

「なんで受けなきゃならないんだ？」と、イーモンが応じた。「あいつは過去六年間おれを刑務所にぶちこもうとしてきたんだぞ」

「これは署長流の停戦申入れかもよ」

「ああ、そうしておいて背中からぶすりという魂胆さ」

「今度ばかりはあんたのいいなりにはならないわよ」

「なんでだ？」

「わたしと寝たおまわりたちはもちろん、市会議員たちの女房どもの顔を見て楽しむチャンスだからよ」

「しかしこれは罠《わな》かもしれんぞ」

「それはありえないわ」と、マギーはいった。「南の連中はわたしたちに手出しをしっこないし、手出しする可能性のある北の連中はみなお別れパーティに出ているはずだもの」

「だけどおれたちの留守中に手入れがおこなわれないという保証はないぞ」

「そんなことしたってどうせ空振りよ。従業員はみな休みをとっていて、連中は法を守る善良な市民二人が住む家に踏みこむことになるんだから」

イーモンは依然として懐疑的で、マギーがみんなに見せびらかすための新しいドレスを仕入れてダブリンから戻ってきたとき、やっと折れて彼女と一緒にお別れパーティに出ることを承知した。「だが一時間以上は長居しない。このことに関してはもうつべこべいわさんぞ」と、彼は釘《くぎ》を刺した。

お別れパーティの夜家を出るとき、イーモンはすべての窓に鍵《かぎ》がかけられ、すべてのドアが戸締りされていることを確かめてから、警報装置をセットした。つぎに所有地の周辺をゆっくり車で一周して、警備員たちに今夜は特別厳重に注意し、なにか——どんな些細《ささい》なことでも——疑わしいことがあったら彼の携帯電話に連絡するよう命じた。

車のミラーで髪をチェックしていたマギーが、これ以上ぐずぐずしていたらパーティが終ってしまうと彼を急《せ》かした。

一時間後に彼らが《クイーンズ・アームズ》の舞踏室に入ってきたとき、ビリー・ギブソンが喜色満面で二人を迎えたので、イーモンはますます怪しいと思った。

「わたしの後任と会うのは初めてだと思うが」と、署長はイーモンとマギーをジム・ホーガンに紹介する前にいった。「きっと彼の評判は聞いているだろう」

もちろんイーモンは彼の評判を知りすぎるほどよく知っていたので、すぐにも家へ帰りたかったが、だれかが彼の手にギネスのパイント・グラスを押しつけ、若い巡査がマギーをダンスに誘った。

マギーが踊っている間に、イーモンは知った顔がいないかと会場を見まわした。あまりにも多すぎると考え、家へ帰るまでの一時間が待ちきれない思いだった。だが、やがてカウンターのなかで働いているすりのミック・バークの姿が目に止まった。前科者のミックが店に入れてもらえただけでもイーモンには驚きだった。だが少なくともおしゃべりの相手が見つかったことは確かだった。

バンドの演奏がひと休みすると、マギーは料理をとる列に並んで、サーモンと新ジャガで皿をいっぱいにした。イーモンに料理を持って行ってやると、彼は一時的にほとんどパーティを楽しんでいるかのようにさえ見えた。料理をおかわりしたあとで、南の警察官の一人か二人と話しはじめた。彼らはイーモンの言葉を一言も聞きもらすまいとしているようだった。

だがイーモンは会場の時計が十一時を告げたとたんに、急に逃げだしたくなった。「シンデレラだって十二時までは舞踏会に残っていたのよ」と、マギーがいった。「それに、どっちにしろ署長がお別れのスピーチをしようという矢先に帰るのは失礼だわ」

司会者が木槌《きづち》を打ちならして静聴を求めた。ビリー・ギブソンが温い拍手に迎えられてマイクロフォンの前に進みでた。彼は演台にスピーチ原稿を置いて、集った人々にほほえみかけた。

「友人のみなさん」と、彼は切りだした。「――それにもちろん一人か二人のスパーリング・パートナーも」そういって彼はイーモンに向かってグラスを差しあげた。彼がまだ会場にとどまっているのを喜んでいるようだった。「今夜わたしは重い心を抱いてみなさんの前に立っております。それはみなさんの一人一人にどれほどの借りがあるかを知っているからであります」彼はちょっと間をおいて続けた。「実際、ただの一人として例外はありません」会場から喝采《かっさい》や野次が浴びせられ、マギーはイーモンも仲間入りして笑っているのを見て喜んだ。

「さて、わたしは初めて警察に入ったときのことをよくおぼえております。あのころはじつにきびしい時代でした」また喝采が浴びせられ、若い連中のいちだんと大きな声の野次が飛んだ。やがて署長がスピーチを再開すると雑音がやんだ。彼が自分の送別パーティで思い出にふけるのを邪魔しようとする者は一人もいなかった。

イーモンはまだそれほど酔っていなかったので、若い巡査がなにやら心配そうな表情で部屋に入ってきたのを見逃さなかった。巡査は急ぎ足でステージに近づき、明らかにビリーのスピーチを中断させるのはまずいと考えたようだったが、ホーガンの指示に従って演台の中央に一枚のメモを置いた。

イーモンは携帯電話を手探りしはじめたが、どのポケットにも見当らなかった。会場に到着したときは確かにあったのに。

「今夜十二時にわたしがバッジを返納するとき……」ビリーは原稿を見ようとして目の

前のメモに気がついた。スピーチを中断し、メッセージの重要性を理解しようとするかのように眼鏡をかけなおしてから、眉《まゆ》をひそめて客のほうを見た。「みなさん、まことに申し訳ないが、国境で事件が起きて、わたしがじきじきその処理に当らなくてはならないようなのです。すぐに出発するので、警察幹部は全員同行願います。来客のみなさんはどうかパーティを続けてください、われわれは問題がかたづきしだい戻りますから」

ただ一人署長より先にドアに達した男がいて、その男は、会場を出たことにマギーが気がつく前に駐車場から走りだしていた。だが署長はサイレンを鳴らしっぱなしにして、国境の二マイル手前でどうにかイーモンに追いついた。

「スピード違反で停止させますか？」と、署長の運転手がきいた。

「いや、そいつはまずい」と、ビリー・ギブソンは答えた。「主役が登場できなきゃこの芝居を打った意味がないよ」

数分後にイーモンが敷地のはずれで車を停めたとき、そこは〝危険。立入り禁止〟と書かれた青と白の幅広いテープで囲まれていた。

彼は車からとびおりて、警官たちから報告を受けている署長に駆け寄った。

「いったいどういうことだ？」と、イーモンが詰問《きつもん》した。

「ああ、イーモンか、いてくれてよかったよ。まだパーティ会場にいるようだったら電話しようと思っていたところだ。一時間ほど前にＩＲＡの偵察隊があんたの土地で目撃されたらしい」

「実際は確認されておりません」と、無線電話でだれかの話にじっと聞きいっていた若い警官がいった。「逆にその連中は親イギリス派の準軍事組織かもしれないという、バリーローニーから出た情報もあります」

「ま、どっちにせよわたしの最大の関心事は人命と財産を護《まも》ることであり、そのためにあんたとマギーが家へ帰っても安全だということを確かめるべく、爆発物処理班を呼んだところだ」

「そんなの嘘《うそ》っぱちだ、ビリー・ギブソン。そして嘘っぱちだってことはあんたも知っている」と、イーモンが嚙《か》みついた。「手下に命じて力ずくでほうりだす前に、おれの土地から出てってくれ」

「ところが事はそれほど簡単じゃないんだよ」と、署長がいった。「いいかね、たった今爆発物処理班から、すでに鍵をこじあけてあんたの家へ入ったという連絡があった。幸い家のなかには人っ子一人いないそうだが、彼らは温室と車庫で見つけた正体不明の包みのことをとても心配している」

「しかしそれはただの……」

「ただのなにかね？」と、署長が空とぼけて質問した。

「だいたいその連中はどうやっておれの警備員たちの前を通り抜けたんだ？　おれの土地に一歩でも足を踏みいれたらほうりだせといってあるんだぞ」

「そこだよ、イーモン。彼らはそれと気づかずにいっときおまえの土地からはなれたに違いない。で、わたしは彼らの命が危険にさらされているから全員を保護する必要があると感じたわけだ。彼らを護るための措置だよ」

「あんたはおれの敷地内に入る捜査令状さえ持っていないはずだ」

「その必要はない」と、署長がいった。「わたしがだれかの生命が危険にさらされていると判断した場合はな」

「だが、だれの命も危険にさらされていないことがもうわかったろう。そもそもそんな危険ははなからなかった。さあ、とっととおれの土地から出てパーティに戻ってくれ」

「ところがまだひとつ問題があるんだよ、イーモン。たった今、今度は匿名《とくめい》の通報者から電話があって、その男が車庫と温室に爆弾をしかけて、十二時になったら爆発させるといってきた。わたしはこの脅迫電話の報告を受けると同時に、このような場合にとるべき正しい処置を知るために安全マニュアルをチェックすべきだと考えた」署長は内ポケットから分厚いグリーンの小型本を取りだした。まるではるか昔からいつもそこにあったかのように。

「はったりをかませやがって」と、イーモンがいった。「あんたにそんな権限は……」

「ほら、ここだよ」と、署長は本を数ページめくってからいった。イーモンがのぞきこむと、あるパラグラフに赤インクでアンダーラインが引いてあった。

「わたしが直面しているジレンマをおまえに理解してもらうために、一字一句たがえず読みあげるぞ、イーモン。『少佐または警部以上の階級の軍または警察当局者が、テロリストによる襲撃が疑われる現場で、民間人の生命が危険にさらされていると判断し、爆発物処理班の有資格者を現場に呼んでいる場合は、まずその一帯からすべての民間人を避難させ、避難が完了したのち、そうするのが適切であると判断したら、遠隔爆破処理を実行せねばならない』どうだ、明瞭《めいりょう》そのものだろう」と、署長はいった。「さて、包みのなかになにが入っているか教えてもらえるかな、イーモン？　どうしても教えられないというのならやむをえない、このマニュアルに書いてある手続きを実行するしかないな」

「いいか、ビリー・ギブソン、どんな形であれおれの所有財産に損害を与えたら、きさまを訴えて全財産を取りあげてやる」

「そんな心配はいらんよ、イーモン。マニュアルには罪なき犠牲者への補償に関するページがえんえんと続いている。もちろんわれわれは、おまえの豪邸をれんが一個から元通りに建てなおして、マギーが自慢できるような温室と、おまえが持つすべての車を収容できるほど広い車庫を作るのが義務だと考えている。しかしながら、それほど多額の納税者の金を費《つか》うとしたら、このような不幸な事件が二度と起きないように、新しい家を国境のどちらか一方の側に移して建てなおす必要がある」

「そうはさせんぞ」とイーモンがいったとき、がっしりした体つきの男が起爆装置を持って署長のそばへやってきた。

「ミスター・ホーガンをおぼえているだろうな、もちろん。さっきパーティで紹介したはずだ」

「その起爆装置に指一本でも触れてみろ、ホーガン、現役でいる間は何度でも査問にかけてやる。もちろん警察長官に昇進する夢は捨てたほうがいいな」

「ミスター・オフリンの言い分も一理あるな、ジム」と、署長が時計を見ながらいった。「それにわたしとしてもきみの経歴に傷がつく原因にはなりたくない。だが幸いきみが正式に署長に就任するまでまだ七分ある。残念ながらこの厄介な任務はわたしが遂行せねばなるまい」

署長が起爆装置に手をかけると、イーモンがその首っ玉にとびかかった。ありったけの声で罵声《ばせい》を浴びせる彼を、警官が三人がかりで引きはなさなければならなかった。

署長は溜息をついて、時計をのぞき、起爆装置のハンドルをつかんでゆっくり押した。

爆発音は数マイル四方まで鳴り響き、車庫は――それとも温室だろうか？――空高く吹っとばされた。家はまたたく間に倒壊し、あとには煙と埃《ほこり》と瓦礫《がれき》の山しか残らなかった。

ようやく騒音がしずまったとき、聖メアリー教会の鐘が遠くで十二時を告げた。前署長はこれで申し分のない一日が終ったと思った。

「なあ、イーモン」と、彼はいった。「今日の出来事は年金を棒に振るだけの価値があったと思うよ」

忘れがたい週末

スージーと初めて会ったのは六年前のことで、一緒に一杯やらないかと電話をかけてきたとき、わたしの反応がやや冷淡だったことに彼女が驚いたとは思えない。なんといっても最後に会ったときの記憶はあまり愉快なものではなかったからである。

わたしはケジック夫妻からディナーに招待された。キャシー・ケジックは、申し分ないホステスの例に洩《も》れず、三十歳すぎて独身でいる男を、自分の女友達のなかの、結婚相手としてよりふさわしい女性と組みあわせることを、最低の義務と心得ていた。

そのことが頭にあったので、彼女がわたしの席をミセス・ルビー・コリアーという保守党下院議員夫人の隣りにしたことを知ってがっかりした。彼女の夫の議員の席は、テーブルの向い側の、ホステスの左隣りだった。わたしが自己紹介したとたんに、「たぶん新聞で夫の記事をお読みになったでしょうね」と、彼女がいった。続いて自分の友達のだれ一人として、夫が内閣の一員でない理由を理解できないとこぼした。わたしは彼女の夫の名前を聞いたこともなかったから、その話題については意見を述べようがなかった。

わたしの正面のネームカードには〝スージー〟と書かれていて、その名前の女性は、二人だけのテーブルで向かいあって坐《すわ》りたかったと思わせるような容貌《ようぼう》の持主だった。長い金髪、青い目、心を惹《ひ》きつける微笑とスリムな体型を横目でちらと見たあとでさえ、かりに彼女がモデルだと知っても驚かなかっただろう。彼女はその思い違いをすぐに正してくれた。

わたしはケンブリッジで今日のホストと一緒だったと自己紹介した。「あなたはケジック夫妻とはどういうお知合いですか？」と、わたしはたずねた。

「ニューヨークで《ヴォーグ》に勤めていたとき、キャシーと同じ職場だったんです」

彼女が外国に住んでいると知ってがっかりしたことをおぼえている。いつまでニューヨークにいるのだろう？「今はどこで働いているんですか？」

「まだニューヨークです」と、彼女は答えた。「《美術クォータリー》誌の編集者になったばかりなんです」

「先週その雑誌の予約購読を更新しましたよ」と、わたしは内心喜びながらいった。彼女は微笑をうかべた。明らかにわたしがその雑誌を知っていることに驚いていた。

「ロンドンにはいつまで？」と、わたしは彼女の左手にちらと目を向けて、婚約指輪も結婚指輪も見当らないことを確かめながらたずねた。

「ほんの数日だけです。先週両親の結婚記念日のためにやってきたんですけど、ニューヨークへ帰る前にテイト・ギャラリーのルシアン・フロイド展をのぞいてみようかと思っています。あなたはどんなお仕事を？」

「ジャーミン・ストリートで小さなホテルをやっています」

わたしはその夜ひと晩じゅうでもスージーと話をしていたかった。わたしが美術好きだからだけでなく、幼いころからテーブルの隣りの席の人がどれほど気に入っても、向い側の席の人にも同じように気をつかわなければならないと、母親に仕込まれていたせいもあった。

わたしはミセス・コリアーに視線を戻した。彼女が「きのう夫が下院でおこなったスピーチをお読みになりまして？」という話題で襲いかかってきたからである。

わたしは読んでないことを白状したが、それがまずかった。結局夫のスピーチを一字一句洩らさず聞かされるはめになったからである。試案都市環境保全（埋立てごみ処理）法に関する彼女の独演をしまいまで聞かされたおかげで、彼女の夫が入閣できなかったわけが納得できた。食後のコーヒーのために客間へ移ったら、できるだけご亭主を避けること、とわたしは自分にいいきかせた。

「食事のあとでご主人とお近づきになれるのが楽しみですよ」と、わたしは彼女にいって、ふたたびスージーに視線を戻した。すると彼女はテーブルの反対側のある人物をじっとみつめていた。わたしがその人物のほうをちらと見ると、彼は隣りの席のアメリカ女性、メアリー・エレン・ヤークと夢中で話しこんでいて、自分に向けられた視線にはまるで気がついていないようだった。

わたしは彼の名前がリチャードなにがしで、テーブルの反対側の端に坐っている女性と一緒にやってきたことを思いだした。彼女もまたリチャードのほうをじっとみつめていた。正直いって彼のようなはっきりした目鼻立ちとウェーヴしたふさふさの髪の持主ならば、量子物理学の学位など必要としないだろう。

「ところで、目下のニューヨークの話題はなんですか？」わたしはスージーの関心を取りもどそうとして質問した。

彼女はわたしのほうを振りむいてほほえんだ。「近々市長選があります」と、彼女が教えてくれた。「気分転換に共和党の市長もいいかもしれません。わたしは正直なところ犯罪防止の手を打ってくれる人ならだれでも構いません。候補者の一人が、名前は忘れたけど、犯罪をゼロにするという公約を掲げています。彼が何者であれ、わたしは一票を投じるわ」

スージーの話は活気にみちていて情報量が多かったけれども、彼女の視線はひっきりなしにテーブルの反対側へ戻っていった。リチャードがちらとでもスージーに目を向けていたら、わたしは二人を恋人同士と思いこんでいただろう。

デザートのプディングを食べながら、ミセス・コリアーが内閣に大鉈《おおなた》をふるって、全閣僚を更迭《こうてつ》しなければならない理由を滔々《とうとう》と述べた——後任人事については質問するまでもなかった。内閣改造が農林相まで進んだとき、わたしはもう充分義務を果したと考えてスージーに視線を戻した。彼女はサマー・プディングに気をとられているようなふりをしながら、実際は依然としてリチャードのことが気になって仕方がないようだった。

とつぜん彼が彼女のほうを見た。するとスージーが前ぶれもなしにいきなりわたしの手を取って、最近ニースで見たエリック・ロメールの映画について熱っぽく語りはじめた。

女性に、とりわけスージーのような美人に手を握られることに反対する男は少ないが、望むらくはほかの男を見ていないときにそうしてもらいたいものだ。

リチャードがホステスとの会話を再開したとたんに、スージーがわたしの手をはなしてサマー・プディングにフォークを突き刺した。

キャシーが席を立って、みんなで客間へ移ることを提案したので、わたしはミセス・コリアー相手の第三ラウンドを免除されてほっとした。どうやらこれでミセス・コリアーの夫が来週下院に提出する予定の議員立法法案の詳細を聞かずにすみそうだった。

コーヒーの間にリチャードに紹介されてわかったのだが、彼はニューヨークからきた銀行員だった。彼は相変らずスージーを無視しつづけた——あるいは、不可解なことに、要するに彼女の存在に気がついていないだけかもしれなかった。わたしが名前を知らない女性がわれわれのところにやってきて、彼の耳に囁《ささや》いた。「あまり遅くならないほうがいいわ、ダーリン。明日の朝早くパリ行きの飛行機に乗ることを忘れないで」

「忘れてなんかいないよ、レイチェル」と、彼が答えた。「ただ最初に帰る客になりたくないだけさ」ここにも口うるさい母親に育てられた人間がいた。

だれかが腕にさわるのを感じて振りむくと、ミセス・コリアーがほほえみかけていた。

「夫のレジナルドを紹介しますわ。あなたが彼の議員立法法案について、くわしく知りたがっていることを話したんです」


キャシーがわたしを救出しにきてくれるまでは、一か月もたったような気がしたが、実際は十分後くらいだったに違いない。「トニー、スージーを家まで送っていただけないかしら? 外は土砂降りで、この時間にはタクシーがなかなかつかまらないのよ」

「喜んで」と、わたしは答えた。「すばらしいパーティに招《よ》んでくれてありがとう。とても楽しかったよ」わたしはミセス・コリアーに笑顔を向けながらいった。


議員の妻が笑みを返してよこした。わたしの母は息子を自慢に思うだろう。

スージーのフラットへ向かう車のなかで、彼女がフロイド展を見たかと質問した。

「見ましたよ」と、わたしは答えた。「あんまりすばらしいんで、終る前にもう一度行ってみるつもりです」

「わたしは明日のぞいてみようと思っていたの」と、彼女はわたしの手にさわりながらいった。「よかったらご一緒しません?」わたしは喜んで承知した。ピムリコでおろしたとき、彼女はわたしをハグしたが、それは〝あなたのことをもっとよく知りたいわ〟というような感じのハグだった。わたしはいろんなことのエキスパートというわけではないが、少なくともハグにかけては世界的権威を自負している。軽い抱擁からベアハグまで、あらゆる種類のハグを経験しているからだ。〝もうあなたの服を脱がせるのを待ちきれないわ〞から〝とっとと帰ってよ〞まで、あらゆるメッセージを読みとる自信がある。

翌朝、長い行列ができていることを予想し、スージーが現われる前に切符を買っておく余裕を見て、早々とテイト・ギャラリーに到着した。階段で何分も待たないうちに彼女がやってきた。スリムな体型を目立たせる短い黄色のドレスを着ていて、階段を昇るときに男たちが彼女の後ろ姿を目で追いかけるのに気がついた。彼女はわたしを見つけたとたんに階段を駆けあがり、長いハグをした。〝もうあなたのことがよくわかったような気がするわ〞といった感じのハグだった。

展覧会が初回よりも二度目のほうが楽しめたのは、スージーがルシアン・フロイドの作品に通じていて、彼の創作活動のさまざまな段階を解説してくれたことも大きかった。最後の展示作品、『窓の外を眺める太った女』まできたとき、わたしはあまり冴《さ》えない感想を述べた。「いずれにしろひとつだけ確かなことがある。きみは絶対に彼女みたいに太らないよ」

「さあ、どうかしら」と、彼女がいった。「でも、万一こんなに太ってしまったら、あなたの前から姿を消すわ」そしてわたしの手を握った。「ランチの時間はあるかしら?」

「もちろんあるけど、どこも予約していないよ」

「わたしがしたわ」スージーは笑いながらいった。「テイトには軽い食事ができるレストランがあるので、二人分のテーブルを予約しておいたの、もしかしたらと思って……」

彼女はふたたび微笑をうかべた。

伝票が届いたとき店内にはわれわれ二人しか残っていなかったことを除いて、ランチについてはあまりよくおぼえていない。

「今なんでも好きなことができるとしたら」と、わたしはいった——過去に何度も使った話のきっかけ作りの決まり文句だ——「なにがしたい？」

スージーはしばらく沈黙してから答えた。「シャトル列車でパリへ行って、あなたと一緒に週末をすごし、オルセー美術館で開催中の《若き日のピカソ展》を見るわ。あなたはなにがしたい？」

「シャトル列車でパリへ行って、週末をきみと一緒にすごし、《若き日のピカソ展》を見るよ……」

彼女はふきだし、わたしの手を取っていった。「そうしましょうよ！」

わたしは発車時刻の約二十分前にウォータールー駅に着いた。すでになじみのホテルのスイートと、観光ガイドに載っていないことを売りものにするレストランのテーブルを予約していた。ファースト・クラスの切符を二枚買って、約束通り時計の下に立った。

スージーは二分ほど遅れただけで、〝もうあなたの服を脱がせるのを待ちきれないわ〞まで確実に一歩近づいた感じのハグをした。

イギリスの田園風景のなかを疾走する列車のなかで、彼女はずっとわたしの手を握りつづけた。やがてフランスに入ると――列車がフランス側に入るとスピードを上げるのには、いつものことながら腹が立つ――わたしは身を乗りだして初めて彼女にキスをした。

彼女はニューヨークでの仕事や〝必見の〞展覧会について話し、ピカソ展の見どころを教えてくれた。「椅子《いす》に坐った父親の鉛筆描きのポートレイトは、わずか十六歳のときの作品だけど、その後の彼の作品を予告しているわ」彼女はピカソとその作品について、本を読んだだけではとうてい得られない情熱をこめて語りつづけた。列車がパリの北駅に到着すると、わたしは二人分のスーツケースを持って、タクシーの列に一番乗りすべくホームに跳びおりた。

スージーは初めて外国にきた女学生のように、ホテルまでの道筋の大部分を、タクシーの窓の外を眺めてすごした。世界じゅうのあちこちを旅してまわっている女性にしては、なんとも解《げ》せない態度だと思ったことをおぼえている。

タクシーがオテル・デュ・クールの玄関に着いたとき、ここは自分も経営してみたいようなホテルだ――快適で、気取りがなくて、イギリス人にはとうてい真似《まね》のできない良質のサーヴィスを提供する、と説明した。「それにオーナーのアルベールがまたすばらしい男でね」

「早く会ってみたいわ」と、タクシーが玄関前で停まると彼女がいった。

アルベールは階段までわれわれを迎えに出ていた。それは着く前からわかっていた。わたしだって彼が美人と一緒に週末にロンドンへやってきたら同じようにしていただろう。

「いつもの部屋をお取りしておきましたよ、ミスター・ロマネリ」と、彼は今にもわたしにウィンクしそうな表情でいった。

スージーが進みでて、まっすぐアルベールの顔を見ながらいった。「わたしの部屋はどこかしら？」

彼は瞬《まばた》きもせずに彼女にほほえみかけた。「隣りの部屋をお取りしてあります、そのほうがなにかと便利かと思いまして」

「気をつかっていただいてありがとう、アルベール。でもわたしの部屋は別のフロアにしてほしいの」

今度はさすがのアルベールも驚いたようだったが、すぐに気を取りなおして予約帳を持ってこさせ、しばらく眺めてからいった。「ミスター・ロマネリの下の階の、公園に面した部屋が空いております」彼は指をぱちんと鳴らして、近くにいたベルボーイに二部屋分の鍵《かぎ》を渡した。

「マダムは五七四号室、ムッシューはナポレオン・スイートです」

ベルボーイがエレベーターのドアを開けて待ち、われわれが乗りこむと5と6のボタンを押した。五階でドアが開くと、スージーがほほえみながらいった。「八時少し前にロビーで会いましょう」

わたしはうなずいた。こういう場合にはどうすべきかを母は教えてくれなかった。

荷物をほどき、シャワーを浴びて、広すぎるダブルベッドに倒れこんだ。テレビをつけて白黒のフランス映画を見た。映画のプロットに引きこまれて、浴槽で女を溺死《できし》させた犯人がもうすぐわかるという八時十分前になっても、まだ着替えをしていなかった。

わたしは悪態をついて、適当に服を着ると、鏡を見もせずに、なおも犯人はだれだろうと考えながら部屋からとびだした。エレベーターにとび乗り、一階でドアが開くと同時にふたたび悪態をついた。スージーが先にロビーにおりてわたしを待っていたからである。

正直なところ、両脇《わき》のスリットから一歩ごとに太腿《ふともも》がちらとのぞく黒のロング・ドレス姿を見て、ほとんど彼女を許してもよい気になった。

レストランへ向かうタクシーのなかで、彼女は部屋がいかに快適で、スタッフがいかに気がきくかをわたしに伝えようと苦心した。

食事中は——正直いって食事は最高にすばらしかった——ニューヨークでの仕事の話をし、はたしてロンドンへ戻れるときがくるかしらと独り言をいった。わたしは関心があるようなふりをして適当に相槌《あいづち》を打った。

勘定をすませたあと、彼女がわたしの腕を取って、とても気持のよい晩だし、ちょっと食べすぎたようだから、ホテルまで歩いて戻るのはどうかと提案した。彼女はわたしの手をぎゅっと握りしめ、わたしはこの調子ではもしかすると……

彼女はホテルに着くまでわたしの手をはなさなかった。ロビーに入ると、ベルボーイがエレベーターに駆けよって、われわれのためにドアをおさえてくれた。

「何階でしょうか？」と、彼がきいた。

「五階よ」スージーがきっぱりといった。

「六階だ」わたしはしぶしぶ答えた。

ドアが開くと同時に、スージーが振りむいてわたしの頰にキスをした。「忘れられない一日だったわ」といってエレベーターからおりた。

わたしにとってもだよ、といいたかったが思いとどまった。部屋に戻ってから、ベッドに横になってじっくり考えてみた。自分はより大きなゲームのなかのポーンに違いないと気がついたが、最終的にわたしを盤上から取り除いたのはビショップだろうかナイトだろうか？

いつの間に眠ってしまったのかおぼえていなかったが、六時数分前に目がさめるとベッドからとびだした。ありがたいことに《ル・フィガロ》がすでにドアの下から押しこまれていた。隅から隅まで貪《むさぼ》り読んで、フランスの最新のスキャンダルをすべて知ってから——セックス・スキャンダルはひとつもなかったことをつけくわえておこう——新聞を置いてシャワーを浴びた。

八時ごろぶらりと下へおりて行くと、スージーが朝食室の隅に坐《すわ》ってオレンジ・ジュースを飲んでいた。たいそうめかしこんでいたので、明らかに悩殺する相手はわたしではなさそうだったが、なんとしてもその相手を突きとめてやろうという気になった。わたしは向い側の席に腰をおろした。二人とも一言も口をきかなかったので、ほかの客は結婚して何年にもなる夫婦だと思ったことだろう。

「よく眠れたかい？」と、ついにわたしが話しかけた。

「ええ、ありがとう、トニー。あなたは？」と、彼女が空とぼけてきいた。

その気になれば百通りもの答が考えられたが、それをいってしまえば事の真相は永久にわからないだろう。

「展覧会には何時に行く？」と、わたしは質問した。

「十時よ」彼女はきっぱりといってからつけくわえた。「あなたさえよければ」

「それでいいよ」わたしは時計を見た。「九時三十分ごろにタクシーを呼んでおく」

「じゃ、ロビーで会いましょう」その口ぶりは永年連れそった夫婦にますます似ていた。

朝食のあと、わたしは部屋に戻ってアルベールに電話し、今夜は泊らないことになったと告げた。

「まことに残念です、ムッシュー」と、彼はいった。「わたしどもの落度でなければ……」

「いやいや、アルベール、きみの落度じゃないから安心してくれ。だれのせいかわかったら知らせるよ。ところで、九時三十分ごろオルセー美術館までタクシーを一台頼む」

「いいですとも、トニー」

ホテルから美術館へのタクシーのなかで交わされたありふれた会話で読者を退屈させるつもりはない。読者の関心をつなぎとめるには、わたしなどよりはるかにすぐれた文学的才能が必要だろう。しかしながら、ピカソのデッサンはわざわざ見に行くだけの価値があったことを認めないのは男らしくないというものだろう。また、スージーの作品ごとの解説が、数人のグループを惹《ひ》きつけていたこともつけくわえておかなくてはなるまい。

「鉛筆というのは」と、彼女はいった。「偶然性とはまったく無縁だから、画家の才能がいちばんよくわかる道具なのよ」彼女はピカソが椅子に坐っている父親を描いたデッサンの前で立ちどまった。わたしは言葉を失い、しばらくその場から動けなかった。

「この絵のすごいところは、ピカソ十六歳のときの作品だってことよ。つまり美術学校をやめるはるか前から伝統的な主題に飽きあきしていたことが、この段階で早くも明らかだったというわけ。父親が初めてこの作品を見たとき——父親自身も画家だったけど——彼は……」スージーはみなまでいわなかった。そのかわり、とつぜんわたしの手を握って、目をのぞきこみながらいった。「あなたと一緒にいるのはすごく楽しいわ、トニー」そしてまるでキスでもするかのように身を乗りだした。

「なにを企《たくら》んでいるの?」といいかけたとき、目の隅に彼の姿がちらと見えた。

「王手《チェック》」と、わたしはいった。

「どういう意味なの、〝チェック〟って?」

「ナイトが盤上を横切って進んだってことさ——それとも英仏海峡を越えたというほうが正確かな? どうやら彼はゲームに参加するらしいよ」

「いったいなんの話よ、トニー?」

「なんの話かよくわかっていると思うがね」と、わたしは答えた。

「これはこれは、なんたる偶然!」と、彼女の背後からある声が話しかけた。

スージーがくるりと振りむいて、目の前にリチャードが立っているのを見ると、いかにも驚いたような表情をうかべた。

「まったくなんたる偶然」と、わたしはおうむ返しにいった。

「すばらしい展覧会でしょう?」と、スージーがわたしの皮肉を無視していった。

「ほんとね」と、レイチェルがいった。明らかに彼女は自分が、わたしと同じように、このゲームのなかではポーンでしかなく、もうすぐクイーンに取られる運命だということを知らされていなかった。

「せっかくここで四人が会えたんだから、一緒にランチをどうかな?」と、リチャードが提案した。

「残念だけどじつはほかに予定があるの」と、スージーがわたしの手を取っていった。

「いやいや、予定を変更しても構わないんだよ」と、わたしがいった。今しばらくゲームの盤上にとどまっていたかったからだ。

「でも急な話だからまともなレストランのテーブルはあいてないと思うわ」と、スージーがいいはった。

「それなら問題ないよ」と、わたしは微笑しながらうけあった。「いつ行っても歓迎してくれるこぢんまりしたビストロを知っている」

スージーはわたしが王手から逃げだしたので渋い顔をして、美術館を出てセーヌの左岸を歩いて行く間わたしとは一言も口をきかなかった。わたしはやむなくレイチェルと話しはじめた。結局のところ、ポーン同士は仲よくしなきゃ、とわたしは思った。

わたしが店の戸口に立つと、ジャックがフランス人らしく大袈裟《おおげさ》に肩をすくめて困ったというしぐさをした。

「何人です、ムッシュー・トニー?」と、彼は諦《あきら》めの溜息《ためいき》とともにきいた。

「四人だよ」と、わたしは微笑とともに答えた。

結局それはわたしがその週末に楽しむことができた唯一《ゆいいつ》の食事になった。わたしはほとんどレイチェルとばかり話した。なかなかすばらしい女性だったが、率直にいってスージーとは属するリーグが違っていた。彼女は盤の反対側でなにが起きているかを知らなかったが、そこでは黒のクイーンが白のナイトを取ろうとしていた。彼女の淀《よど》みない弁舌はなかなかのみものだった。

レイチェルのおしゃべりを聞きながら、わたしはテーブルの反対側の会話を聞きとろうとして全神経を集中した。だが話は切れぎれにしか耳に入らなかった。

「いつごろニューヨークへ戻る予定なの……」

「ええ、このパリ旅行は何週間も前から計画していたの……」

「あら、独りでジュネーヴへ……」

「ええ、ケジック夫妻のパーティは楽しかったわ……」

「トニーとはパリで会ったの。これもまったくの偶然だったわ、わたしは彼をほとんど知らないし……」

確かに、とわたしは思った。実際わたしは彼女の演技を充分楽しませてもらったので、勘定を払わされても腹も立たなかった。

二人に別れを告げたあと、スージーとわたしはセーヌの岸を散歩しながら戻ったが、手はつながなかった。リチャードとレイチェルからは見えないところまできたことを確かめて立ちどまり、彼女と対決した。公平に見て、彼女はしおらしい態度で罰を待った。

「昨日、やはりランチのあとで、『今なんでも好きなことができるとしたら、なにがしたい？』ときいたね。今ならどう答える？」

スージーはその週末で初めて自信がなさそうな態度を示した。

「心配しなくていいよ」わたしは彼女の青い目をのぞきこみながらつけくわえた。「どう答えても驚いたり気を悪くしたりはしないから」

「ホテルへ戻って荷物をパックし、空港へ出発したいわ」

「じゃそうしよう」わたしは道路に踏みだしてタクシーを呼びとめた。

スージーはホテルまでの途中一言も口をきかず、到着すると同時にエレベーターで姿を消した。その間にわたしは支払いをすませ、すでにパックしてある荷物を部屋からおろすように頼んだ。

その期《ご》に及んでも、彼女がエレベーターから出てきてほほえみかけたとき、自分の名前がリチャードならよかったと思ったことを白状せずにはいられない。

わたしは席がとれる最初の便でロンドンへ帰るからと、シャルル・ドゴールまで送ってやってスージーを驚かせた。出発便案内板の下でハグをして別れを告げた――〝また会えるかもしれないし、会えないかもしれない〟といった感じのハグだった。

わたしは手を振って歩きだしたが、振りかえってスージーがどのエアラインのカウンターに向かうかを確かめずにいられなかった。

彼女はスイス航空のチェックイン・カウンターの列に並んだ。わたしは微笑をうかべてブリティッシュ・エアウェイズのカウンターに向かった。

あのパリの週末から六年たち、ときおりディナー・パーティの会話でスージーの名前を聞くことはあったものの、わたしはそれ以来一度も彼女と会ったことがなかった。

噂《うわさ》によれば彼女は《アール・ヌーボー》の編集者になり、スポーツ・プロモーションを手がけているイアンというイギリス人と結婚していた。あるアメリカ人銀行マンとの情事の反動で結婚したのだ、という者もいた。

二年後に彼女が男の子を生み、続いて女の子を生んだと聞いたが、その子供たちの名前を知っている者はいないようだった。そしてついに、今から一年前に、わたしはゴシップ・コラムで彼女の離婚を知った。

それから、スージーが前ぶれもなしに電話をかけてきて、一緒に一杯やらないかとわたしを誘った。彼女が場所を指定したとき、どうやら気おくれなどしていないらしいと悟った。わたしは承知の返事をして、会ったときに彼女の顔がわかるだろうかと考えていた。

彼女がテイト・ギャラリーの階段を昇ってくるのを見たとき、忘れていたのは彼女がどれほど美しかったかということだけなのに気がついた。どちらかといえば、彼女は以前にもまして魅力的だった。

美術館に入っていくらもたたないうちに、彼女が選んだテーマについて話すのを聞くのはいかに楽しいかを思いだした。わたしはつい最近になってウォーホルとリキテンシュタインがただの製図工ではないことをやっと認めたくらいだから、ダミアン・ハーストなどまったく認めていなかったのに、美術館を出るときは彼の作品に敬意を抱くようになっていた。

スージーがテイトのレストランにランチの予約をしていたことも、コーヒーを飲みながら、『今なんでも好きなことができるとしたら、なにがしたい？』とわたしに質問するまで、例のパリの週末のことはおくびにも出さなかったことも、おそらく驚くには当らないだろう。

「きみと一緒にパリで週末をすごしたい」と、わたしは笑いながら答えた。

「じゃ、そうしましょうよ」と、彼女がいった。「今ポンピドゥ・センターでやっているホックニー展が好評だし、もう何年も泊っていないけど、快適で気取りのない小さなホテルと、もちろん観光ガイドに載らないことを売りものにしているレストランも知ってるわ」

男がご婦人のことを被征服者か獲物のように自慢するのは品性に欠ける、というのがわたしの持論だが、つぎの週の日曜日にニューヨーク行の便に乗るために出発ゲートを通り抜けるスージーを見送ったとき、何年も待った甲斐《かい》があったと思ったことを白状せずにはいられない。

それ以後彼女からは一度も連絡がない。

欲の代償

ジェイクはゆっくりダイヤルを回しはじめた。父親が死んだ日からほとんど毎日、夕方六時になるとそうしてきた。これから十五分間は腰を落ちつけて、母親が今日一日なにをしたかを聞くことになる。

母親は落ちついた規則正しい生活を送っているので、面白い話はめったに聞けなかった。とりわけ土曜日がそうだった。彼女は毎朝いちばん昔からの友達のモリー・シュルツと一緒にコーヒーを飲むのだが、ときにはそれがランチタイムまで続くことがある。月曜、水曜、金曜には、通りの向い側に住むザカリー夫妻とブリッジ。火曜と木曜は妹のナンシーを訪問する日で、ジェイクが夕方電話をかけたときになにかしら愚痴をこぼす種があった。

土曜日は過酷な一週間の休息日だった。唯一《ゆいいつ》体を動かすことといえば、ランチのすぐあとで《ニューヨーク・タイムズ》の嵩《かさ》ばった日曜版を買いに行くことで、このニューヨークの奇妙な伝統は、少なくとも翌日なにをチェックすればよいかを息子に知らせるチャンスを彼女に与えた。

ジェイクにとって、毎晩の会話は日によって違ういくつかの適切な質問から成りたっている。月水金は、ブリッジはどうだった？　いくら勝った／負けたの？　火木は、ナンシーおばさんは元気？　ほんとに？　そんなに悪いの？　土曜日は、《タイムズ》にあしたぼくが目を通さなきゃならない記事が出ているかい？　といった調子だった。注意深い読者は一週は七日で成りたっていることに気がついていて、ジェイクの母親が日曜日にはなにをするかを知りたがるだろう。日曜日はいつも息子の家族と一緒にお昼を食べるので、日曜の夕方だけは彼は電話をかける必要がなかった。

ジェイクは母親の番号の最後の数字を回して、相手が受話器をとるのを待った。すでに明日の《ニューヨーク・タイムズ》でなにを読めばよいかを教わる用意はできていた。いつもは二回か三回呼出し音が鳴ると母が出た。窓際《まどぎわ》の椅子《いす》から立って部屋の反対側の電話に出るのにそれだけの時間が必要だった。呼出し音が四、五、六、七回と鳴りつづけるので、ジェイクは母が外出したのかと思いはじめた。しかしそれはありえないことだった。夏冬を問わず、午後六時以降に外出したためしはなかった。彼女は海兵隊の鬼軍曹でさえ苦笑いするほど規則正しい生活を送っていた。

やっとかちっという音が聞えた。「やあママ、ジェイクだよ」といいかけたとき、どう考えても母親のではない声が聞えた。しかもその声は話の途中だった。混線だろうと思って受話器を置こうとしたとき、その声がいった。「十万ドルがおまえのものだ。急いで駆けつけて受けとるだけでいい。おまえあての封筒に入れて《ビリーズ》に預けてある」

「《ビリーズ》ってどこだ？」と、別の声がきいた。

「オーク・ストリートとランドルの角にある。七時ごろおまえを待ってるよ」

ジェイクは吐く息も吸う息も止めて、電話のそばのメモ用紙に〝オークとランドルの角〟と書いた。

「おれが封筒の受取人だと、どうして先方にわかるんだ?」と、二番目の声がきいた。

「《ニューヨーク・タイムズ》をくれといって百ドル札を渡すだけでいい。相手は受けとったのが一ドルだったかのように、二十五セントの釣りをくれるはずだ。それなら店にほかの人間がいても疑われる心配はない。安全な場所にたどりつくまで封筒を開けるな——ニューヨークには十万ドルを奪おうとするやつがうようよいる。それからなにがあってもおれには二度と連絡するな。この約束を破ったら、このつぎもらえるのは金じゃないぞ」

電話が切れた。

ジェイクは受話器を置いた。母親に電話するところだったことなどすっかり忘れていた。

彼は腰をおろして、これからどうしようかと考えた——なにかをするものとすればの話だが。妻のエレンはたいていの土曜の晩と同じように、子供たちを連れて映画に行き、九時ごろまでは帰ってこない。彼の夕食は電子レンジに入っていて、何分必要かを書いたメモが添えてある。彼はいつも一分だけ長く温めた。

ジェイクはいつの間にか電話帳をぱらぱらめくっていた。ページを追ってBまできた。B i……、B i l l……、B i l l y's。その店はオーク・ストリート一一二七番地にあった。電話帳を閉じて自分の部屋へ行き、机の後ろの本棚でニューヨークの市街地図帳を捜した。それは『エリザベート・シュワルツコップフ回想録』と『四十歳すぎの二十ポンド減量法』の間にはさまっていた。

巻末の索引を開くとすぐにオーク・ストリートが見つかった。枡目《ますめ》の記号と数字をチェックして、正しい枡目に指を当てた。もしも行くとすれば、ウェスト・サイドまで三十分はかかると計算した。時計を見ると六時十四分だった。おれはいったいなにを考えているんだ？どこへも行くつもりなんかない。だいいち百ドル持ってないじゃないか。

ジェイクは上衣《うわぎ》の内ポケットから財布を取りだして、ゆっくりかぞえてみた。三十七ドルあった。エレンの小銭入れの箱を調べにキッチンへ行った。鍵《かぎ》がかかっていて、彼女がどこに鍵を隠したか思いだせなかった。ガス台の横のひきだしからドライバーを取りだして、箱をこじあけた。二十二ドル入っていた。キッチンを歩きまわって脳みそをしぼった。つぎに寝室へ行ってありったけの上衣とズボンのポケットを探ってみた。小銭で一ドル七十五セントの収穫があった。寝室を出て娘の部屋をのぞいた。ヘスターのスヌーピーの貯金箱がドレッシング・テーブルにのっていた。それを手に取ってベッドへ行き、逆さにしてキルトの上に小銭を振りだした。六ドル七十五セント追加。

ベッドの端に坐ってけんめいに知恵をしぼっているうちに、万一の場合にそなえて折りたたんで運転免許証のなかにしまってある五十ドル札のことを思いだした。それを含めた合計額は百十七ドル五十セントになった。

ジェイクはふたたび時計を見た。六時二十三分。ちょっと行って様子を見てくるだけだ。それ以上はなにもしない、と自分にいいきかせた。

ホールの衣裳《いしよう》戸棚から古ぼけたオーヴァーコートを取りだして部屋の外に出た。出るときにドアの三つのロックが全部かかっていることを確かめた。エレベーターのボタンを押したがなんの物音もしなかった。また故障だと舌打ちして、階段を駆けおりはじめた。通りの向う側に、エレンが子供たちを映画に連れて行った留守によく顔を出すバーがあった。

バーテンダーが彼の姿を見てにっこり笑った。「いつものかい、ジェイク?」と、彼がきいた。アパートを出て通りを渡るだけなのに、厚ぼったいオーヴァーコートを着ているのを見て、少し意外そうな顔をした。

「いや、いいんだ」ジェイクはつとめてさりげない口調で答えた。「あんた、百ドル札を持ってないだろうかと思ってね」

「さあどうかな」バーテンダーはレジの札束をごそごそかきまわしてから、ジェイクのほうを向いていった。「あんたはついてるよ。一枚だけあった」

ジェイクは五十ドルと二十ドルを一枚ずつ、十ドル札二枚と一ドル札十枚を渡して、かわりに百ドル札を受けとった。それをきちんと四つにたたんで財布に入れ、財布を上衣の内ポケットにしまった。それからバーを出て通りを歩きだした。

西のほうへゆっくり二ブロックほど歩くと、バス停があった。もしかすると七時までには着けなくて、問題はひとりでに解決するかもしれないと思った。バスが停まった。ジェイクは乗りこんで料金を払い、ウエスト・サイドに着いたらどうするかまだ決心がつかないままに、後ろのほうのシートに坐った。

考え事に気をとられてバスを乗りすごし、オーク・ストリートまで半マイル近く歩いて戻らなければならなかった。番地を確かめた。オーク・ストリートがランドルと交わる地点はまだ三、四ブロック先だった。

近づくにつれて一歩ごとに足どりが遅くなるのに気がついた。だが、つぎの角の電柱の中ほどに、ふいにそれは現われた。〝ランドル・ストリート〟と書かれた白と緑の標識が。

彼はすばやく四方の角に目を走らせてからふたたび時計を見た。六時四十九分だった。

通りの反対側から眺めている間に、一人か二人の人間が《ビリーズ》に出入りした。信号が青に変り、気がつくと歩行者の群に押されて交差点を渡っていた。

もう一度時計を見た。六時五十一分。《ビリーズ》のドアを押した。カウンターのなかで男が新聞を積みあげていた。その男は黒のTシャツにジーンズという恰好《かっこう》で、年のころは四十前後、背丈は六フィート弱というところで、週に数時間をジムですごして鍛えたとしか思えない肩をしていた。

一人の客がジェイクをかすめて追いこし、マールボロを買った。カウンターの男が釣銭を渡す間、ジェイクはなかに入って雑誌のラックを眺めるふりをした。

煙草《たばこ》の客が出て行きかけたとき、ジェイクは上衣の内ポケットに手を突っこんで財布を取りだし、百ドル札の縁にさわった。マールボロの客が出て行ったのを見すまして、財布をポケットに戻し、百ドル札だけを掌《てのひら》に残した。

カウンターの男はジェイクが百ドル札をゆっくり拡《ひろ》げるのを、無表情で見守っていた。

「《ニューヨーク・タイムズ》」という自分の声を聞きながら、ジェイクは百ドル札をカウンターに置いた。

黒いTシャツの男は札をちらと見てから時計をチェックした。しばし躊躇《ちゅうちょ》するように見えたあとで、カウンターの下に手をのばした。ジェイクはその動きにはっと緊張したが、やがて長くて分厚い白の封筒が現われた。男は二つ折りにした新聞の分厚いビジネス欄に封筒を挟んで、相変らず無表情のままジェイクに新聞を渡した。百ドル札を受けとってレジに七十五セントと打ちこみ、二十五セントの釣銭をよこした。ジェイクはくるりと向きを変えて、彼に劣らずナーヴァスに見える小男をあやうく突き倒しそうになりながら、急いで店を出た。ジェイクはオーク・ストリートを駆けだして、だれか追ってくる者はいないかと何度も後ろを振りかえった。イエロー・キャブが近づいてくるのを見て急いで呼びとめた。「イースト・サイド」と、タクシーにとびこんで行先を告げた。

運転手が車を流れに戻すと、ジェイクは新聞に挟まれた封筒を内ポケットに移した。心臓が早鐘を打っていた。それから十五分間のほとんどは、タクシーの後ろの窓から心配そうに外をのぞいていた。

右側に地下鉄の入口が見えてきたので、運転手に止めてくれといった。十ドル渡して、釣銭を待たずにとびおり、地下鉄の階段を駆けおりて数分後に通りの反対側に出た。そして逆方向へ行くタクシーを呼びとめた。今度は運転手に自宅のアドレスを告げた。彼はこのちょっとしたトリックを成功させた自分をほめてやった。それは《今週の映画》のなかでジーン・ハックマンがやっていたトリックだった。

ジェイクはどきどきしながら内ポケットにさわって、まだ封筒が無事なことを確かめた。もう追いかけてくる人間はいないと確信したので、タクシーの後ろの窓から外を見るのはやめた。封筒のなかをのぞいて見たい誘惑に駆られたが、安全なアパートに帰りつけばそうする時間はいくらでもあった。時計を見ると七時二十一分になっていた。エレンと子供たちはまだしばらく帰らないだろう。

「左手の五十ヤードほど先でおろしてくれ」と、ジェイクは自分の土俵に戻ってほっとしながら運転手にいった。タクシーが彼のアパートのあるブロックで停まると、後ろの窓の外に最後の一瞥《いちべつ》をくれた。近くにほかに車は見当らなかった。娘のスヌーピーの貯金箱から持ちだした十セントや二十五セントでタクシー料金を払い、車からとびおりてできるだけさりげない態度でアパートに入った。

なかに入ると、急ぎ足でホールを横切って平手でエレベーターのボタンを押した。まだ故障がなおっていなかった。彼は大声で罵《のの》って、七階の自宅まで階段を駆けあがりはじめたが、一階ごとに速度が落ちた。やっとドアの前にたどりついて三つのロックを解除し、ほとんど倒れこむようにしてなかに入ると、大急ぎでドアを閉めた。壁にもたれて荒い息がおさまるのを待った。

内ポケットの封筒を引っぱりだそうとしているときに電話が鳴った。とっさに頭にうかんだのは、彼らがどうにかして彼の居場所を突きとめ、金を取り戻しにやってきた、という考えだった。しばらく電話をにらみつけてから、こわごわ受話器を取りあげた。

「もしもし、ジェイク、あなたなの?」「そうだよ、ママ」

その声を聞いて彼は思いだした。

「六時に電話をくれなかったわね」

「ごめんよ、ママ。かけたんだけど……」もう一度かけなおさなかった理由は話すまいと決心した。

「一時間もずっと電話をかけつづけよ。でかけていたの？」

「通りの向い側のバーへちょっとね。エレンが子供たちを映画に連れて行った留守に、ときどき一杯やりに行くんだ」

電話の横に封筒を置いて、とにかく母親を厄介払いしようとしたが、土曜日の約束事を避けるわけにはいかないことを知っていた。

「なにか面白いことが《タイムズ》に出てるかい、ママ？」と、かなりの早口できいていた。

「大したニュースはないわ」と、彼女が答えた。「ヒラリーが上院選挙で民主党の指名を獲得しそうだけど、わたしはやっぱりジュリアーニに投票するつもりよ」

「今までもずっとそうしてきたし、これからもそうするわ」という、ジュリアーニに関する母親の口癖を思いだしながら、彼は封筒を手に取って、十万ドルの現金はどんな感触がするかと押してみた。

「ほかにはどんなニュースがあるの、ママ？」と、彼は早く終らせようとして催促した。

「社交欄に七十歳の未亡人たちが性欲を回復させているという記事が出てるわ。夫を葬《ほうむ》ったあとでＨＲＴ（訳注　ホルモン代替療法の頭文字）薬を服用して昔の習慣に戻るらしいの。『失われた時間を取りかえすよりもむしろ彼に追いつこうとしているのよ』と、ある未亡人はいってるわ」

ジェイクは母親の話を聞きながら封筒の片隅を少しずつ開きはじめた。

「わたしも試してみたいけど」と、母親が続けた。「そのためには欠かせない皺《しわ》とり手術の費用が払えないわ」

「ママ、エレンと子供たちが帰ってきたようだから、もう切るよ。あしたランチのときに会うのを楽しみにしている」

「待ちなさいよ、ビジネス欄に載っていた面白い記事のことをまだ話してないわ」

「まだ聞いてるって」ジェイクはゆっくり開封しながら上の空で答えた。

「マンハッタンではやっている新手の詐欺《さぎ》の話なの。まったくつぎからつぎへとよく悪知恵が働くもんだわ」

封が半分開いた。

「悪党一味がダイヤル中の電話に侵入する方法を見つけたらしいの……」

あと一インチ開けば、封筒の中身がテーブルに出るところまできた。

「つまりダイヤルした相手に、電話が混線していると思わせるのね」

ジェイクは封筒から指を引き抜いて、母親の話に耳をそばだてた。

「そして実際の通話を盗み聞きしていると思わせることによって、相手を引っかけるってわけ」

あらかた開封された封筒をみつめるジェイクの額に汗がにじんだ。

「町の反対側まで行って百ドル渡せば、引きかえに十万ドル入った封筒をもらえる、と思いこませる手なのよ」

ジェイクはいとも易々《やすやす》と百ドル騙《だま》しとられたことを考えて気分が悪くなった。

「その連中は煙草屋か新聞売場を利用するらしいわ」と、母親は続けた。

「で、封筒の中身は？」

「そこが連中の頭のいいところなのよ。十万ドル稼ぐ方法を教える小冊子が入っているんだって。表紙に百ドルと値段がついているから、違法でさえないってわけよ。つまり本代として百ドル払わなきゃならないってことね」

もう払っちゃったよ、ママ、とジェイクはいいたかったが、かわりに手荒く電話を切って封筒を穴のあくほどみつめた。

入口のベルが鳴りだした。エレンと子供たちが映画から戻ってきたのに違いない。たぶんまたエレンが鍵を持って出るのを忘れたのだろう。

またベルが鳴った。

「わかった、今行くよ！」と、ジェイクがどなった。都合の悪い証拠の痕跡《こんせき》も残すまいと決心して、封筒を鷲《わし》づかみにした。三たびベルが鳴ったとき、キッチンに駆けこんで焼却炉の口を開け、封筒をシュートに投げこんだ。

ベルが鳴りつづけた。ボタンを押しっぱなしにしているのに違いなかった。

ジェイクがドアへ走った。ドアを開けると、三人の屈強な男が廊下に立っていた。黒いTシャツの男がドアのなかにとびこんでジェイクの喉《のど》にナイフを突きつけ、ほかの二人が両脇《わき》から腕をつかんだ。彼らの後ろでばたんとドアが閉まった。

「どこにある？」Tシャツが喉にナイフを突きつけて叫んだ。

「なにが？」ジェイクがあえぎながらいった。「なんの話をしてるんだ？」

「白ばっくれるな」と、二人目の男が叫んだ。「おれたちの十万ドルを返せ」

「封筒に金は入ってなかった、入ってたのは本だけだ。焼却炉のシュートに投げこんだよ。なんなら自分で音を聞いてみろ」

黒いTシャツの男が首をかしげ、ほかの二人は沈黙した。キッチンからぱちぱちと物の燃える音が聞えてきた。

「いいだろう、じゃおまえにも続いてもらおう」と、ナイフを持った男がいった。男がうなずいて合図すると、二人の相棒がジャガイモの袋かなにかのようにジェイクをかつぎあげて、キッチンへ運んで行った。

ジェイクの頭が焼却炉のシュートに消えようとする瞬間、電話と入口のベルが同時に鳴りはじめた。

陰の功労者

それはアランガの高等弁務館一等書記官ヘンリー・パスコーが、バークレイズ・バンクの支配人ビル・パターソンの電話を受けたときに、いたって無邪気に始まった。金曜の午後遅い電話だったので、ヘンリーはビルが土曜の午前中のゴルフか、日曜のビルの妻スーをまじえたランチに誘うためにかけてきたのかと思った。しかし相手の声を聞いたとたんに、この電話は公用らしいと悟った。

「月曜日に高等弁務館の口座をチェックすれば、残高がいつもより多いことに気がつくだろう」

「なにか特別な理由があるのかね?」と、ヘンリーはひどく形式ばった口調で質問した。

「じつに簡単なことさ、きみ」と、銀行の支配人は答えた。「為替レートが一晩のうちにきみたちに有利なほうへ変動したんだ。クーデターの噂《うわさ》が流れるたびにそうなる」と、当り前のようにつけくわえた。「なにか質問があったら月曜日に遠慮なく電話してくれ」

ヘンリーは明日ゴルフはどうかとビルにたずねようかと考えたが、思いなおしてやめた。

それはヘンリーにとって初めてのクーデターの噂で、悪い週末を迎えたのは為替レートだけではなかった。金曜の夜に国家元首のオランギ将軍が軍服の正装でテレビに出演して、アランガの善良なる市民に向けて、軍隊の一部反体制派の間に不穏な動きがあるので、全島に戒厳令を布《し》く必要があると判断したが、この事態が長くとも数日で終ることを希望していると述べた。

土曜日にヘンリーはアランガで実際にはなにが起きているかを知るために、BBCのワールド・サーヴィスにダイヤルを合わせた。BBCの特派員、ロジャー・パーネルは、常にアランガのテレビ局やラジオ局よりも情勢に通じていた。その地元局はといえば、昼間外出してはいけない、外出すれば逮捕される危険があると、数分おきに国民に警告を発するだけだった。まして無謀にも夜間外出すれば、射殺される危険があると。

これで土曜日のゴルフも、ビルとスーと一緒の日曜日のランチもだめになった。ヘンリーは静かな週末をすごして、本を読み、イギリスからのまだ返事を書いていない手紙に目を通し、冷蔵庫の残りものをかたづけ、最後に独身者用アパートの通いのメイドがいつも手抜きをする部分を掃除した。

月曜の朝、国家元首は依然として宮殿にいて安泰のようだった。BBCは数人の若手将校が逮捕され、うち一人か二人が処刑されたという風聞を伝えていた。オランギ将軍が再度テレビに出演して、戒厳令が解かれたことを発表した。

その日ヘンリーがオフィスに到着すると、秘書のシャーリーが――彼女は数回クーデターを経験していた――すでに郵便物を開封して、彼に検討してもらうために机の上に置いていた。それらは〝緊急、要処置〟、二つ目の、それよりは大きな〝要検討〟、そして三つ目にして最大の〝読後廃棄〟という三つの山に分かれていた。

目前に迫ったイギリス外務次官のアランガ訪問の日程表が、〝緊急、要処置〟区分のいちばん上に置かれていた。もっとも次官はジャカルタ訪問からロンドンへ戻る途中、給油に便利だという理由で、アランガの首都セイント・ジョージズに寄り道するだけだった。どこかへ行く途中かその帰りでもなければ、このちっぽけなアランガ保護領をわざわざ訪問する者はほとんどいなかった。

外務省では〝ぼんくらウィル《ウィットレス》〟と呼ばれているこの外務次官、ミスター・ウィル・ホワイティングは、《ザ・タイムズ》によれば、つぎの内閣改造でせめて筆記体ぐらいは書ける男と首をすげかえられることが確実だった。しかしながら、とヘンリーは思った。ホワイティングは高等弁務官公邸に一泊する予定なので、水泳プール建設計画に関して次官から決定を引きだす一度しかないチャンスかもしれないと。ヘンリーは島の子供たちになくてはならない新しいプールの建設工事をぜがひでもスタートさせたかった。彼は外務省にあてた長文の覚え書で、四年前にマーガレット王女がこの島を訪れて礎石を据えたときに、工事着手が約束されたことを指摘していたが、自分が絶えず催促しつづけなければこのプロジェクトは外務省の〝未決〟ファイルのなかに埋もれてしまうのではないかと危惧《きぐ》していた。

第二分類の郵便物のなかにビル・パターソンが約束した銀行の通知書が入っていて、

それによると高等弁務館の対外口座の残高が、週末に起きなかったクーデターのおかげで、予想よりも千百二十三コーラふえていることが確認された。ヘンリーは保護領の経済事情にはほとんど関心がなかったが、イギリス政府を代表してすべての小切手に副署するのが一等書記官としての彼の役目だった。

〝要検討〟の郵便物のなかで無視できないものはあと一通しかなかった。十一月におこなわれるロータリー・クラブの年次総会で、ゲストを代表して答辞を述べてもらいたいという依頼だった。毎年高等弁務館の幹部一人がこの役目を引きうけるのが恒例になっていた。どうやら今年はヘンリーの番のようだった。彼はうーんと唸《うな》ったが、依頼状の右肩に✓印を書きこんだ。

〝読後廃棄〟の郵便物には例によってさまざまな手紙――欲しくもない品物の無料提供や、だれも出席したことがない催しへの招待状などがあった。彼は全部に目も通さずに、〝緊急〟の部に戻って外務次官の日程をチェックしはじめた。

八月二十七日

午後三時三十分　外務次官ミスター・ウィル・ホワイティングを、高等弁務官サー・デイヴィッド・フレミングと一等書記官ミスター・ヘンリー・パスコーが空港に出迎え。

午後四時三十分　高等弁務館にて高等弁務官およびレディ・フレミングとともにティー。

午後六時　クイーン・エリザベス・カレッジ訪問、次官は卒業する六年生に授賞（スピーチ原稿同封）。

午後七時　高等弁務館にてカクテル・パーティ。約百名のゲストが出席予定（出席者名簿別添）。

午後八時　ヴィクトリア兵営にてオランギ将軍と会食（スピーチ原稿同封）。

ヘンリーは部屋に入ってきた秘書のほうを見た。

「シャーリー、新しいプールの建設予定地をいつ次官に見せられるかな？」と、彼は質問した。「日程表にはなにも書いてないが」

「明朝次官が空港へ向かわれるときに、十五分間の訪問をどうにかはめこみました」

「一万人の児童の生活を左右する問題を話しあうのにたった十五分か」ヘンリーは次官の日程表を見ながらいった。そしてページをめくった。

八月二十八日

午前八時　高等弁務官およびアランガ実業界代表団とともに公邸で朝食（スピー

チ原稿同封)。

午前九時　空港へ出発。

午前十時三十分　ロンドン・ヒースロー行ブリティッシュ・エアウェイズ017便出発。

「公式日程に載ってさえいないじゃないか」と、ヘンリーは秘書を振りかえって不満を述べた。

「わかってます」と、シャーリーがいった。「でも高等弁務官は次官の寄り道は非常に短時間だから、最も重要な優先事項に専念すべきだというお考えなのです」

「たとえば高等弁務官夫人とのティーのようなか?」ヘンリーは憤然としていった。「次官を時間通りに朝食のテーブルに着かせるように、それから金曜日にわたしが水泳プールの将来についてきみに口述した文章を、かならず彼のスピーチに織りこむように頼んだよ」彼はデスクから立ちあがった。「手紙には全部目を通して印をつけておいた。これから町へでかけて、プール計画がどんな状態か見てくる」

「そうそう」と、シャーリーがいった。「BBC特派員のロジャー・パーネルから、ついさっき次官はアランガ訪問中に公式声明を発表するかという問合わせがありました」

「その予定だと返事して、水泳プールに関するくだりを強調した朝食でのスピーチ原稿をファックスしてやってくれ」

ヘンリーはオフィスを出て、自分の小さなオースティン・ミニにとびのった。太陽が車のルーフに照りつけていた。両側の窓を開けていても、オフィスからわずか数百ヤード走るうちに全身が汗に覆《おお》われた。オースティン・ミニと、島民の福祉を真剣に考えてくれているらしいイギリスの外交官の姿を認めて、何人かの住民が手を振った。

彼はイギリスでなら教区教会と呼ばれる程度の大聖堂の向い側に車を駐《と》めて、水泳プール建設予定地までの三百ヤードを歩いて行った。そしてその荒地の一画を見るたびにいつもそうするように、つい罵声《ばせい》を発した。アランガの子供たちのためのスポーツ施設はいたって乏しかった。毎年五月一日にはクリケット用に使われるれんがのように固いフットボール・グラウンド、島の議会が開かれていないときはバスケットボール・コートと兼用のタウン・ホール、それにブリタニア・クラブのテニス・コートとゴルフ・コース——島民はその使用を許されていないし、子供たちは私道を掃除するためにしかゲートをくぐることを許されない——がそのすべてだった。半マイル弱はなれたヴィクトリア兵営に、軍は体育館と六面のスカッシュ・コートを持っていたが、利用が許されるのは将校とそのゲストだけだった。

ヘンリーは外務省が彼をほかの国へ赴任させる前に、なんとしてもプールを完成させようとその場で決心した。ロータリー・クラブでのスピーチを利用して、クラブのメンバーを行動に駆りたてる。彼らを説得してプール建設プロジェクトを〝今年度の慈善事業〟に選ばせなければならないし、ビル・パターソンにその呼びかけ人になってもらうつもりだった。なんといっても銀行の支配人であり、ロータリー・クラブの書記でもある彼が最適任者だった。

しかしその前に次官の訪問があった。ヘンリーは次官を説得して外務省の尻《しり》を叩《たた》かせ、もっと資金を引きだすための時間がわずか十五分しかないことを思いだして、彼に訴える要点を考えはじめた。

その場を立ち去ろうとしたとき、一人の男の子が予定地のはずれに立って、礎石に刻まれた〝セイント・ジョージズ水泳プール。この礎石は一九八七年九月十二日に、マーガレット王女殿下によって据えられた〟という文字を読みとろうとしているのに気がついた。

「これが水泳プールなの?」と、男の子は無邪気に質問した。

ヘンリーは車のほうへ戻りながら心のなかでその質問をくりかえし、それをロータリー・クラブでのスピーチに取りいれることに決めた。時計をのぞいて、まだブリタニア・クラブに寄る時間があると判断した。ビル・パターソンがクラブで昼食をとっているかもしれなかったからである。クラブハウスに入って行くと、バーのいつものスツールに腰かけて《フィナンシャル・タイムズ》のバックナンバーを読んでいるビルの姿が目に入った。

ビルがバーに近づいてくるヘンリーを見た。「今日は外務次官の世話係じゃなかったのかね?」

「飛行機が着くのは三時三十分だ」と、ヘンリーが答えた。「きみと話したいことがあって寄ってみたんだよ」

「先週金曜日の為替レートのおかげでふえた金をどう費《つか》おうかという相談かね?」

「いや違う。例のプール建設プロジェクトを離陸《オフ・ザ・グラウンド》させる——というか地面に埋《イントウ・ザ・グラウンド》めこむとしたら、あの程度の金じゃとうてい足りないよ」

ヘンリーはビルから募金委員会の議長をつとめ、彼の銀行に口座を開いて、ロンドンの本店に第一号の寄付を要請するという約束を取りつけて、二十分後にクラブを出た。

高等弁務官のロールス=ロイスに同乗して空港へ向かう途中、プール建設プロジェクトに関する最新ニュースをサー・デイヴィッドの耳に入れた。高等弁務官は顔をほころばせていった。「よくやったな、ヘンリー。今度はビル・パターソン相手のときと同じように、次官相手にもうまくやってくれよ」

二人の男が六フィートの赤絨毯《じゅうたん》を敷いたセイント・ジョージズ空港の滑走路に立っていると、やがてボーイング727が着陸した。この空港に一日一機以上の飛行機が到着することはまれだったし、もちろん滑走路は一本しかなかったから、〝国際空港〟という名称は、ヘンリーにいわせれば、実態を表わしていなかった。

外務次官は会ってみるとなかなか愉快な人物で、だれかれなしに自分をウィルと呼ばせようとした。彼はこのたびのセイント・エドワーズ訪問に多大の期待を寄せ、大いに楽しみにしていたと、サー・デイヴィッドに語った。

「セイント・ジョージズですよ、次官」と、高等弁務官は彼の耳に囁《ささや》いた。

「そうそう、もちろんセイント・ジョージズだった」と、ウィルは顔を赤らめもせずに答えた。

高等弁務館に到着すると、ヘンリーは次官とサー・デイヴィッド夫妻をティーの席に残して、自分の部屋へ戻った。ごく短時間次官と同じ車に乗りあわせただけで、〝ぼんくらウィル〟は本国政府内に大したコネを持っていそうもないと確信した。だがそれでも彼は自分の計画を断念するつもりはなかった。少なくとも次官が要点説明書に目を通したことは確かだった。新しいプールを見るのが楽しみだと、彼らに語っていたからである。

「じつはまだ工事が始まっておりません」と、ヘンリーが指摘した。

「おかしいな」と、次官がいった。「すでにマーガレット王女がプールをオープンしたと、どこかで読んだような気がするんだが」

「いいえ、王女は礎石を据えられただけです、次官。しかしこのプロジェクトを閣下が承認されれば、おそらく状況は一変するでしょう」

「わたしにできることはなんでもしよう」と、ウィルがいった。「しかしきみも知っているように、われわれは海外資金をさらに切りつめるように指示されているからな」それは選挙が近い確かなしるしだ、とヘンリーは思った。

その晩のカクテル・パーティで、ヘンリーは「今晩は、次官閣下」とだけしかいうチャンスがなかった。高等弁務官が六十分以内にゲストを一人残らずウィルに紹介しようと決意していたからである。彼ら二人がオランギ将軍とのディナーのために出発すると、ヘンリーは部屋に戻って、翌朝次官が朝食会でおこなうスピーチの原稿をチェックした。彼がプール建設プロジェクトについて書いた文章は最終稿にも残っていて、少なくとも記録に残ることになったのを知って喜んだ。彼は席順をチェックして、自分が間違いなく《セイント・ジョージズ・エコー》の主筆の隣りに坐《すわ》れるようにした。そうすれば彼は、この新聞のつぎの版が、イギリス政府にプール建設資金募集を支持させるように仕向けることができるだろう。

ヘンリーは翌朝早起きして、早々と高等弁務官公邸に到着した。この機会を利用してできるだけ多くの島のビジネスマンたちに、イギリス政府から見たプール建設プロジェクトの重要性を説明し、バークレイズ・バンクが口座を開いて相当額を寄付することに同意したと告げた。

外務次官は朝食会に数分遅刻した。「ロンドンから電話でね」と釈明した。結局食事が始まったのは八時十五分だった。ヘンリーは地元新聞の主筆の隣りに坐って、次官のスピーチをじりじりしながら待った。

ウィルは八時四十七分に立ちあがった。最初の五分間はバナナについて話し、やがてつぎのように語った。「イギリス政府はマーガレット王女によって着手されたプール建設プロジェクトを忘れていませんからご安心ください。われわれは近い将来その進展について発表できることを望んでおります。わたしがサー・デイヴィッドから聞いたところによれば」彼は向かいあって坐っているビル・パターソンを見た。「ロータリー・クラブがこのプロジェクトを〝今年度の慈善事業〟に選定し、島の著名なビジネスマン数人がすでに気前よくこの事業を支援する約束をしたとのことで、これはまことに喜ばしいことであります」このあとにヘンリーが口火を切った盛大な拍手が続いた。

次官が着席すると同時に、ヘンリーは地元紙の主筆に、数枚の予定地の写真とともに千語の記事の原稿が入った封筒を手渡した。次週の《セイント・ジョージズ・エコー》で、それがセンター・ページの見開きに載ることを信じて疑わなかった。

ヘンリーは次官が着席すると時計を見た。八時五十六分、どうやらぎりぎりだった。ウィルが二階の部屋に姿を消すと、彼は一分ごとに時計を見ながら廊下を行ったりきたりしはじめた。

次官は九時二十四分に待機していたロールス＝ロイスに乗りこみ、ヘンリーのほうを見ていった。「残念ながらプール建設予定地を見ている暇はないようだ。しかし」と、彼は約束した。「きみの報告は機内でかならず読んで、ロンドンへ帰りしだい外相に報告するよ」

空港への途中車が荒地の一画を通過するとき、ヘンリーが予定地を指さして次官に示した。ウィルは窓の外に視線を向けて、「やり甲斐《がい》のある重要な、すばらしい事業だ」とはいったものの、政府の金を支出することに関してはいっさい言質《げんち》を与えなかった。「大蔵省の役人たちの説得に最善を尽すよ」という言葉を最後に、彼は機上の人となった。

ウィルの〝最善〟は大蔵省の最下級の役人さえ説得できそうもないことを、ヘンリーはいわれるまでもなく知っていた。

それから一週間後、ヘンリーは首相が最近の内閣改造でおこなった閣僚の入れかえを伝えるファックスを受けとった。ウィル・ホワイティングは更迭《こうてつ》され、後任にはヘンリーが名前を聞いたこともない人物が起用されていた。

ヘンリーがロータリー・クラブでのスピーチの原稿を読みかえしているときに電話が鳴った。ビル・パターソンからだった。

「ヘンリー、またクーデターの噂《うわさ》が流れている。だから高等弁務館のポンドをコーラに替えるのを金曜日までのばそうかと思っているところだ」

「喜んできみの助言に従うよ、ビル——わたしにはマネー・マーケットのことはわからんからな。ついでにいうと今夜が楽しみだよ。やっと募金を開始するチャンスがめぐってきた」

ヘンリーのスピーチはロータリアンたちから好評で迎えられたが、何人かのメンバーが考えている寄付金額を知って、彼はプロジェクトが完了するのはまだ何年も先のことではないかと心配になった。自分のつぎの任地が決まるまでわずか十八か月しかないことを思いださずにはいられなかった。

ブリタニア・クラブでのビルの言葉を思いだしたのは、帰宅途中の車のなかだった。ある思いつきが形をとりはじめた。

ヘンリーはイギリス政府がアランガの小さな島に対しておこなっている四半期ごとの支出にまったく無関心だった。外務省は緊急用積立金のなかから年間五百万ポンドを、百二十五万ポンドずつ四回に分けて振りこみ、その金はそのときどきの交換レートで自動的に現地通貨に両替えされていた。ビル・パターソンからヘンリーにその交換レートが知らされると、それから三か月間は高等弁務館の事務長がすべての支払いを処理していた。間もなくその習慣が変ろうとしていた。

ヘンリーはその夜遅くまで起きていた。こんな大胆な計画を実行する訓練も手腕も自分には欠けていること、これからしようとしていることをだれにも気づかれずに、必要な知識を仕入れなければならないことを、知りすぎるほどよく知っていた。

翌朝目がさめるころには、ある計画が頭にうかびつつあった。まず手はじめに週末を図書館ですごして、《フィナンシャル・タイムズ》のバックナンバーを熟読し、とくになにが為替レートの変動をもたらすのか、変動に一定のパターンはあるのかという点に注目した。

それから三か月間は、ゴルフ・クラブで、ブリタニア・クラブのカクテル・パーティで、そしてビルと一緒にいるときはいつも、ますます多くの情報を集めて、ついにこれで計画を実行に移す準備ができたと確信するにいたった。

月曜日のビルからの電話で、またもやクーデターの噂が流れたために、口座残高にわずかながら二万二千百七コーラの剰余金ができることを知ったとき、ヘンリーはその金をプール建設資金口座へ移すよう指示した。

「しかしいつもは緊急用積立金にくりいれているんだがね」と、ビルがいった。

「外務省から新しい指令――K１４７９２があった。それによれば、今度から剰余金は次官の承認があれば現地のさまざまなプロジェクトのために費ってよいそうだ」

「しかし次官は更迭されたじゃないか」と、銀行支配人は一等書記官に指摘した。

「それはそうだが、わたしはその指令がいまだに効力を失っていないと上司から教えられたんだ」指令K１４７９２は実際に存在した。もっとも外務省がそれを発令したとき、プールのことが念頭にあったかどうかは疑問だったが。

「わたしはいっこうに構わんよ」と、ビルがいった。「だいたいわたしは外務省指令に反対する立場にないし、ましてや同じ銀行内にある高等弁務館のひとつの口座から別の口座へ金を移すだけのことだからね」

事務長は翌週、予想していた通りの金額のコーラを受けとったので、口座から消えた金のことはなにもいわなかった。ヘンリーはこれで自分の細工がばれる心配はないと思った。

それから三か月間は本国政府からの振込みがないので、ヘンリーが自分の計画をさらに改善する時間はたっぷりあった。つぎの四半期の間に島の数人のビジネスマンたちが寄付をしてくれたが、ヘンリーはその程度の金ではプール工事の穴掘りだけで消えてしまうことにすぐに気がついた。地面に穴を掘っただけで終りにしたくなかったら、もっと大きくまとまった資金を調達する必要があった。

やがて真夜中にある考えがうかんだ。しかし彼のアイディアが効果を発揮するためには、どんぴしゃりのタイミングが必要だった。

ＢＢＣ特派員のロジャー・パーネルが、週に一回の電話をかけてきて、プール建設費募金以外になにかニュースねたはないかと質問したとき、ヘンリーはオフレコで話したいことがあると条件をつけた。

「いいとも」と、特派員は答えた。「どんな話だ？」

「政府はこの数日だれ一人オランギ将軍の姿を見かけていないことを憂慮しているし、将軍の最近の検診でＨＩＶ陽性が判明したという噂が流れている」

「まさか」ＢＢＣ特派員は驚いて叫んだ。「証拠はあるのか？」

「あるとはいえないが」と、ヘンリーは白状した。「将軍の侍医が高等弁務官相手にやや不用意な発言をするのを立ち聞きした。それだけだよ」

「まさか」と、ＢＢＣ特派員はくりかえした。

「もちろん絶対にオフレコにしてもらわなきゃ困る。出所がわたしだとわかれば、きみとはもう二度と話せない」

「ニュース・ソースをばらしたりはしないよ」と、特派員はむっとしていった。

その晩のＢＢＣワールド・サーヴィスの報道は漠然としていて、〝もしも《イフズ》〟や〝しか《バッ》し《ッ》〟が随所にちりばめられていた。しかしながら、ヘンリーが翌日ゴルフ・コース、ブリタニア・クラブ、銀行などへ顔を出したときは、だれもが〝エイズ〟という言葉を口に出した。高等弁務官まで噂を聞いたかと彼に質問した。

「ええ、聞きましたが信じられません」と、ヘンリーは顔も赤らめずに答えた。

翌日コーラは四パーセント下がり、オランギ将軍はテレビに出演して、噂は根も葉もない嘘《うそ》であり、政敵によってひろめられたものだと、国民に釈明しなければならなかった。テレビ出演は、まだ噂を聞いていなかった人々にそれを知らせる結果になっただけで、将軍が少し痩《や》せたように見えたこともあって、コーラはさらに二パーセント下落した。

「今月はうまくやったな」と、ビルが月曜日にヘンリーにいった。「オランギがＨＩＶ陽性だという噂のあと、わたしは十一万八千コーラをプール口座に移すことができた。つまりわたしの委員会は建築家にゴーサインを出して、より具体的な設計図を描くよう指示を出せるってことだよ」

「お手柄だったな」ヘンリーは自分のアイディアへの讃辞《さんじ》をビルに譲った。この危険な放れ業は二度とくりかえせない、と思いながら電話を切った。

建築家による設計図が仕上がり、プールの模型が高等弁務官の部屋に飾られて公開されたにもかかわらず、地元ビジネスマンたちからの少額の寄付が口座に入るだけでまた三か月がすぎた。

ヘンリーはふつうならそのファックスを見ていなかったはずだが、この場合は高等弁務官の部屋にいて、サー・デイヴィッドがバナナ栽培者年次総会でおこなうスピーチの原稿をチェックしているときに、そのファックスが高等弁務官秘書によってデスクに届けられたのだった。

高等弁務官は眉《まゆ》をひそめてスピーチ原稿をわきへ押しやった。「今年はバナナにとってよい年じゃなかったな」と、彼はこぼした。ファックスを読むときも眉をひそめたままだった。読みおえたファックスを一等書記官に渡した。

「全大使館および高等弁務館へ。政府はイギリスの為替相場機構の会員資格を一時停止する。公式発表は本日中におこなわれる予定」

「だとしたら大蔵大臣は今日一日ももたないだろう」と、サー・デイヴィッドがコメントした。「しかし外務大臣は無事だろうから、これはわれわれの問題じゃない」彼はヘンリーのほうを見た。「とはいうものの、このことは少なくとも二時間ほど内緒にしておくほうが賢明かもしれんな」

ヘンリーはうなずき、スピーチ原稿のチェックを続ける高等弁務官を残して部屋を出た。

高等弁務官の部屋のドアを閉めるやいなや、赴任以来二年間で初めて廊下を走った。自分のデスクに戻ると同時に、調べなくても暗記している番号にダイヤルした。

「ビル・パターソンです」

「ビル、緊急用積立金の残高はいくらかな？」と、彼はさりげない口調でたずねた。

「ちょっと時間をくれ。すぐに調べてみる。こちらからかけなおそうか？」

「いや、このまま待つよ」デスクの置時計の秒針がほぼひとまわりしたころ、銀行支配人が電話に戻ってきた。

「残高は百万ポンド少々だ」と、ビルはいった。「なんで知りたいのかね？」「たった今外務省から、ただちに手持ちの金全部をドイツ・マルク、スイス・フラン、アメリカ・ドルに替えろという指示を受けとったところだ」

「そんなことをしたら手数料がとんでもなく高くつくぞ」と、支配人がいった。急に他人行儀な口調に変っていた。「しかも為替レートがきみたちに不利なほうに変動しようものなら……」

「その危険は承知しているが、ロンドンからの電報には従わざるをえない」

「ごもっとも。このことは高等弁務官も承認しているんだろうな？」

「たった今彼の部屋から出てきたところだよ」と、ヘンリーは答えた。

「じゃすぐにとりかかるほうがよさそうだな」

ヘンリーはビルから電話がかかってくるまで、冷房のきいた部屋で汗をかきながら二十分間待った。

「指示通り全額ドイツ・マルク、スイス・フラン、アメリカ・ドルに替えたよ。明細は明日の朝送る」

「コピーは残さないでくれ」と、ヘンリーがいった。「高等弁務官はこれがスタッフの目にふれることを望んでいないのだ」

「よくわかるよ」

大蔵大臣は午後七時三十分にホワイトホールにある大蔵省の階段の上から、為替相場機構のイギリスの会員資格の一時的停止を発表した。その時間にはすでにセイント・ジョージズのすべての銀行が営業をおえていた。

ヘンリーは翌朝為替市場が開くと同時にビルに電話をかけ、マルクとフランとドルをできるだけ急いでポンドに戻し、結果を知らせるよう指示した。

ふたたび汗をかきながら二十分待ったあと、ようやくビルから電話がかかってきた。

「きみは六万四千三百十二ポンドの利益をあげたよ。全世界のイギリス大使館がこれと同じことをやっていたら、政府はつぎの選挙よりもずっと前に減税を実施できていただろうな」

「その通りだ」と、ヘンリーがいった。「ところで、今度は剰余金をコーラに替えてプール口座に入れてもらえるかね？　いいかい、ビル、わたしはこの件はもう二度と話題にしないと高等弁務官に約束したんだ」

「だいじょうぶ、わたしを信用してくれ」と、銀行支配人は答えた。

ヘンリーは《セイント・ジョージズ・エコー》の主筆に、地元ビジネスマンたちや多くの個人の気前のよさのおかげで、プール資金への寄付がいまだに続いていると報告した。が実際には外部からの寄付はそれまでに集まった資金のわずか半分にすぎなかった。

ヘンリーの二度目の大成功から一か月以内に、三社の最終候補のなかから一社の建築業者が選ばれ、トラック、ブルドーザー、掘削機などが現場に到着した。ヘンリーは工事の進捗《しんちょく》状況を視察するために毎日一度は現場を訪れた。しかしもっと資金がふえなければ、彼が計画した高跳込み台と百人までの子供たちのための更衣室までは手がまわらないことを、それから間もなくビルが指摘した。

《セイント・ジョージズ・エコー》は今なお読者に募金を呼びかけていたが、一年もたつと、多少とも余裕がある人の大部分はすでに寄付をおえていた。寄付金の流れはほぼ完全に干あがってしまい、バザーや宝くじや朝のコーヒー・パーティなどで集められる金も取るに足らぬ額にしかならなかった。

ヘンリーはプールが完成するはるか前に自分がつぎの任地へ転勤になり、いったん島をはなれれば、ビルと彼の募金委員会がやる気をなくして、結局工事は完成しないのではないかと心配しはじめた。

ヘンリーとビルは翌日工事現場を訪れて、地面にあいた50×25メートルの穴を見おろした。そのまわりにはもう何日も使われず、間もなく別の現場へ運ばれる予定の大型工事機械が放置されていた。

「最終的に政府が約束を守らないかぎり、工事を完成させるだけの資金を集めるのは奇《き》蹟《せき》だな」と、一等書記官が感想を洩《も》らした。

「まして過去六か月間はコーラの相場がたいそう安定しているからね」と、ビルがつけくわえた。

ヘンリーは絶望にとりつかれた。

つぎの月曜日、高等弁務官への朝の報告のときに、サー・デイヴィッドがよい知らせがあるとヘンリーに告げた。

「まさか政府がついに約束を実行して……」

「いや、残念ながらそれほどの吉報じゃない」と、サー・デイヴィッドは笑いながらいった。「だがきみの名前が来年の昇進者リストに載っている。おそらくきみ自身の高等弁務館を与えられることになるだろう」彼はひと呼吸おいて続けた。「条件のよい任地が一、二候補に上がっているそうだから、期待して待つんだな。ところでキャロルとわたしは明日年次休暇でイギリスへ発《た》つが、留守の間アランガが新聞種にならないように頼むよ——もしもきみがアセンション諸島などではなくバミューダあたりをつぎの任地として望んでいるとしたらだが」

ヘンリーは部屋に戻って、秘書と一緒に午前の郵便物に目を通しはじめた。〝緊急、要処置〟区分のなかに、オランギ将軍の生地への旅に同行する招待状があった。これは将軍が自分のルーツを忘れていないことを国民に示すための、年に一度の儀式だった。例年なら高等弁務官が同行するところだが、今年はイングランドでの休暇と重なったために、一等書記官が代理として招かれていた。ヘンリーはサー・デイヴィッドがそのように手配したのだろうかと思った。

〝要検討〟区分では、ヘンリーは、ビジネスマン・グループに同行して、島内のバナナ栽培の実情を視察するツアーと、セイント・ジョージズ政治協会でおこなうユーロの将来についての講演の、どちらか一方を選ばなくてはならなかった。バナナ・ツアーのほうに出席の印をつけて、政治協会あてにはユーロについて語るのなら自分よりも会計官のほうが適任だと思うという短い手紙を書いた。

それから〝読後廃棄〟区分に移った。ミセス・デイヴィッドソンという婦人からの、プール基金に二十五コーラ寄付するという手紙、金曜日の教会主催バザーへの招待状、土曜日がビルの五十歳の誕生日であるというメモ等々。

「まだなにかあるかね？」と、ヘンリーが質問した。

「あとは高等弁務官室からのメモだけです。大統領のお伴で山岳地帯へ出発するときは、飲料水一ケースとマラリア予防薬と携帯電話を忘れずに持って行くこととあります。さもないと脱水症状、熱病、連絡不能という事態に同時に見舞われるおそれがあるそうです」

ヘンリーは笑いだした。「はいはい、わかりました」といったとき、デスクの上の電話が鳴った。

ビルからだった。彼は銀行はもうプール口座から振りだされた小切手を引きうけるわけにいかない、なぜならもう一か月以上もまとまった入金がないからだと警告した。

「いわれなくてもわかっているよ」と、ヘンリーはミセス・デイヴィッドソンの二十五コーラの小切手を眺めながら答えた。

「残念ながらわれわれがつぎの段階の支払いをカヴァーできないので、建築業者たちは現場から引きあげてしまった。おまけに、四半期ごとの百二十五万ポンドの入金も、大統領がたいそう健康そうに見える間は剰余金を生みそうにないときている」

「土曜日の五十歳の誕生日おめでとう、ビル」と、ヘンリーがいった。

「思いださせないでくれよ」と、銀行支配人は答えた。「しかしちょうどよかった、スーとわたしでささやかなお祝いをするつもりだったが、できたらきみもきてくれないか」

「行くとも。なにがあっても行くよ」

その晩からヘンリーは毎晩就寝前にマラリア予防薬を服《の》みはじめた。木曜日には町のスーパーマーケットで飲料水を一ケース買いこんだ。金曜日の朝、出発直前に秘書から携帯電話を渡された。彼女は彼が使い方を知っているかどうかまで確かめた。

ヘンリーは九時に部屋を出てミニでヴィクトリア兵営に向かった。オランギ将軍の故郷の村に到着したらすぐに連絡すると、秘書に約束してあった。兵営の敷地内に車を駐《と》めて、自動車行列のしんがり近くの、ユニオン・ジャックを掲げたメルセデスへ案内された。九時三十分に大統領が宮殿から姿を現わし、行列の先頭のロールス＝ロイスのオープンカーに歩みよった。ヘンリーはこれほど健康そうな将軍は見たことがない、と思わざるをえなかった。

儀仗《ぎじょう》隊が気をつけをして捧《ささ》げ銃《つつ》をするなか、自動車行列は兵営の外へ走りだした。行列がゆっくり通りすぎるセイント・ジョージズ市内の沿道には、生まれ故郷に向かう指導者を見送るために学校が休みになった小学生たちが並んで小旗を打ちふった。

ヘンリーは山岳地帯への五時間のドライヴをゆったりくつろいで、ときどき居睡《いねむ》りさえしたが、村にさしかかるたびに乱暴に叩《たた》きおこされ、村の子供たちによる大統領歓迎パレードを見物させられた。

正午には、自動車行列は山中のある小さな村で停止した。そこでは村人たちが賓客のために昼食を用意して待っていた。一行は一時間後にその村を出発した。ヘンリーはおそらくその村の部族が、大統領の故郷への旅に同行する何十人もの兵士たちや役人たちの胃袋をみたすために、冬の蓄えの大部分を差しだしてしまったのではないかと心配した。一行がふたたび出発すると、やがてヘンリーは深い眠りに落ちてバミューダの夢を見た。そこではプールを作る必要はないだろうと彼は確信した。

やがてはっと目がさめた。銃声を聞いたような気がした。それは夢のなかの出来事だろうか？　目を上げると彼の運転手が車からとびだして、密生したジャングルのなかに逃げこむのが見えた。ヘンリーは静かに後部ドアを開けてリムジンからおり、前方で騒ぎが起きているのを見て様子を見に行くことにした。わずか数歩進んだところで、道ばたの血の海に横たわったまま微動だにしない大統領の巨体と、それを取りかこむ兵士たちの群にぶつかった。彼らはさっと振りむき、高等弁務官の代理の姿を認めてライフルを構えた。

「担《にな》え銃《つつ》！」と、鋭い声が命令した。「われわれは野蛮人ではないことを忘れるな」スマートな軍服を着た大尉《たいい》が進みでて敬礼した。「ご不便をおかけして申しわけありません、一等書記官どの」と、彼はてきぱきした陸軍士官学校《サンドハースト》流のアクセントでいった。「しかし危害を加えるつもりはありませんからご安心ください」

ヘンリーはなにもいわずに大統領の死体を眺めつづけた。

「ごらんの通り、故大統領は悲劇的な事故にあわれました、ミスター・パスコー」と、大尉は続けた。「われわれは大統領が生まれ故郷の村で軍葬に付されるまでおそばに付き添います。おそらく大統領もそれをお望みでしょう」

ヘンリーは足もとに横たわる死体を見おろして、その言葉を疑った。

「ミスター・パスコー、あなたはただちに首都へお帰りになって、ここで起きたことを上司に報告なさってはいかがでしょうか?」

ヘンリーは沈黙したままだった。

「そして新大統領はナランゴ大尉であると報告なさって結構です」

ヘンリーは依然としてなにも意見を述べなかった。自分の最優先任務はできるだけ早く外務省に連絡することだとわかっていた。彼は大尉に会釈《えしゃく》して、今や運転手のいない自分の車のほうへゆっくり戻りはじめた。

運転席に乗りこみ、キイがイグニッションに残されているのを見てほっとした。エンジンをかけて車をUターンさせ、曲がりくねった山道を下って首都への長旅を開始した。セイント・ジョージズへ着くまでに日が暮れてしまうだろう。

二マイルほど走って、尾行されていないと確信したところで、道ばたに車を停めて携帯電話を取りだし、オフィスの番号にかけた。

秘書が出た。

「ヘンリーだ」

「まあよかった」と、シャーリーがいった。「今日の午後はいろんなことがあったんです。でも、まず最初に、今しがたミセス・デイヴィッドソンから電話があって、教会のバザーの売上げが二百コーラにもなりそうなんですって。小切手をお渡ししたいので帰る途中に寄っていただけないかという話でした。そうそう、それから」シャーリーはヘンリーに話す暇も与えずにつけくわえた。「みんなニュースを聞きましたよ」

「うん、そのことで電話したんだ。ただちに外務省と連絡をとる必要がある」

「もう連絡しました」と、シャーリーがいった。

「どう報告したのかね？」

「あなたは大統領に同行して、公務を執行中であり、帰りしだい連絡するはずですと申しあげました、高等弁務官閣下」

「高等弁務官？」

「ええ、これは正式決定です。そのことで電話してきたものと思いましたわ。おめでとうございます」

「ありがとう」ヘンリーはさりげなくいい、新しい任地はどこかとさえきかなかった。

「ほかになにかニュースは？」

「こちらにはほかに大したニュースはありません。とても静かな金曜の午後です。じつをいうと、わたし、今日は少し早びけさせてもらえないだろうかと思っていたところなんです。帰りにパターソン家に寄って、スーがご主人のお誕生日の準備をするお手伝いを約束したもので」

「ああ、構わんとも」ヘンリーは努めて冷静を装《よそお》った。「それからミセス・デイヴィッドソンに、なるべくバザーに顔を出すようにすると伝えてくれ。二百コーラあれば大助かりだ」

「ところで」と、シャーリーがいった。「大統領はいかがですか？」

「これから盛大なセレモニーが始まるところだから、そろそろ電話を切るよ」

ヘンリーは赤いボタンを押し、続いてすぐにほかの番号をダイヤルした。

「ビル・パターソンです」

「ビル、こちらヘンリーだ。われわれの四半期分の小切手はもう両替えしたかね？」

「ああ、約一時間前にすませたよ。望みうる最も有利なレートで替えたが、残念ながら大統領が生まれ故郷を公式訪問するときは決まってコーラが強くなる」

ヘンリーは「生まれ、そして死んだ故郷」といいかけて思いとどまり、「全額ポンドに戻してくれ」とだけいった。

「それは考えものだな。コーラはこの一時間でさらに強くなった。それにいずれにしろそれには高等弁務官の許可が必要だろう」

「高等弁務官は年休をとって今ドーセットにいる。彼の不在の間は、わたしが先任外交官として指揮をとることになっている」

「そうかもしれないが」と、ビルはなおも渋った。「高等弁務官が戻ったときに詳細な報告書を提出させてもらうぞ」

「好きにしてくれ」

「きみは自分のやろうとしていることがわかっているのか、ヘンリー？」

「よくわかっているよ」と、間髪を入れず答が返ってきた。「それから事のついでに、われわれが緊急用積立金として保有しているコーラも全部ポンドに替えてくれ」

「それはどうかな……」と、ビルがいいかけた。

「ミスター・パターソン、わざわざいうまでもないと思うが、セイント・ジョージズにはおたくのほかにも銀行が数行あって、何年も前からイギリス政府の口座を持つことに深い関心を示している」

「あなたの命令を逐一実行しますよ、一等書記官どの」と、銀行支配人は答えた。「ただしわたしがそれに反対したことを記録に残していただきたいものですな」

「それはともかく、この取引を今日の終業前に実行してもらいたい。わかったかね？」

「かしこまりました」と、ビルが答えた。

ヘンリーが首都に帰りつくまでさらに四時間かかった。セイント・ジョージズの通りはどこも閑散としていたので、すでに大統領の死が発表され、戒厳令が布《し》かれたのだろうと推測した。数か所の検問所で停止を命じられたが、車のボンネットにユニオン・ジヤックを掲げていたおかげで、ただちに帰宅するよう指示されただけですんだ。それはミセス・デイヴィッドソンのバザーに立ち寄って、二百コーラの小切手を受けとらなくてもすむことを意味した。

ヘンリーは帰宅するやいなやテレビをつけた。軍服で正装したナランゴ大統領が国民に語りかけていた。

「みなさんはなにも恐れる必要はありません。わたしは可及的速かに戒厳令を解除するつもりであります。ただしそれまでは、軍に見つけしだい射殺せよという命令が与えられているので、どうか外出を控えてください」

ヘンリーはベイクト・ビーンズの缶詰を開けて、週末はずっと家に閉じこもってすごした。ビルの五十歳の誕生パーティに出られないのは残念だったが、結局のところ、おそらくそれが最善だろうと考えた。

アン王女殿下がクアラルンプールで開催された連邦競技大会からの帰途、セイント・ジョージズの新設水泳プールのオープニングを宣した。彼女はプールサイドでおこなったスピーチのなかで、高跳込み台と近代的な更衣室に深い感銘を受けたと述べた。

続いて王女はロータリー・クラブの事業を取りあげて、募金運動で彼らが示したリーダーシップに讃辞《さんじ》を呈した。とりわけ募金委員会の議長として、王女から名指しで賞讃されたミスター・ビル・パターソンは、女王陛下の誕生日の叙勲で、その功績に対して大英帝国四等勲爵士《くんしゃくし》に叙せられていた。

残念なことに、ヘンリー・パスコーはこのオープニング・セレモニーに出席できなかった。最近高等弁務官として任地のアセンション諸島——どこへ行く途中でもない島々——に赴任していたからである。

横たわる女

「この彫刻になぜ〝13〟の番号がついているのか不思議に思うでしょう」と、館長は満足そうな笑みをうかべながらいった。わたしはグループの後ろのほうに立っていて、そろそろ彼の講釈が始まるぞと思った。

「ヘンリー・ムーアは」と、館長は続けた。今自分が話しかけているのは、キュービスムと角砂糖《シュガー・キューブ》の区別もつかず、明らかに一般公休日《バンク・ホリデイ》の月曜日にナショナル・トラストの邸宅を見学するぐらいしか能のない無知な観光客の一団だと信じているような口ぶりだった。「通常自分の作品を十二体鋳造します。この偉大な芸術家の名誉のために弁明するならば、彼は自分の傑作のひとつに一度だけ十三体目の鋳造許可が与えられる前に亡《な》くなっています」

わたしはハクスリー・ホールの玄関ホールを威圧する裸婦の巨大なブロンズ像を眺めた。おなかの真ん中にトレード・マークの穴があいた、片手で頬杖《ほおづえ》ついたこのすばらしい曲線美の彫刻は、年間百万人も訪れる見学者の群を傲然《ごうぜん》と見おろしていた。彼女は、解説書によれば、一九五二年のヘンリー・ムーアの代表作だった。

わたしは、手をのばしてこの謎《なぞ》めいた女性に触れたい衝動に駆られながら鑑賞を続けた――それこそ例外なく芸術家の狙《ねら》いが成功したしるしだった。

「ハクスリー・ホールは」と、館長は単調な声で続けた。「二十年間ナショナル・トラストに管理されてきました。この彫刻、《横たわる女》は、学者たちによってヘンリー・ムーアの絶頂期に制作された彼の最高傑作のひとつとみなされています。この作の六体目の鋳造が、一千ポンドという高値で第五代公爵《こうしゃく》——ムーアと同じヨークシャー人です——によって購入されました。やがて邸宅が第六代公爵に引きつがれたとき、公爵は保険料が払えないためにこの傑作に保険をかけられないことを発見しました。

「第七代公爵はさらにその上を行った——邸宅と、それを囲む土地の維持費さえ捻出《ねんしゅつ》できなかったのです。そこで彼は死の直前に、第八代公爵に相続税の重荷を負わせることを避けるために、邸宅とその中身と一千エーカーの敷地をナショナル・トラストにゆだねることにしたのです。フランス人は貴族制度を廃止しようとするならば、革命よりも相続税のほうがはるかに効果的であることを理解していませんでした」館長は自分の気のきいたせりふを笑い、前列の一人二人の見学者がお義理で声を合わせた。

「さて、十三体目の鋳造に戻るとして」と、館長は《横たわる女》の豊満なお尻《しり》に片手を置いて続けた。「そのためには、まずどこかの邸宅を引きつぐたびにナショナル・トラストが直面する問題のひとつを説明しなくてはなりません。トラストは登録された慈善団体です。現在イギリス諸島にある二百五十以上の歴史的建造物と庭園のみならず、六十万エーカー以上の田園と五百七十五マイル以上の海岸線を所有し、管理しています。すべての物件は『歴史的重要性または自然美』というトラストの評価基準に合致しなくてはなりません。これらを維持する責任を負うに当って、われわれはまた建造物とその中身に保険をかけて保護しながら、なおかつトラストが破産に追いこまれないようにする必要があります。ハクスリー・ホールの場合、われわれは現在入手しうる最新鋭の警備システムを設置し、さらに二十四時間勤務の警備員たちがそれをバックアップしています。それでもなお、われわれの多くの宝物を一日二十四時間、年間三百六十五日保護することは不可能なのです。

「なにかがなくなったという報告があれば、もちろんわれわれはただちに警察に通報します。なくなった品物は十中八九、数日以内にわれわれのもとへ戻ってきます」館長はだれかがなぜかと質問することを確信して、言葉を休めた。

「なぜですか?」と、タータン・チェックのバミューダ・ショーツをはいて、グループの前のほうに立っているアメリカ女性が質問した。

「よい質問ですな、マダム」と、館長は恩着せがましくいった。「要するに大部分のけちな犯罪者たちにとって、そういう高価な盗品を処分することはほとんど不可能だからですよ——注文して盗ませたのなら話は別ですが」

「注文して盗ませる?」と、先程と同じアメリカ女性が餌《えさ》に食いついた。

「そうなんですよ、マダム」館長はいそいそと説明にとりかかった。「いいですか、自分だけがひそかに楽しめれば、ほかの人間の目にふれる機会がなくてもいっこうに構わないという依頼人のために、世界を股《また》にかけて美術品の傑作を盗みだす犯罪者の一味がいるんですよ」

「すごく高くつくんでしょうね」と、アメリカ女性がいった。

「現在の相場はその作品の市場価格の五分の一ぐらいと聞いております」と、館長が答えた。これで相手はやっと沈黙したようだった。

「しかしそれでは多くの名品がわずか数日で所有者のもとへ戻る理由の説明にはなりませんね」と、グループの真ん中ほどからある声がいった。

「今その点を説明しようとしていたところです」と、館長は少しむっとしたようにいった。「芸術作品が注文によって盗まれたのでなければ、どんな経験の浅い故買商でも敬遠するでしょう」

彼は先程のアメリカ女性が「なぜです？」と質問する前に、急いでつけくわえた。

「なぜなら盗難事件が起きてから数時間以内に、盗まれた作品の詳細な手配書があらゆる有名競売商や画商や画廊に配られているからですよ。その結果泥棒はだれも扱いたがらない美術品を抱えこんでしまうことになるのです。なにしろそれが市場に出たとたんに警察が駆けつけるのは間違いないですからね。実際のところ、トラストから盗まれた傑作の多くは数日以内に戻されるか、かならず見つかる場所に放置されるかです。ダリッジ・アート・ギャラリーだけでも過去十年間にこれと同じことを三度経験しており、しかも意外なことに、作品が破損して戻ってくることはめったにないのです」

今度は小さなグループから同時にいくつかの「なぜ?」が発せられた。

「どうやら」と、館長はそれらの声に答えた。「世間は大胆な盗みを大目に見る傾向があるが、国家的な名宝に損傷を加えることは断じて許さないようなのです。もちろん盗品を無傷のまま返せば犯人の刑が軽くてすむということもあるでしょうが。

「それはともかく、この作品の十三体目の鋳造にまつわる話を続けるならば、一九九七年九月六日、ダイアナ妃の葬儀の当日、柩《ひつぎ》がウェストミンスター寺院に入ろうとしたまさにそのとき、ハクスリー・ホールの正面入口に一台のヴァンが近づいて停まりました。そしてナショナル・トラストの作業服を着た六人の男が車からおりてきて、《横たわる女》を車に積み、近々ハイド・パークで始まるヘンリー・ムーア展のためにロンドンまで運ぶよう指示されてきたと、当番警備員に告げたのです。

「警備員は葬儀とかちあったために、搬出はつぎの週に延期されたと知らされていました。しかし書類に不備な点はないし、早くテレビの前に戻りたかったので、彼は六人の男が彫刻を運びだすのを許してしまったのです。

「ハクスリー・ホールは葬儀のあと二日間休館になったので、つぎの火曜日に《横たわる女》をハイド・パークのヘンリー・ムーア展会場へ運ぶために二台目のヴァンがやってくるまでは、だれ一人そのことをおかしいとは思いませんでした。今度も書類に不備はなかったので、警備員は単なる事務手続き上のミスだろうと思いました。だがムーア展の責任者に電話をかけたところ、その考えは誤りだとわかりました。ムーアの彫刻はプロの犯罪者一味に盗まれたことが明らかになったのです。ただちにスコットランド・ヤードに通報がおこなわれました。

「ザ・ヤードには」と、館長は続けた。「美術品の盗難を専門に担当する部門があって、何千という作品のデータがコンピューターに入っております。この部門は盗難通知を受けてからごく短時間のうちに、国内の主要な競売場や画廊に警報を発することができるのです」

館長はひと息いれて、彫刻のブロンズのお尻に片手を戻した。「盗まれた日は道路がいつもより空《す》いていて、世間の注目がほかに集まっていたとはいえ、こんな大きな作品をよくも運んだものだと思うでしょう。

「それから何週間も、《横たわる女》に関する情報はなく、スコットランド・ヤードはこの事件は〝注文した盗み〟が成功したケースではないかと心配しはじめました。しかし数か月たって、サム・ジャクソンというけちな泥棒が、ロイヤル・ロービング・ルームから第二代公爵夫人の小さな油絵を盗もうとしてつかまったときに、警察は最初の手がかりをつかんだのです。容疑者は取調べのために地元署へ連行されたとき、彼を逮捕した警官にある取引をもちかけました。

「『おまえにどんな取引材料があるというんだ、ジャクソン？』と、巡査部長は呆《あき》れ顔でたずねました。

「『あんたを《横たわる女》のところに案内してやるよ』と、ジャクソンは答えました。『それと引きかえにおれの容疑を家宅侵入だけにしてくれるならだ』――それなら執行猶予《ゆうよ》になる可能性があることを彼は知っていたんです。

「『われわれが《横たわる女》を取りもどせたら』と、巡査部長が答えました。『その話に乗ろうじゃないか』第三代公爵夫人の肖像画は、盗品市でせいぜい数百ポンドにしかなりそうもないお粗末なコピーだったので、取引が成立しました。ジャクソンは車のバックシートに押しこまれて、三人の警官をヨークシャーの州境を越えてランカシャーまで案内し、奥深い田舎まで入りこんで無人の農家の前で停まりました。ジャクソンはそこから警察を案内して徒歩でいくつかの野原を横切って谷に入りこみました。やがて雑木林のかげに隠れた一軒の離れ屋が見えてきました。警察が錠をこわしてドアを開けると、そこは今は使われていない鋳造所でした。おそらく近隣の教会や古い邸《やしき》の屋根から盗まれたものと思われる、鉛管の切れはしが数本床に転がっていました。

「警察は建物のなかをくまなく捜しましたが、《横たわる女》は影も形もありません。警察に無駄足を踏ませたとジャクソンに文句をいいかけたとき、彼がブロンズの巨大な塊の前に立っているのに気がつきました。

「『おれは元の形で取りもどせるとはいわなかったよ』と、ジャクソンがいいました。『ただそれがある場所へ案内するといっただけだ』」

館長は回転の遅い連中が「うむ」とか「ああ」とか声を発したり、あるいはやっと意味がわかってうなずいたりするのを待った。

「明らかにこの傑作の売却は非常に難しかったし、犯人たちは百万ポンド以上の価値がある盗品を所有しながら逮捕されたくなかったので、あっさり《横たわる女》を溶かしてしまったのです。ジャクソンはだれが溶かしたかは知らないといいはりましたが、ある男がそのブロンズの塊を彼に一千ポンドで売りつけようとしたことを白状しました――皮肉にもそれは第五代公爵がオリジナルの傑作を購入した金額とぴったり同額でした。

「数週間後に巨大なブロンズの塊はナショナル・トラストへ戻されました。残念なことに保険会社は盗まれたブロンズが戻ったからという理由で、保険金支払いを拒否しました。しかしトラストの弁護士たちが保険証券を熟読して、損傷した品物を元の状態に戻す費用を請求できることを発見しました。結局保険会社が折れて、必要な復元費用を支払うことに同意したのです。

「つぎにわれわれはヘンリー・ムーア財団と連絡をとって、なんらかの形で協力してもらえるかと質問しました。財団は数日かけて巨大なブロンズの塊を調べ、重さを計測して化学的なテストをおこなったのちに、それが第五代公爵によって購入されたオリジナルの彫刻に流しこまれた金属である可能性が大だという、警察の研究所の意見に賛同しました。

「財団は慎重考慮のすえに、ヘンリー・ムーア作品では初めての例外を設けて、《横たわる女》の十三体目の鋳造に同意しました。鋳造費用はトラストが負担するという前提で。もちろんわれわれはそれを受けいれて、数千ポンドの鋳造費用は保険でカヴァーしました。

「しかしながら、財団はこの前例のない十三体目の鋳造を許可するに当って、二つ条件をつけました。ひとつは、この像を公開の場でもプライヴェートにも絶対に売りに出さないこと。もうひとつは、盗まれた六体目が世界のどこかにふたたび出現したら、ただちに十三体目を財団に返却して溶融処分することです。

「トラストはこの二つの条件に同意しました。そのおかげでみなさんは今日この彫刻を鑑賞することができるのです」

さざ波のような拍手が起こり、館長は軽く会釈《えしやく》した。

それから数年後、ニューヨークのサザビー・パーク＝バーネットでおこなわれたモダン・アートのオークションに出席したときに、わたしはこの話を思いだした。そのオークションには《横たわる女》の三体目の鋳造が出品され、百六十万ドルで競《せ》りおとされた。

わたしはスコットランド・ヤードが、ヘンリー・ムーア作《横たわる女》の六体目の鋳造が行方不明になった事件を解決済みとして処理したものと信じている。しかしながら、この事件を担当した警部がわたしに語ったところによると、もしも頭の切れる犯罪者がどこかの鋳造所を口説いて《横たわる女》を鋳造させ、〝6／12〟という刻印を打たせたとすれば、この作品を〝注文して盗ませる〟依頼者にならおよそ二十五万ポンドで売れるだろう、という話だった。実際のところ、《横たわる女》の六体目がいくつ存在して個人に所蔵されているか、確かなことはだれにもわからない。

隣りの芝生は……

ビルはどきっとして目をさました。週末の朝寝坊のあとではいつもそうだった。月曜の朝陽が昇ると、人々は彼がその場所をあけるものと思っている。彼はクリッチリーズ・バンクのアーチ道の下を、建物のなかで働く大部分の行員よりも長い年月塒《ねぐら》にしてきた。

ビルは毎晩七時ごろに自分の縄張りに姿を現わす。といって永年の間彼の縄張りだった場所を、ほかのだれかに脅《おびや》かされる心配があるというわけではない。彼は過去十年間人々が去来するのを眺めてきた。黄金のハートを持つ者、銀のハートを持つ者、銅のハートを持つ者とさまざまだった。銅のハートを持つ者の大部分は別の種類の黄金にしか関心がなかった。彼はどれがどれであるかを見きわめていた。彼らが自分をどう扱ったか、ということだけが判断の基準ではなかった。

彼はドアの上の時計を見あげた。六時十分前。もうすぐ若いケヴィンがそのドアを通って現われ、そろそろほかの場所へ移ってもらえないかと頼みこむだろう。ケヴィンはいい若者だ――よく五ペンスか十ペンスそっと握らせてくれるが、もうすぐ二人目の赤ん坊が生まれるそうだから、ふところが痛まないはずがない。あとからやってくる彼より羽ぶりのよい連中の大部分は、ケヴィンのような思いやりを示してはくれないだろう。

ビルはしばし夢想に身をゆだねた。あの分厚く暖いコートを着、つばつきの帽子をかぶって、ケヴィンの仕事をやるのも悪くはないな。勤務場所こそ路上だが、少なくともれっきとした仕事であり定収入がある。そういう運のよい人間もいるものだ。ケヴィンの仕事はといえば、「おはようございます。よい週末をおすごしでしたか？」というだけでいい。自動ドアになってからはドアを支えてやる必要もなかった。

しかしビルに不満はなかった。それほど悪い週末ではなかった。雨には降られなかったし、最近は警察も彼を追いたてたりはしなかった――何年も前にＩＲＡのテロリストが銀行の前にヴァンを駐《と》めるのを、彼が見つけてからというものは。それは軍隊時代の訓練のたまものだった。

彼は金曜日の《フィナンシャル・タイムズ》と土曜日の《デイリー・メイル》をどうにか手に入れていた。《フィナンシャル・タイムズ》がインターネット関係の会社に投資して、衣料品製造会社の株は敬遠すべきだったと教えてくれた。なぜならハイ・ストリートでの売上げが低下した結果、後者の株は急落しつつあったからである。おそらく彼はこの銀行に付属する者では《フィナンシャル・タイムズ》を隅から隅まで読むたった一人の人間であり、疑いもなく読みおわってからそれを毛布がわりに使うただ一人の人間であった。

彼は《デイリー・メイル》を銀行の裏のごみ箱から拾った――まったくあのヤッピー連中は驚くようなものを平気でごみ箱に捨ててゆく。彼はロレックスの時計からコンドームの箱まで、ありとあらゆるものを拾っていた。どちらも彼には用のないものではあったが。シティにはいたるところに時計があるから自分で時計を持つ必要はなかったし、コンドームにいたっては――除隊後はほとんど使うあてがなかった。ロレックスは金にかえたし、コンドームはバンク・オヴ・アメリカを縄張りとするヴィンスにくれてやった。ヴィンスはいつも最新の戦果を自慢しているが、あてていたらくではいささか眉唾《まゆつば》ものだった。ビルは彼のはったりを見破ってやろうと決めて、クリスマス・プレゼントにコンドームをくれてやったのだった。

建物のなかのライトがつきはじめ、ビルが厚板ガラスの窓を通してなかをのぞくと、ケヴィンがコートを着ているのが見えた。そろそろ荷物をまとめて立ちのく頃合いだった。間もなくこの若者は当然の昇進をかちとることになるだろうから、出世の妨げにはなりたくなかった。

ビルは寝袋を筒に巻いた――それは取締役会長からのプレゼントで、会長はクリスマスまで待たずにそれを彼にくれたのだった。クリスマスまで待つのはサー・ウィリアムのスタイルではなかった。彼は生まれながらの紳士で、しかも女を見る目があった――だからといってだれが彼を非難できようか？　ビルは一人か二人の女性が夜の遅い時間にエレベーターで上がって行くのを見たことがあったが、まさか彼女たちが彼に投資の相談をしに行くのだとは思わなかった。会長にこそコンドームをあげるべきだったかもしれない。

彼は二枚の毛布をたたんだ――一枚は時計を売った金で買ったもの、もう一枚はアイリッシュが死んだときにもらったものだった。死んだアイリッシュがなつかしかった。わずかな所持品を勅選弁護士の鞄《かばん》――これもごみ箱から拾ったもので、場所は中央刑事《オールド・》裁判所《ベイリー》の裏だった――に押しこんだ。

最後に、優秀なシティ人種ならだれでもそうするように、自分のキャッシュ・ポジションをチェックしておく必要がある――買い手よりも売り手が多いときには常に財産を現金で持っていることが重要だった。彼は穴のあいていないポケットを探って、一ポンドを一個、十ペンスを二個、一ペニーを一個取りだした。政府諸税のせいで、今日はいつものビールはおろか、煙草《たばこ》にさえありつけそうになかった。もちろん《ザ・リーパー》のカウンターにメイジーがいれば話は別だ。おれはあの子の父親でもおかしくない年だが、この手で彼女を刈り《リープ》とってやりたいものだと思った。

シティじゅうの時計が六時を打ちはじめた。彼はリーボックの紐《ひも》を結んだ――これもヤッピーたちが捨てたもので、最近はどのヤッピーもみなナイキをはいていた。歩道へ出てくるケヴィンに最後の一瞥《いちべつ》をくれた。ビルが夕方七時にここへ戻るころには――どんな警備員よりも時間に几帳面《きちょうめん》だった――ケヴィンは妊娠中の妻ルーシーが待つペッカムの家へ帰っているだろう。しあわせな男だ。

ケヴィンはビルが足を引きずりながら早朝の出勤者たちのなかへ消えてゆくのを見守った。いいやつだよ、ビルは。彼はケヴィンを困らせるようなことをしなかったし、ケヴィンが職を失う原因となることも望まないだろう。やがて彼はアーチの下で一ペニーを見つけた。それを拾いあげて微笑をうかべた。夕方そのかわりに一ポンド置いておくつもりだった。結局、そんなふうに人の金を預ってふやすのが銀行の役目ではないのか？

ケヴィンが玄関ドアへ戻ると同時に、掃除夫たちが建物から出てきた。彼らは午前三時にやってきて、六時には外へ出なければならなかった。ケヴィンは四年間で彼らの名前を一人残らずおぼえたし、彼らはいつもケヴィンに笑顔を見せた。ケヴィンは六時ちょうどに歩道に出なくてはならなかった。ぴかぴかに磨いた靴、清潔なワイシャツ、銀行の紋章入りのタイに真鍮《しんちゆう》のボタンのついた長いブルーの制服コート――冬は厚手、夏は薄手の――という服装だった。銀行というのは規則にやかましいところだ。彼は銀行に入るすべての取締役にお辞儀することを求められていたが、近々取締役会入りするらしいと噂《うわさ》される一人か二人の行員を、自分の判断でそれに加えていた。

六時から七時の間にはヤッピーたちが出勤してきて、「やあ、ケヴ。今日は百万稼いでみせるぞ」と、彼に声をかける。七時から八時の間は、それより少しゆっくりした足どりで、中間管理職の連中がやってくる。まだ幼い子供たち、学費、新車または新しい妻といったさまざまな問題の処理に精力を費《つか》いはたして、すでにやる気を失っている。彼らは「おはよう」というだけで、目を合わせないようにして通りすぎる。八時から九時は、駐車場の専用スペースに車を駐めた上級管理職の、余裕綽々《しゃくしゃく》の足どり。彼らもわれわれと同じように土曜日はフットボールを見に行くが、われわれとは坐《すわ》る席が違う、とケヴィンは思った。彼らの大半はもう取締役会入りの見込みがないことに気づいて、より気楽な人生で満足していた。最後に到着する人々の一人が、頭取のフィリップ・アレグザンダーで、運転手つきのジャグァーのバックシートで《フィナンシャル・タイムズ》を読みながらのご出勤だ。ケヴィンの役目は歩道に走りでてミスター・アレグザンダーのために車のドアを開けてやることであり、相手はありがとうのひと声はおろか、彼には目もくれずにまっすぐ通りすぎる。

最後に取締役会長のサー・ウィリアム・セルウィンが、サリー州のどこかから運転手つきのロールス＝ロイスで到着する。サー・ウィリアムはかならずケヴィンにひと声かけてくれる。「おはよう、ケヴィン。奥さんは元気かね？」

「はい、ありがとうございます」

「赤ん坊が生まれたら知らせてくれたまえ」

ケヴィンは到着しはじめたヤッピーたちに笑顔を向けた。彼らは自動ドアの間を急ぎ足で通り抜けた。この便利な仕掛けがとりつけられてからというもの、重いドアを手で開ける必要はなくなった。その後も銀行が自分を雇いつづけていることが彼には意外だった——少なくともそれが彼の直属の上司、マイク・ハスキンズの意見だった。ケヴィンは受付デスクの後ろに立っているハスキンズのほうを振りむいた。ラッキー・マイク。暖い建物のなか、時間がくればお茶は飲めるし、たまには臨時収入があるし、もちろん昇給もある。銀行内の階級を一段昇ったその地位を、ケヴィンは狙《ねら》っていた。その地位につくだけの実績があった。彼はすでに受付業務を効率よくするためのアイディアを持っていた。ハスキンズが彼のほうを見たとたんに向きを変えて、ボスが退職するまであと五か月と二週間と四日しかないと自分にいいきかせた。そのときケヴィンが彼の仕事を引きつぐことになる——銀行が彼の頭ごしにハスキンズの息子を父の後《あと》釜《がま》に据えなければの話だが。

息子のロニー・ハスキンズはビール工場をくびになったあと、しょっちゅう銀行に現われるようになっていた。小包を運んだり、手紙を配達したり、タクシーを呼びとめたり、あるいはデスクからはなれる気がないかはなれられない人間のために、近くのプレタ・マンジェへサンドイッチを買いに走ったりまでして、結構役に立っていた。ケヴィンはばかではなかった——ハスキンズの狙いがなんなのかをちゃんと見抜いていた。当然ケヴィンのものである地位をロニーに与え、ケヴィンを今までどおり歩道に残すべく画策していた。これはフェアではなかった。ケヴィンはただの一日も欠勤せず、雨の日も風の日も歩道に立って、良心的に銀行のために働いてきた。

「おはよう、ケヴィン」と、クリス・パーネルが小走りに彼とすれちがいながら声をかけてきた。心配事がありそうな表情を顔にうかべていた。彼にもおれと同じ悩みがあるのに違いない、とケヴィンが思いながらハスキンズのほうを振りかえると、ハスキンズはその朝一杯目のお茶をかきまぜているところだった。

「あれがクリス・パーネルだ」と、ハスキンズがお茶を飲む前にロニーに教えた。「また今日も遅刻だ——ブリティッシュ・レイルのせいにするだろう。いつだってそうだ。おれは何年も前に彼の地位を与えられるべきだったし、おれがライフル旅団の伍長《ごちよう》じゃなく、彼のように主計部隊の軍曹だったら、とっくに与えられていただろう。だが上の連中はおれの提案のありがたみが理解できないようだった」

ロニーはなにもいわなかったが、父親が過去六週間勤務のある朝は毎日同じ意見を述べるのを聞いていた。

「一度彼をおれの連隊の戦友会に招待したことがあったが、忙しいからと断わられた。あのスノッブめ。しかしあいつには気をつけろよ、おれの後釜にだれを据えるかについて発言権を持っているからな」

「おはようございます、ミスター・パーカー」と、ハスキンズはつぎに到着した人間に

《ガーディアン》を渡しながらいった。

「どの新聞を読むかで、その人間について多くのことがわかる」ロジャー・パーカーがエレベーターのなかに姿を消すと、ハスキンズがロニーにいった。「いいか、まず外にいる若いケヴィンだ。彼は《サン》を読む。あいつについてはそれだけ知っていればいい。そのことも彼が求めている昇進にありつけなくても意外じゃない理由のひとつだ」彼は息子にウィンクした。「一方、おれは《エクスプレス》を読む――いつもそうだったし、これからもずっとそうだ。

「おはようございます、ミスター・テューダー＝ジョーンズ」ハスキンズは今度は総務部長に《テレグラフ》を渡した。そしてエレベーターのドアが閉まるまで口をつぐんだ。

「ミスター・テューダー＝ジョーンズにとっては今が勝負どころなんだよ」と、ハスキンズは息子に説明した。「今年取締役会入りできなければ、引退するまで足踏みを続けることになるだろう。ああいう人たちを見ていると、ときどき彼らの仕事ぐらいおれにもつとまるんじゃないかと思うことがある。結局、おれのおやじがれんが積み職人で、おれが地元の公立中学に入れなかったことはおれの責任じゃない。まかり間違えばおれだってこの建物の六階か七階にいて、自分のデスクと専属秘書を与えられていたかもしれないんだ。

「おはようございます、ミスター・アレグザンダー」と、ハスキンズは銀行の頭取に声をかけたが、相手は挨拶《あいさつ》に答えもせずに通りすぎた。

「彼には新聞を渡す必要はない。秘書のミス・フランクリンが彼の出勤よりずっと前に取りそろえている。ところで彼は取締役会長の椅子《いす》を狙っている。もしもそれが実現すれば、ここにも多くの変化が訪れることは間違いない」彼は息子の顔を見た。「おれが教えたように、みんなの名前を頭に叩《たた》きこんだろうな?」

「ああ、ちゃんとおぼえたよ、パパ。ミスター・パーネルが七時四十七分、ミスター・パーカーが八時九分、ミスター・テューダー＝ジョーンズが八時十一分、ミスター・アレグザンダーが八時二十三分だ」

「上出来だぞ、息子よ。おまえはおぼえが早い」彼は二杯目のお茶を注いでひと口飲んだ。だが熱すぎたので、また話を続けた。「おれたちのつぎの仕事は郵便物の仕分けだ——これも、ミスター・パーネルと同じように、到着が遅い。そこでおれは……」ハスキンズはティー・カップを急いでカウンターの下に隠し、走ってホールを横切った。エレベーターのアップ・ボタンを押して、会長が入ってくる前にエレベーターが一階までおりてくることを神に祈った。数秒残してエレベーターのドアが開いた。

「おはようございます、サー・ウィリアム。週末はお楽しみでしたか?」

「ああ、ありがとう、ハスキンズ」と、会長が答えると同時にドアが閉まった。ハスキンズはだれにも会長の邪魔をさせないよう、そして会長がノンストップで十四階まで上がれるよう、エレベーターの入口をふさいだ。

ハスキンズがゆっくり受付デスクまで戻ると、息子が郵便物を仕分けしていた。「会長はエレベーターが最上階に着くまで三十八秒かかる、とおれに話したことがある。そこで計算してみたら、一生のうちの一週間をエレベーターのなかですごすことになるそうだ。だから上がるときは《ザ・タイムズ》の社説を読み、下りるときはつぎの会議のためのメモを読むことにしているとな。彼がエレベーターのなかで一週間すごすとしたら、おれは人生の半分をそこですごさなきゃならないだろうな」と、彼はつけくわえた。そしてお茶をひと口飲んだ。もう冷えていた。「仕分けがすんだらミスター・パーネルのところへ持って行け。それを配るのは彼の仕事で、おれの役目じゃない。それでなくたって楽な仕事をしてるんだから、おれが肩がわりしてやる義理はない」

ロニーが郵便物のいっぱい入ったバスケットを持ってエレベーターに向かった。彼は二階でおりて、ミスター・パーネルのデスクに歩みより、彼の目の前にバスケットを置いた。

クリス・パーネルは顔を上げて、若者がドアの外へ姿を消すのを見守った。それから郵便物の山を眺めた。例によって仕分けしようとした形跡はなかった。ハスキンズに文句をいわなくては。あの男は足が棒になるほどこき使われたとも思えないのに、今度は自分の息子に跡を継がせようとしている。おれの目の黒いうちはそうはさせるものか。

ハスキンズは自分が重い責任のある仕事をしていることがわかっていないのだろうか？ オフィスがスイス製の時計のように正確に動くようにするのが彼の役目だった。九時前に郵便物をしかるべきデスクに届け、十時までに欠勤者をチェックし、機械の故障が報告されたらただちに修理の手配をし、すべてのスタッフ会議の準備が終るころには二度目の郵便物が配達されているだろう。率直にいって、おれが一日休みを取ろうものなら、銀行の業務は完全に停止してしまう。毎年おれが夏休みから戻ったときの惨状をひと目見ればそのことがわかるだろう。

彼はいちばん上の手紙を眺めた。宛名《あてな》は〝ミスター・ロジャー・パーカー〟となっていた。彼にとっては〝ログ〟だ。彼は人事部長というログの地位を、何年も前に与えられてしかるべきだった。妻のジャニスがいつもいっている。「彼はただの事務員の成上がりよ。出納部長と同じ学校の出だというだけじゃないの」確かにそれはフェアではなかった。

ジャニスはロジャーと彼の奥さんをディナーに招待しようとしたが、クリスは最初からその思いつきに反対だった。

「なぜいけないの？」と、彼女が問いつめた。「だって二人ともチェルシー・ファンでしょう？　あのうぬぼれ屋に断わられるのがいやだからなの？」

ジャニスに公平にいうならば、ロムフォードの自宅のディナーにロジャーを招待するのはいやだが、一杯飲みに誘うだけなら構わないと思わないわけではなかった。ロジャーがスタンフォード・ブリッジへ試合を見に行くときは、一般席ではなくメンバーズ・シートで観戦することを、妻に説明する気にはなれなかった。

郵便物の仕分けをおえると、クリスはそれらをフロアごとに別々のトレイに入れた。二人のアシスタントに十階までを担当してもらうが、その上の四階には彼らを近づかせるつもりはなかった。会長と頭取の部屋へは自分以外のだれも入らせなかった。

ジャニスは、重役たちのフロアへ行くときはいつも目を皿のようにしておくこと、とうるさく注意した。「どんなチャンスがあるか、どんな空席《オープニング》が向うからやってくるかわからないわ」彼は資料室のグロリアと、彼女が差しだした穴《オープニング》を思いだして独りで笑った。まったくあの女はファイル・キャビネットの裏側ですごいことをやってくれる。そのことだけは妻に知られたくなかった。

彼は上の四階向けのトレイを持ってエレベーターに向かった。十一階に着くと、ドアを軽くノックしてロジャーの部屋に入った。人事部長は読みかけの手紙からちらと顔を上げた。どこか上の空といった表情だった。

「土曜日はチェルシーが勝ってよかったですね、ログ、たとえ相手がウェスト・ハムだとはいってもね」クリスは上司の未決の書類受けに手紙を置きながら話しかけたが、なんの反応もなかったので、急いで部屋を出た。

ロジャーはクリスが足速に出て行くと同時に顔を上げた。チェルシーの試合のことを話さなかったのは気が咎《とが》めたが、シーズン最初のホーム・ゲームを見のがした理由を説明したくなかったのだ。あいつのようにチェルシーのことしか頭になければ幸せなのだが。

彼は読みさしの手紙に視線を戻した。それは母親を入れた老人ホームの最初の一か月分の費用、千六百ポンドの請求書だった。

ロジャーは母親がもうクロイドンの彼の家で一緒に暮せる状態ではないことを渋々ながら認めたが、年間ほぼ二万ポンドにも達する請求書は予想もしていなかった。もちろん母親にはあと二十年くらい生きていてもらいたかったが、アダムとセアラはまだ学校だし、ヘイズルはもう働きに出たくないときては、減給と人員削減ばかりが話題になるこのご時世に、どうしてももっと給料を上げてもらう必要があった。

まったく惨憺《さんたん》たる週末だった。土曜日にマッキンジー・リポートを読みはじめた。クリッチリーズ・バンクが一流金融機関として二十一世紀まで生きのびるには、なにをしなければならないかを述べたリポートだった。

そのリポートは少なくとも七十名の行員がダウンサイジング・プログラム――〝おまえはくびだ〟の婉曲語法《えんきょくごほう》――に参加しなければならない、と述べていた。その七十名に〝ダウンサイジング〟という言葉の正確な意味を説明するというどうにも避けられない任務を、いったいだれが引きうけなければならないというのか？　ロジャーがこの前だれかをくびにしなければならなかったときは、何日も眠れなかったものだ。それやこれやですっかり気が滅入《めい》って、リポートを読みおえたときはとてもチェルシーの試合にでかける気分ではなかった。

彼は総務部長のゴドフリー・テューダー＝ジョーンズと会う約束をしなければならないと考えた。「人員の問題はわたしの担当じゃないよ。きみは人事部長だろう、ロジャー？　これはきみの仕事だよ」と、すげなく追いかえされることはわかりきっていたが。この男との間に個人的な友好関係を築いていれば、今それを頼りにできたのに、とは思えなかった。何年もの間そうしようと努力してきたのだが、総務部長は自分は仕事と遊びを一緒くたにするような人間ではないと、はっきり態度で示していた――ただし、もちろん相手が取締役会のメンバーなら話は別だった。

「彼をチェルシーのホーム・ゲームに招待すればいいのに」と、ヘイズルがいいだしたことがあった。「どうせシーズン・チケット二枚分に大金を払ったんでしょうから」

「彼はサッカーが好きじゃなさそうだよ」と、ロジャーは答えた。「どっちかといえばラグビー派じゃないかな」

「それならあなたのクラブへディナーに招待したら？」

彼はゴドフリーがカールトン・クラブのメンバーで、たぶんフェビアン協会の会合ではゆっくりくつろげないだろうと、ヘイズルに説明する気にはなれなかった。

決定打は、土曜の夕方、アダムの学校の校長からの、電話では話せない微妙な問題で至急会いたいという電話とともにやってきた。電話で話せない問題とはいったいなんだろうと気を揉《も》みながら、日曜の朝車で学校に駆けつけた。彼はアダムがどこかの大学へ入ろうとするならば、本気で勉強しなければならないことを知っていたが、校長から聞かされたのは、息子がマリファナを吸っている現場を見つかったという話で、校則はこの違反に対する罰則を明白に規定していた――すなわち即時退学と翌日の地元警察への詳細な報告だという。ロジャーはこのニュースを聞いたとき、まるで自分が少年にかえって校長室に呼びだされたような気分だった。

父と子は家へ帰る途中ほとんど口をきかなかった。ヘイズルはアダムが学期の途中で帰宅した理由を聞くと、わっと泣きくずれて、どんな慰めの言葉も耳に入らなかった。彼女は事件が《クロイドン・アドヴァタイザー》に取りあげられて、一家が引越しを余儀なくされるのではないかと心配した。彼としても、もちろん今引越しなどする経済的余裕はなかったが、かといって、ヘイズルに債務超過の意味を説明するには時期が悪かった。

その朝ロンドンへ向かう列車のなかで、もしも自分が総務部長の地位を手に入れていたら、こんな事態にはならなかったのではないかと考えずにいられなかった。ゴドフリーが取締役会入りするという噂《うわさ》が数か月前から流れていて、それが実現すれば、だれが見ても後任の第一候補はロジャーだった。しかし今彼は、母親は老人ホームに入ってい るわ、アダムを受けいれてくれる第六学年カレッジを捜さなくてはならないわで、まとまった現金を必要としていた。だから彼とヘイズルは、結婚二十年をヴェニスで祝う計画を忘れなくてはならないだろう。

彼はデスクに坐《すわ》って、アダムの事件を同僚たちに知られたらどうなるかということを考えてみた。もちろん失業することはないだろうが、これ以上の昇進は望めそうもない。トイレで聞えよがしに囁《ささや》かれる悪口が聞えるような気がした。

「なにしろ彼は昔からちょっと左寄りだったからな。だから、正直いってちっとも意外じゃないよ」彼はその連中に説明してやりたかった、《ガーディアン》を読んでいるからといって、かならずしも週末に反戦デモに参加したり、自由恋愛を実験したり、マリファナを吸ったりするわけではないことを。

彼はマッキンジー・リポートの一ページ目に戻って、できるだけ早く総務部長と会う約束をしなければならないことに気がついた。それが単なる形式にすぎないことはわかっていたが、少なくとも同僚たちの目には義務を果したと見えるだろう。

内線番号をダイヤルすると、ゴドフリー・テューダー＝ジョーンズの秘書が電話に出た。

「総務部長室です」と、パミラが風邪声《かざごえ》でいった。

「ロジャーだ。できるだけ早くゴドフリーに会いたい。マッキンジー・リポートの件で」

「ほぼまる一日アポイントメントでふさがっているけど、四時十五分から十五分間でよければあいています」

「じゃ、四時十五分にそっちへ行くよ」

パミラは電話を切ってボスの予定表にメモを書きいれた。

「だれから？」と、ゴドフリーがたずねた。

「ロジャー・パーカーからです。問題が生じたので至急会いたいそうです。四時十五分に入れておきました」

あの男には問題とはどういうものかわかっていない、ゴドフリーは親展と書かれた郵便物はないかどうかをチェックしながら思った。そういう手紙は一通も見当らなかったので、パミラのほうに近づいて、郵便物をまとめて彼女に返した。

彼女はひと言も口をきかずに手紙の束を受けとった。マンチェスターのあの週末以降、あらゆることがそれまでとは同じでなくなっていた。彼は秘書と寝てはいけないという鉄則を絶対に破るべきではなかった。三日間雨が降りつづかなかったら、ユナイテッドの試合のチケットが手に入っていたら、彼女のスカートがあれほど短くなかったら、こうはなっていなかったかもしれない。たら、たら、たら。そしてそれは地球が動くほどすばらしい体験ではなかった。もしそうだったら、とても一度ではすまなかっただろう。いきなり妊娠したことを知らされるとは、なんという週の始まりだろう。

それだけでも窮地に追いこまれているというのに、今年は銀行の経営が不振で、ボーナスは彼が当てにしていた額の半分に減りそうだった。しかもなおまずいことに、彼はボーナスが自分の口座に振りこまれるずっと前に、当てにした額を費《つか》ってしまっていた。

彼はパミラに目を向けた。ひとしきり怒り狂ったあとで彼女が口に出したのは、子供を生むかどうかまだ決めていないということだけだった。トンブリッジに息子が二人いるわ、ピアノとポニーのどっちが欲しいか決めかねて、なぜ両方とも買ってもらえないのかを理解できない娘はいるわ、おまけに女房は買物中毒とくるわで、もう一人子供がふえるなんてとんでもなかった。口座残高が最後にプラスだったのはいつのことか思いだせなかった。ふたたびパミラのほうを見たとき、彼女が部屋から出て行った。もぐりの妊娠中絶も安くはないが、もうひとつの方法よりははるかに安上がりだろう。

彼が頭取に就任していれば、事情は一変していただろう。彼は最終候補に残っていたし、少なくとも三人の取締役が彼の支持を表明していた。だが取締役会はそのポストを外部の人間に差しだした。彼は最後の三人まで残り、生まれて初めてオリンピックで金メダル候補と目されていたのに銀メダルで終った口惜しさを味わった。彼はフィリップ・アレグザンダーに一歩も引けをとらなかったし、この銀行で十二年間働いているという点では一歩リードしていた。埋合わせに取締役会入りの声も聞かれたが、パミラとの一件が明るみに出たとたんにその目もなくなるだろう。

そしてアレグザンダーは頭取就任後、取締役会に最初にどんな提案をしたか？　銀行がロシアに多額の投資をおこなうことを提案した。その結果七十人が職を失い、全員のボーナスが減らされるという非常事態を招いた。しかもなお腹立たしいことに、アレグザンダーは今自分が下した決定の責任を取締役会長に転嫁《てんか》しようとしている。

ゴドフリーの考えはまたしてもパミラに戻った。彼女をランチに連れだして、中絶がいちばん賢明な方法だと説得すべきかもしれない。電話で彼女を誘いだそうとしたときにベルが鳴った。

パミラからだった。「ミス・フランクリンから電話がありました。ミスター・アレグザンダーの部屋へきてもらいたいそうです」それは相手に彼の地位をわきまえさせるためのアレグザンダーのいつもの手だった。半分は電話ですむ用件だった。まったく権力欲の権化《ごんげ》みたいな男だ。

アレグザンダーの部屋へ行く途中で、ゴドフリーは妻がわたしから新車を奪った男の顔を見てみたいから、彼をディナーに招待したいといいだしたことを思いだした。

「彼はこないよ」と、ゴドフリーは説明した。「なにしろ出不精だからね」

「招《よ》ぶだけ招んでみたっていいでしょう」と、妻は粘ったものだった。だがゴドフリーのいう通りだった。

《フィリップ・アレグザンダーはミセス・テューダー＝ジョーンズの親切なディナーへのお招きに深く感謝しますが、残念ながら……》

ゴドフリーはアレグザンダーが自分を呼びつける理由はなんだろうと考えた。パミラの一件を知っているはずはなかった——だいたいそれは彼には関係のないことだ。ましてや彼の性的嗜好《しこう》に関する噂が本当だとしたら、なおさらよけいなお世話だ。ゴドフリーが銀行の引出し限度額をはるかに超えているという報告を受けたのだろうか？　それとも対ロシア投資の失敗で彼を道連れにしようという魂胆なのか？　ゴドフリーはドアをノックするとき、掌に汗がにじんでいるのを感じた。

「どうぞ」と、低い声がいった。

ゴドフリーが部屋に入ると、モーガンズからフィリップ・アレグザンダーと一緒に移ってきた秘書のミス・フランクリンが待っていた。彼女は無言でボスの部屋のほうに顎《あご》をしゃくった。

彼はふたたびノックし、「どうぞ」という声を聞いて頭取室に入った。アレグザンダーがデスクから顔をあげた。

「マッキンジー・リポートを読んだかね？」と、彼がたずねた。「おはよう、ゴドフリー」でもなく、「いい週末だったかね？」でもなく、いきなり「マッキンジー・リポートを読んだかね？」ときた。

「ええ、読みました」と、ゴドフリーは答えたが、じつはざっと目を通して各章の見出しをチェックし、自分に直接関係がありそうな部分をじっくり読んだ程度だった。なにはともあれ、リストラ候補の一人にされるのだけはごめんだった。

「肝心なのはわれわれは年間三百万ポンド節減できるという点だ。そのためには七十人のスタッフを解雇し、ボーナスの大部分を半分に減らさなければならない。どのようにそれを実行するか、どこの部の人手を減らすことが可能か、ボーナスを半分に減らした場合だれが自分から辞めるおそれがあるかといった点を、報告書にまとめてくれ。明日の取締役会議に間に合うようにやってもらえるかな？」

またしても責任を他人になすりつけようとしている、とゴドフリーは思った。自分の首さえ安泰なら、なすりつける相手は上司だろうが部下だろうが構わないらしい。おれの進言に加えて、取締役会に既成事実を突きつけたいのだ。冗談じゃないよ、まったく。

「今急を要する仕事をなにか抱えているかね？」

「いや、とくにありません」と、ゴドフリーは答えた。パミラの一件、または今夜下の息子が天使の役で出る学校劇を見に行かなかったら、妻がかんかんに怒るだろうということは、持ちださないことにしようと思った。正直なところ、息子がイエス・キリストの役をやるとしても同じだった。劇を見に行かなくても、取締役会議に報告書を間に合わせるためには徹夜しなければならないだろう。

「よろしい、では明日の朝十時にまた会おう。そこで報告書の内容をどう実行するかを説明してくれ」アレグザンダーは下を向いてデスクの書類に視線を落とした——もう話は終ったという合図だった。

フィリップ・アレグザンダーはドアの閉まる音を聞いて顔を上げた。運のいい男だ、と彼は思った、大きな問題はなにもない。彼自身は厄介な問題に首まで浸っていた。今いちばん肝心なのは、ロシアに多額の投資をするという会長の破滅的な決定から、できるだけはなれた場所に身を置きつづけることだった。彼は前年の取締役会議でその動議に賛成し、会長は彼の支持を議事録に記録させた。しかしバンク・オヴ・アメリカとバークレイズ・バンクでなにが起きているかを知ると同時に、彼はただちに銀行の二度目の支払いにストップをかけた——そして事あるごとにそのことを取締役会で指摘してきた。

その日以来、フィリップは銀行内にメモを氾濫《はんらん》させて、すべての部門に確実に自分のポジションをカヴァーさせるよう警告を発し、回収できる金はすべて回収するよう奨励した。彼のメモは連日のように行内に流れでたので、今や数人の取締役まで含むすべての行員が、彼は対ロシア投資の決定に最初から懐疑的だったと思いこまされていた。

どちらかといえば反会長派の一人か二人の取締役には、頭取になってわずか数週間という時期に会長の希望に反対する勇気がなかったし、サンクト・ペテルブルグのノルドスキー銀行に五億ポンド融資するというサー・ウィリアムの提案に反対しなかったのはそのためだと言い訳した。この状況はまだ彼に有利に展開する可能性があった。なぜなら、もしもサー・ウィリアムが責任をとって辞任に追いこまれれば、取締役会は今の状況では後任会長には内部昇格が最善だと判断する可能性があったからである。考えてみれば、取締役会がフィリップを頭取に任命したとき、副会長のモーリス・キングトンは、サー・ウィリアムが任期満了まで会長の地位にとどまるかどうかは疑わしいと、はっきり述べていたではないか——しかもそれはロシアの経済崩壊よりも前のことだった。キングトンはそれからおよそ一か月後に辞任した。彼はほかの三十社前後の取締役の地位を投げだすつもりがなかったので、トラブルの臭《にお》いを嗅《か》ぎつけたとたんに辞任したことは、シティではだれ知らぬ者のない事実だった。

《フィナンシャル・タイムズ》がサー・ウィリアムに関してあまり好意的でない記事を掲載したとき、書きだしはこうだった。《クリッチリーズ・バンク取締役会長としてのサー・ウィリアム・セルウィンの業績は堅実で、ときには目ざましくさえあったことは、何人《なんぴと》も否定しないだろう。しかし最近は会長室から発したと思われるいくつかの不幸な過《あやま》ちが目についていた》この〝不幸な過ち〟の具体的な内容を記者に提供したのがほかならぬアレグザンダーだった。

取締役会メンバーの何人かは、「遅いよりは早いほうがいい」と耳打ちしはじめていた。しかしアレグザンダーにはまだひとつふたつ、解決しなければならない彼自身の問題があった。

先週また電話があって、またもや金を要求された。その男は一度にいくらまで要求できるかを知っているようだった。確かに昔と違って世間はホモセクシュアルに敵意むきだしではなかった。しかし男を金で買ったとなるといまだに話は違う――新聞はヘテロセクシュアルの男が売春婦を買った場合よりもはるかに悪質であるかのように書きたてるだろう。しかもあのときあの若者が未成年だったなんてことは知るよしもなかった。いずれにしてもその後法律は変った――だからといってタブロイド紙がその影響を受けるとは思えないが。

それから、モーリス・キングトンが辞任した今、だれが副会長に就任するかという問題があった。後任に適材を確保することが彼にとって不可欠だった。なぜなら取締役会が次期会長を任命するときに会議を司会するのがその人物だからである。フィリップはすでに自分を支持してくれることがわかっているマイケル・バタフィールドと協定を結んで、他の取締役会メンバーの耳に、バタフィールドが副会長として適任であるという考えを吹きこみはじめていた。「われわれに必要なのは対ロシア融資に反対した人物……サー・ウィリアムの息のかかっていない人物……独立心のある人物……」

彼はこの囁き戦術が効果をあげはじめていることを知っていた。すでに彼の部屋へやってきて、副会長の候補はバタフィールドしかいないと意見を述べる取締役が、一人二人現われていたからだ。フィリップは彼らの賢明な意見に双手《もろて》を上げて賛成した。そして今やその機は熟した。明日の取締役会議で副会長が決定するだろう。バタフィールドが副会長に指名されれば、ほかのすべてが丸くおさまる。

デスクの電話が鳴った。彼は受話器を取ってどなった。「電話を取りつぐなといったはずだぞ、アリスン」

「またジュリアン・バーからです、ミスター・アレグザンダー」

「つないでくれ」と、アレグザンダーは低い声でいった。

「おはよう、フィル。あしたの取締役会議がうまくゆくよう祈っていることを伝えたくてね」

「どうしてそんなことを知ってるんだ？」

「おいおい、フィル、おたくの銀行の人間がみなヘテロセクシュアルじゃないことぐらいわかってるくせに」電話の声はひと呼吸おいて続けた。「とくにそのなかの一人がもうあんたを愛していないんだよ」

「いったいなにが望みだ、ジュリアン？」

「あんたが会長になることだよ、もちろん」

「なにが望みだ？」とくりかえすアレグザンダーの声が、一語ごとに大きくなっていった。

「あんたが一階上へ上がる間に休暇をとって日光浴するのも悪くないと思ってね。ニース、モンテ・カルロ、サン・トロペあたりで一週間か二週間ってところかな」

「どれくらい金がかかると思ってるんだ？」

「さあ、一万ポンドもあれば充分じゃないかな？」

「充分すぎるよ」と、アレグザンダー。

「そうは思わないな」と、ジュリアン。「あんたがいくら財産を持っているか、こっちはちゃんと知ってるんだぜ。しかも会長になったときの昇給分はその計算に入っていない。いいかい、フィル、《ニューズ・オヴ・ザ・ワールド》が独占契約でおれに払う金に比べたら、このほうがずっと少ないぜ。新聞の見出しが目に浮かぶようだよ。〝売春少年が語る家庭向け銀行の頭取との一夜〟とかなんとか」

「これは犯罪だ」

「それは違う。あのときおれは未成年だったから、犯罪者はあんたのほうだ」

「調子に乗りすぎると痛い目にあうぞ」

「あんたがもっと上へ行く野心を持っているうちは心配ないよ」と、ジュリアンが笑いながらいった。

「二、三日待ってくれ」

「そんなには待てない——あしたのニース行の早い便に乗りたいんだ。十一時の取締役会議に出る前におれの口座に送金してくれ。電信送金という便利なものを教えてくれたのがあんただってことを忘れるなよ」

電話が切れたと思うと、すぐにまたベルが鳴った。

「今度はだれからだ?」と、アレグザンダーがどなった。

「二番に会長がお出になっています」

「つないでくれ」

「フィリップ、対ロシア融資の最新の数字を知りたい、それとマッキンジー・リポートに対するきみの評価もだ」

「ロシアに関する最新情報を一時間以内にお届けします。マッキンジー・リポートに関しては、彼らの勧告に大筋では賛成ですが、それをどう実行するかという報告書を出すように、ゴドフリー・テューダー＝ジョーンズに命じておきました。彼の報告書を明日の取締役会議に提出する予定です。それでいいでしょうか、会長?」

「さあな。明日では遅すぎるような気がする」会長は説明抜きでそう答えて電話を切った。

サー・ウィリアムは対ロシア融資の最新の損失額が五億ポンドを超えたことも、大きな傷手《いたで》であることを知っていた。そのうえ七十名、あるいはそれ以上の人員を削減しなければ、年間約三百万ポンドの経費節減は望めないというマッキンジー・リポートが、すでに全取締役のデスクに届いていた。経営コンサルタント会社というやつは、これがバランス・シートの単なる数字の問題ではなく、生身の人間の問題だということを、いつになったらわかってくれるだろうか——しかもその七十名の忠実な行員のなかには、二十年以上もこの銀行で働いてきた人間も何人か含まれているのだ。

マッキンジー・リポートには対ロシア融資への言及がなかった。そもそもその件は調査依頼のなかに含まれていなかったからだが、いかんせんタイミングが悪すぎた。そして銀行業務にあってはタイミングがすべてだった。

取締役会へのフィリップ・アレグザンダーの言葉は、拭《ぬぐ》い消しがたくサー・ウィリアムの記憶に刻みつけられていた。「われわれはライヴァル行がこのたった一度だけの濡《ぬ》れ手で粟《あわ》のチャンスに乗じるのを許してはなりません。クリッチリーズ・バンクが国際舞台にプレイヤーとして残るためには、われわれはまだ上げるべき利益が残っている間に迅速に行動しなくてはならないのです」短期間の利益は莫大《ばくだい》なものになりうる、とアレグザンダーは取締役会に保証した——が現実にはその逆になってしまった。そして状況が思わしくないと見るや、この卑怯者《ひきょうもの》は会長をロシアという穴に落としこんで、自分はそこから脱けだしにかかった。彼はそのとき休暇中で、アレグザンダーは自分がすべてをきちんと掌握しているから、急いで帰国する必要はないと、わざわざマラケシュのホテルへ電話をくれた。やがて帰国したときにわかったことは、アレグザンダーがすでに彼を底に残したまま穴を埋めてしまったことだった。《フィナンシャル・タイムズ》の記事を読んだあとで、サー・ウィリアムは会長の椅子《いす》に坐《すわ》っていられる日々が長くはないことを知った。モーリス・キングトンの辞任が決定打となり、彼はその打撃からとうてい立ちなおれないことを知った。なんとかして翻意させようとしたが、キングトンはただ一人の人間、すなわち自分の将来にしか関心がなかった。

会長は自分の肉筆の辞表を見おろした。それはその夜のうちに全取締役のもとへ送りとどけられる予定だった。

忠実な秘書のクレアは、彼が今五十七歳で、後進に道を譲るために六十歳で引退するつもりだとしばしば語ったことを、指摘していた。その後進がだれになるかと考えるとなんとも皮肉だった。

確かに彼は今五十七歳だった。しかし前会長が引退したのは七十歳のときだったし、取締役会や株主たちの記憶に残るのはそのことだけだろう。彼が病身の会長から経営不振の銀行を引きつぎ、過去十年間毎年収益をふやしてきたことは忘れられてしまうだろう。対ロシア投資の失敗を計算に入れても、クリッチリーズ・バンクは今なお銀行間競争で他をリードしていた。

首相からそれとなくほのめかされていた一代貴族への推薦も、あっさり立ち消えになってしまうだろう。大銀行の取締役会長が引退すれば黙っていても向うから舞いこんでくる十やそこらの取締役の口も、バッキンガム宮殿、ロンドン市庁、そしてウィンブルドンのセンター・コートへの招待とともに、雲散霧消してしまうだろう――彼の妻はそれらの公式招待をとても楽しみにしていたものだった。

彼は前の日の夕食時に、辞任することをキャサリンに話していた。彼女はナイフとフォークを置き、ナプキンを畳んでいった。「ありがたいわ。これでもう仮面夫婦を続ける必要はなくなるのね。もちろん今すぐとはいわないけど、適当な期間をおいて離婚訴訟を起こさせてもらいます」彼女は椅子から立ちあがって、それ以上なにもいわずに部屋から出て行った。

それまで彼はキャサリンがそれほど自分を恨んでいるとは知らなかった。どれもみな真剣な関係ではなかったが、ほかに女がいたことは妻に見抜かれていると思っていた。だが自分たち夫婦はある種の理解、ある種の適応というべき状態に達していると思っていた。結局、彼らの年齢に達した夫婦はみなそうではないか。彼は夕食のあとロンドンへ行ってクラブに泊った。

彼は万年筆のキャップをゆるめて、十二通の手紙に署名した。今日の業務が終る前になんらかの奇蹟《きせき》が起きて、手紙をシュレッダーに投げこめるようになることを祈りながら、まる一日それらをデスクに放置しておいた。しかし本心ではそんなことはありえないと知っていた。

ついに手紙を秘書のところへ持って行くと、彼女はすでに十二通の封筒に宛名《あてな》をタイプしおえていた。

「さよなら、クレア」と、彼は相手の頬にキスしながらいった。

「さようなら、サー・ウィリアム」と、彼女は唇を噛《か》んで答えた。

彼は自分の部屋に戻って空っぽのブリーフケースと《ザ・タイムズ》を取りあげた。明日は自分の名前がビジネス欄に出るだろう――第一面で取りあげられるほどの有名人ではなかった。最後の見おさめに会長室をぐるりと見まわした。それから静かにドアを閉めて、エレベーターのほうへ廊下をゆっくり歩いて行った。ボタンを押して待った。ドアが開くと、ほかにだれも乗っていないことにほっとしながら乗りこんだ。ありがたいことにエレベーターは一階まで停まらなかった。

ロビーで受付デスクのほうをちらと見た。ハスキンズはとっくに帰っていた。厚板ガラスのドアが開いたとき、ペッカムの自宅で身重の妻と一緒にくつろいでいるケヴィンを思いうかべた。受付デスクの係に昇格することを祈っていると、ひと言声をかけてやりたかった。少なくともその仕事がマッキンジー・リポートの影響を受けることはないだろう。

歩道に出たとき、なにかが目についた。振りかえって見ると、アーチの下の奥のほうの隅で、年老いたホームレスがその夜の塒《ねぐら》に落ちつこうとしているところだった。ビルは敬礼の真似《まね》をして額に指を触れた。「こんばんは、会長」と、彼はにっこり笑いながらいった。

「こんばんは、ビル」サー・ウィリアムは微笑を返しながらいった。

代われるものなら立場を交換したいものだ、と思いながら、サー・ウィリアムはくるりと向きを変えて、待っている車のほうへ歩きだした。

解　説

永　井　淳

以前ジェフリー・アーチャーのどの作品だったかの、巻末の解説で、彼は自分でサーガ（本来は中世の北欧伝説を指す言葉で、大河小説のこと）と呼んでいる主人公の一代記ものサクセス・ストーリー（『ケインとアベル』など）、ポリティカル・スリラー（『大統領に知らせますか?』など）、そして短篇集の三つのジャンルを、その順番のローテーションをきちんと守って書いている、と述べたことがある。この四冊目の短篇集も、一九九六年の『メディア買収の野望』（サーガ）、一九九八年の『十一番目の戒律』（ポリティカル・スリラー）に続く作品だから、ローテーションは今度も守られたことになる。

本書の原題は、"To Cut a Long Story Short"、つまり「かいつまんで言えば……」という意味である。このフレーズは「挟み撃ち」のなかで一度使われているが、すべての作品で長い物語が短くかいつまんで語られているとは思えない。それよりも短篇＝短いというところから、ちょっと気の利《き》いたこの通しタイトルを思いついたのではないだろうか。邦訳では、これまでの三つの短篇集にそれぞれ収録作品数を示す数字がついている点に足なみを揃《そろ》え、かつ嘘《うそ》とも本当ともつかない皮肉な結末を持つ作品が多いことを考慮して、『十四の嘘と真実』というタイトルにした。四冊の短篇集のタイトルの、〝毒矢〟、〝意外な結末〟、〝だまし絵〟、〝嘘と真実〟というネーミングから、訳者が作者の意図をどのようなものとして受けとめたかを汲《く》みとっていただけると思う。それはひとことでいえば、「遊び心」とでもいうことになろうか。

昨年末にロンドンの知人から送られてきた新聞のインタヴュー記事によれば、アーチャーは新作戯曲『被告』に、妻殺しの容疑で裁かれる医師の役で作者みずから出演していたという。この裁判劇では、観客が陪審役をつとめ、被告は日によって無罪になったり、重い刑を宣告されたりという、型破りの芝居らしい。裁判といえば数年前の新聞社を相手どった名誉毀《き》損《そん》裁判を思いだす。彼の一方的勝訴で終ったこの裁判が、偽証容疑でこの春ふたたび蒸しかえされようとしている。もしも『被告』が当ってロングランになれば、アーチャーは昼間は現実の法廷に立ち、夜は架空の法廷に立つという、まるで不条理劇の一幕のような状況に立ちいたるところだったが、幸か不幸か作者自身の出演は今年に入って間もなく終ったらしい。それにしても相変らず話題には事欠かない人である。

（二〇〇一年二月）

新潮文庫最新刊

西村京太郎著
京都 恋と裏切りの嵯峨野
「私は、彼を殺します」美女の残したメッセージ。京都で休暇中の十津川警部が、哀しい事件に巻きこまれる。旅情豊かなミステリー。

小池真理子著
蜜月
天衣無縫の天才画家・辻堂環が死んだ――。無邪気に、そして奔放に、彼に身も心も委ねた六人の女の、六つの愛と性のかたちとは？

北原亞以子著
傷 慶次郎縁側日記
空き巣のつもりが強盗に――お尋ね者になった男の運命は？ 元同心の隠居・森口慶次郎の周りで起こる、江戸庶民の悲喜こもごも。

菊地秀行著
死愁記
雨の降り続く町、蠟燭の灯るホテル――。世界の薄皮を一枚めくれば、妖しき者どもが姿を現す。恐怖、そして哀切。幻想ホラー集。

大江健三郎著
私という小説家の作り方
40年に及ぶ作家生活を経て、いまなお前進を続ける著者が、主要作品の創作過程と小説作法を詳細に語る「クリエイティヴな自伝」。

水上勉著
文壇放浪
寺の小僧時代に見上げ、編集者時代に戦い、直木賞作家として彷徨した昭和の文壇。貴重な逸話を溢れる哀歓で綴った文学的自伝。

Title : TO CUT A LONG STORY SHORT
Author : Jeffrey Archer

十四《じゅうし》の嘘《うそ》と真実《しんじつ》

新潮文庫　ア－5－22

Published 2001 in Japan
by Shinchosha Company

平成十三年四月一日発行

訳者　永《なが》井《い》淳《じゅん》
発行者　佐藤隆信
発行所　株式会社新潮社

郵便番号　一六二—八七一一
東京都新宿区矢来町七一
電話　編集部(〇三)三二六六—五四四〇
　　　読者係(〇三)三二六六—五一一一

価格はカバーに表示してあります。

乱丁・落丁本は、ご面倒ですが小社読者係宛ご送付ください。送料小社負担にてお取替えいたします。

印刷・二光印刷株式会社　製本・憲専堂製本株式会社

ISBN4-10-216122-8 C0197